植松三十里

不抜の剣《ぬかずのけん》

H&I

目次

装画　村田涼平
装幀　安彦勝博

不抜の剣

ぬかずのけん

第一章　町道場主

文政三（一八二〇）年秋。江戸神田猿楽町《かんださるがくちょう》にある撃剣館《げきけんかん》の稽古場は、並ならぬ殺気に包まれていた。

斎藤弥九郎《さいとうやくろう》が構える木刀の向こうに、五人の男たちが居並び、それぞれ木刀の剣先を、こちらに向けている。

双方、防具は着けていないが、すでに長時間の攻防が続いており、誰もが額に汗をにじませていた。荒い息の音だけが稽古場に響き、五人は間合いを計るばかりで、誰も打ち込んでは来ない。

大がかりという荒稽古の最中だった。大勢の寄せ手の一斉攻撃に、たったひとりで立ち向かうのだ。十人がかりで始めて、すでに半数を倒し、残っているのが五人。

弥九郎は柱を背にして立ち、両手でにぎった木刀の先を、わずかに左に向けている。柱の後ろは濡れ縁で、寄せ手はまわり込めない。この場所にいる限り、前だけに集中できる。

男たちの足先が、小刻みに動く。だが素足の爪先には力が入っておらず、本気で踏み込んで来る様子はない。

大がかりの勝負は一瞬で決まり、剣先のせめぎ合いもなければ、鍔《つば》迫り合いもない。ひとりを相手にしていれば、たちまち別の寄せ手が、両脇や背後から襲いかかるからだ。

それだけに間合いを計るばかりで、ずっと神経を張り詰めており、体力よりも先に精神的に消耗する。

弥九郎は右端の男に、かすかな気配を感じた。次の瞬間だった。その男が床を蹴って大きく踏み出し、渾身の力を込めて木刀を突き出した。

それを合図に、ほかの寄せ手たちも、いっせいに襲い来る。すさまじい雄叫びと、木刀の風切り音が、稽古場に響く。

弥九郎は瞬時に左に身をかわし、最初の太刀をかわすと同時に、相手の腹に膝蹴りを見舞った。

相手が悶絶の表情で、前のめりに倒れかかる。その二の腕をつかんで素早く引き寄せ、相手の体を楯にしつつ、喉元に木刀を押しつけた。

たちどころに寄せ手の動きが止まる。静寂が戻り、ふたたび男たちの荒い息づかいが響く中、喉に木刀を押しつけられた相手が、かすれ声でつぶやいた。

「ま、参った」

真剣であれば、喉笛を掻き切られていた。

かたわらで勝負を見つめていた裁き役が、大声で告げた。

「斎藤、一本ありッ」

弥九郎が力を抜いて木刀を引くと、裁き役が、もういちど声をかけた。

「分かれッ」

負けた男は転がるようにして、急いで庭に出ていった。

勝負が決まった時には、全員が静止し、「分かれ」の声で、致命傷を与えられた者が、そのまま稽古場から退く。

それだけが大がかりの鉄則だった。あとは足をかけようが、体当たりをしようが、転んだ相手を攻撃しようが、寸止めであれば禁じ手はない。

弥九郎は手のひらの汗を袴でぬぐい、木刀を持ち直した。

普段は剣術家とは思えないと言われるほど、優しげな顔立ちだ。彫りが深く、鼻筋が通って、濃いめの眉が少し下がり気味なところが、柔らかい印象を与える。

しかし木刀を構え直したとたんに、別人のような鋭い目に変わる。裁き役が再開を告げた。

「かかれッ」

次の攻撃が始まった。残るは四人。だが、またもや間合いを計るばかりで、打ち込んで来る者はない。

稽古場は障子も板戸も開け放たれ、撃剣館の門人たちが、大勢、庭に立ち、勝負を見つめている。その中のひとりが叫んだ。

「早くかかれッ。斎藤さんを休ませるなッ」

時間を置けば、弥九郎が体力を回復する。ほかの門人たちも口々に囃し立てた。

「江川、かかれッ」

「藤田、遠慮するなッ」

「豊田彦次郎《とよたひこじろう》ッ、おまえから行けッ」

江川は幕府の代官の御曹司だ。二十三歳の弥九郎より三歳下の二十歳。二重まぶたの大きな目が上がり気味で、いかにも利かん気な顔立ちだ。今は邦次郎といって、江戸屋敷住まいだが、いずれは国元の伊豆韮山に戻って代官職を継ぎ、江川太郎左衛門《えがわたろうざえもん》と名乗ることが決まっている。

藤田は虎之介といい、年は十五。水戸藩の学者の息子で、すでに藤田東湖《ふじたとうこ》という号も使っている。切れ長の目と、きりりと結んだ口元が、理知的な印象を与えるが、笑うと一転、愛嬌があり、性格も明るい。

豊田彦次郎も十六歳の若者だ。水戸藩領の農家の生まれで、二年前に藤田が撃剣館に入門した際に、従者としてついて来たところを見込まれて、一緒に入門した。見込まれるだけあって体格がよく、稽古熱心だ。

だが三人とも弥九郎の敵ではない。十人がかりが始まってから、兄弟子たちの後ろを、うろつくばかりで、いちども打ちかかってこない。そのために残ったも同然だった。

ただ、もうひとりの寄せ手が強敵だった。鈴木斧八郎《すずきおのはちろう》といって、すでに撃剣館から独立し、自分の道場を開いており、尾張徳川家の剣術指南役も務めている。弥九郎よりも十四歳上の三十七。剣術家として脂がのりきった年齢だ。

また庭から囃し立てる。

「若い奴らは、うろついてるだけかッ」

「江川、だらしないぞッ」

江川は囃されて、かっとなり、木刀をつかみ直すなり、甲高い声を発しながら、闇雲に突っ込んできた。

弥九郎は鈴木の立ち位置を、一瞬、目で確認した。右から二番目で、やや奥に離れており、一歩で踏み込める距離ではない。

目の前に江川の木刀が迫り来る。弥九郎は自分の木刀を軽く振って、それを易々と弾いた。弾かれた木刀が戻ってくるまでの隙に、相手の胸元に入り込み、そのまま江川の体を楯にするつもりだった。

しかし江川の木刀を弾いた瞬間、思いがけないことが起きた。弥九郎の伸ばした両腕の下に、右斜め前から、すいっと別のものが入ったのだ。

あっと思った時には、剣先が道着の左胸に突きつけられていた。鈴木斧八郎の木刀だった。

裁き役の大声が響く。

「勝負、あったッ」

弥九郎は息を止め、思わず目をつぶった。あの場所から、いつの間に打ち込んできたのか、まったく予想外だった。それも右斜め前から、左胸の心臓をひと突きする位置まで、気配もなく瞬時に近づくとは。

鈴木が木刀を引きながら、片頬を緩めた。

「江川を甘く見て、慢心したな」

まさしく、その通りだった。弥九郎は悔しさを抑えて、江川に向けていた木刀を引き、頭《こうべ》を垂れた。

「参りました」

凍りついていた江川の表情が緩む。だが、ほっとした途端に力つきたか、その場に倒れ込んでしまった。藤田も豊田も、腰が抜けたように座り込んだ。

庭先から歓声が湧く。

「さすが鈴木先生だ」

「斎藤さんも、すごかったぞ」

「いい手合わせを見せてもらった」

だれもが双方を讃える。だが弥九郎は顎先から滴《したた》る汗を拭いながら苦笑した。

「負けて褒められても、嬉しいものか。あと二、三人は倒せると思っていた」

大がかりで、受け手側の完全勝利は、なかなかない。最初から自分の力を超える人数を揃え、何人まで倒せるかを試みるのだ。

庭先から軽口が返ってきた。

「いや、鈴木先生のほかは、もう雑魚ばかりだ。いてもいなくても同じだろう」

爆笑が湧く中、いきなり江川が立ち上がり、大きな目を見開いて食ってかかった。

「何だとッ。雑魚とは何だ、雑魚とはッ」

だが疲れ切っており、足元がよろけて、いっそう笑いが高まる。さらに江川が、むきになるのを、弥九郎が押し留めた。

「江川、やめろ。おまえたちは雑魚じゃない。それぞれの力に応じて、充分に頑張った」

江川は容貌通りの短気で、なおもむくれ顔を隠さない。

弥九郎は、それにはかまわずに、自分の木刀を、壁の刀掛けに戻しに行った。庭の門人たちは、ざわざわと散り始めている。

木刀を掛けると、初めて疲れが襲ってきた。肩や頭上から、大きな手で押さえつけられるかのように、全身が重い。気がつけば顔から首、道着の中まで汗びっしょりだった。弥九郎は刀掛けにすがるようにして、目を閉じた。

そこに声をかける者がいた。

「斎藤、さすがに疲れたか」

さっきまで裁き役を務めていた渡辺登だった。弥九郎よりも五歳上で、撃剣館の兄弟子のひとりだ。

三河田原藩の学者だが、蘭学にも通じ、絵は並の絵師など足元にも及ばないほど巧みで、渡《わた》辺《なべ》崋《か》山《ざん》という雅号も用いている。

目が三白眼気味で鋭いが、眉が薄く、鼻先が丸い。繊細な画風とは裏腹に、人柄は豪放磊落で、声が大きい。今日の裁き役も、自分から買って出たのだ。

弥九郎は刀掛けから片手を離し、笑顔を向けた。

「疲れましたよ。でも六人しか倒せないとは、思いませんでした」

勝者となった鈴木斧八郎も近づいて言う。

「いや、たいしたものだった。強い奴から倒していくところが、いかにも斎藤らしい」

渡辺は、もう一歩近づいて、肘で小突きながら持ち前の大声で聞いた。

「どうだ。覚悟は定まったか」

弥九郎は首を横に振った。

「いえ、やはり私には無理です。岡田先生の足元にも及びません。先生だったら、十人すべて倒されたでしょう」

岡田十松《おかだじゅうまつ》は撃剣館の主《あるじ》で、ここにいる門人たち全員の師匠だ。それが七日前に、五十六歳で急死したのだ。

岡田は結婚が遅かったために、長男が、まだ十三歳だ。剣術の筋は悪くはないが、道場を背負って立つ年齢ではない。

岡田の生前から、弥九郎が師範代を務めていたこともあり、葬儀の手配などは、岡田の遺族と相談して、すべて取り計らった。

撃剣館を巣立っていった門人たちは、膨大な数に及ぶ。それが焼香に押し寄せ、人の列が屋敷を何重にも取り巻き、とてつもない葬式になった。それを弥九郎が無事に執り行ったのだ。

以来、先輩たちは口々に言う。

「先生の息子たちは、まだ幼いし、しばらくは斎藤が先生の跡を継いで、面倒を見て差し上げるしかないな」

弥九郎は首を横に振った。

「とんでもありません。私には、そんな力はありません」

生前の岡田十松には、人を見る目が備わっていた。渡辺崋山も藤田東湖も、そして江川も、いずれ名をなす人物に違いなかった。

彼らを引き寄せ、それぞれの長所を見極めて、進むべき道を自覚させたのは、岡田の成せる技だ。弥九郎には、その跡を継ぐ自信がない。

だが、ほとんどの門人たちは、どこかの藩に属しており、町道場を背負って立てる者などいない。おのずと周囲の期待は、身軽な弥九郎に集まる。

そして今日、岡田の初七日を迎え、ふたたび門人が集まった際に、渡辺が言い出したのだ。

「先生の追善供養として、これから大がかりをやらぬか。受け手は斎藤だ」

すぐに鈴木斧八郎が賛成し、たちどころに十人の寄せ手が名乗りを上げた。

弥九郎は、大がかりは七人まで経験があるものの、十人というのは初めてだった。それでも受けて立った。

夢中で剣を振るっている間だけは、師を失った哀しみからも、責任を押しつけられる戸惑いからも逃れられる。何もかも忘れたかった。

しかし終わった途端に、また話が蒸し返される。渡辺が冗談まじりの口調で聞いた。

「よもや斎藤は、先生の跡を継ぐのが嫌で、負けたのではあるまいな」

弥九郎が、さすがにむっとして言い返そうとしたが、鈴木が先んじた。

「いや、斎藤は、いい加減な手合わせなどせぬ。それは相手をした私が、いちばん、よくわかる」

するとと渡辺は冗談だと笑った。そして真顔に戻り、まだ板敷きの床に座り込んでいる三人の若者たちを、目で示した。

「斎藤が跡を継がぬとしたら、あいつらを、どうする？　特に豊田だ」

弥九郎も大柄な豊田彦次郎に目を止めた。藤田も江川も、たとえ今ここで剣の修行を終えたとしても、将来が閉ざされることはない。

だが豊田は百姓の出だけに、剣術を身につけない限り、水戸藩に召し抱えられるのは難しい。学問に関しては天才肌だけに、ここで放り出すのは忍びなかった。

弥九郎自身、百姓の出であり、世に出る厳しさは理解できる。亡き岡田も同じく百姓の出だった。だからこそ藤田の従者にすぎなかった豊田彦次郎を見込んで、弟子として迎えたのだ。

弥九郎は十五歳の時に、越中の山深い村から、たったひとりで江戸に出て来た。そして縁あって岡田に拾われ、剣術を身につけ、学問も修めてきた。

ただ弥九郎の夢は剣術家ではなく、昔から学者だった。すでに漢学も蘭学も納め、渡辺のような学者との付き合いも少なくない。この先は、どこかの藩に召し抱えられるか、さもなくば、せめて私塾を開きたかった。

その夢を捨てて、今ここで町道場の主になど、なっていいのかという思いがある。それに周囲の都合で、責任を押しつけられるのにも抵抗があった。

だいいち岡田の息子が長じれば、二代目岡田十松を名乗らせ、主の座を返すのが筋だ。その頃、自分は三十を越えている。そうなってから学者の道が開けるわけでなし、新たに道場を開くにしても、並ならぬ金がかかる。どう考えても、割の合わない話だった。

まして迷いを抱えたままで、跡を継ぐなど、恩ある師に対して失礼に思える。今日、不覚を取ったのも、迷いのせいのような気がした。

そんな気持ちを読み取ったか、渡辺が、またもや大きな声で言う。

「まあ、納得がいくまで、考えたらよかろう。ただ先生も、そなたに跡を託したかったのは疑いない」

弥九郎は聞き返した。

「なぜ、そう思うのです。先生の遺言を伺った者は、いないはずです」

「いや、先生は、そなたを見込んで教えていた。どうやって人を導き、育てるかを」

たしかに生前の岡田から、よく言われた。

「いいか、斎藤、ここに通ってくる者たちの、ひとりひとりに、よくよく目を配るのだ。そうすれば、だれをどう導けばよいのかが、おのずから見えてくる。ひとりひとり違うのだから、通り一遍のやり方などない」

剣術に限らず、各人の得意なことを見極めて、褒めてやれという。足らないところは目に尽きやすいが、それを言い立てるのではなく、足るところを褒めて、伸ばしてやることが大事だという。

その時、弥九郎は師に聞いた。

「私にも褒めて頂けることは、ありますか」

岡田は即答した。

「そなたは実務に長けている。算盤勘定ができるし、何をするにも、即座に手順を考えるのが上手い。手際のよさは、剣術にも表れている」

弥九郎は少し鼻白んだ。学者になりたくて江戸に出て来たのに、算盤勘定を褒められても嬉しくはない。

岡田は不満顔に気づいて言った。

「実務に長けているのは、商家にいたせいであろうが、それを恥じることはない。むしろ活かせ。実務を執れる者は少ない。それに人を育て、育てた者たちを、束ねて使う力も、そなたには備わっていそうだ」

そんなふうに人を育てる指導を受けてきたのは、多くの門人の中で弥九郎だけだった。それでも岡田から直接、跡を託されたわけではない。やはり弥九郎が学者として人を育てることを前提にして、指導法を教えてもらったのだと思いたかった。

その夜は稽古場も座敷も開け放って、精進落としの会食が開かれた。酒が入ると、案の定、弥九郎は、何人もの先輩たちから説教された。

「おい、斎藤、おまえくらいしかいないのだからな。撃剣館を継ぐのは」

身軽だというだけでなく、道場を引き継ぐとしたら、剣の腕だけでなく、経営実務も必要になる。その点でも弥九郎が適任だった。

「斎藤、いい加減に覚悟を決めろよ」

くどくどと繰り返されて、弥九郎は少々嫌気がさし、厠《かわや》に行くふりをして席を立った。

台所をのぞくと、岡田の妻が女中たちや、近所から手伝いに来た女たちを指図して、酒や皿小鉢を運ばせている。弥九郎が仕出し屋に注文して、準備した料理だ。

明日になれば香典袋を開いて、仕出し屋の支払いをしなければならない。そんな雑用をこなしているうちに、嫌も応もなく、道場を任されそうで、それも気が重かった。

弥九郎は奥の小部屋に向かった。ここまでは門人たちの出入りがなく、ひっそりとして、行灯《あんどん》には火も入っていない。それでも襖を開けておけば、台所からの灯りで、部屋の様子はわかる。

弥九郎は隅に置いてある薬箱から、手探りで塗り薬を取り出し、ひとりで傷の手当てを始めた。

稽古は寸止めとはいえ、下手な者ほど勢い余って、木刀を当てる。当ててしまうと、勝ちにはならない。今日の大がかりでも、弥九郎は何ヶ所も傷を負っていた。

袴の裾を持ち上げて、脛の傷に塗り薬をすり込み、打撲の痣には、布に膏薬を塗り広げて、湿布を当てた。背中にも痛みがあり、諸肌脱いで、膏薬を貼ろうとしたが、手が届かない。

面倒だからと諦めかけた時だった。開けたままの襖の向こうに、若い女の姿が現れた。手燭を掲げ持っている。

「まあ、こんな暗いところで」

岡田家の女中として、住み込みで働いている小岩だった。

「お薬ですか。お手伝いしましょう」

弥九郎は少し慌てて、脱いでいた着物を引き上げた。

「いや、もう、しまいだ」

「でも、まだ膏薬が」

小岩は、弥九郎が膏薬を持っているのに気づくと、するりと入ってきた。持っていた手燭から、部屋の隅の行灯に火を移す。

暗かった部屋に明かりがともり、小岩の横顔を照らす。歳は十八。目は切れ長、鼻筋が通り、細面の白い肌は、きめ細やかで、町道場の女中にしておくには、もったいないような美人だ。

ほっそりとした手で、弥九郎の手から膏薬を取り上げて聞いた。

「どこに、お貼りしましょう」

弥九郎は若い女に膏薬を貼ってもらったことなどない。少し、どぎまぎして答えた。

「ならば、背中に」

もういちど諸肌脱ぐ。日々の稽古で鍛えた体は、人に見られて恥ずかしいものではない。だが相手が美人となれば話は別だ。

しかし小岩は、そんなことよりも傷に驚いた。

「まあ、こんなに」

本人が自覚する以上に、打撲傷があるらしい。小岩のなめらかな指先が、背中を這う。

「この辺り、でしょうか」

軽く押されて、思いがけない痛みが走り、思わず半身をのけぞらせた。

「あ、ごめんなさい」

可愛らしい声で謝られ、弥九郎は平静を装った。

「いや、たいしたことはない」

小岩は右の肩の下辺りに膏薬を貼った。さっそく弥九郎が着物を着ようとすると、押し留められた。

「待って。このままでは、すぐにはがれてしまいますから」

そして薬箱から、細く割いた晒《さら》しを取り出した。道場は怪我がつきものだけに、晒しは使うたびに洗って、巻き取ってある。

小岩は膝をすりながら、弥九郎の背中にまわった。そして晒しの端を、膏薬の上に当てると、くるくると巻きを戻して、細い手でつかんだまま、左脇から前に差し出した。

硬い脇腹に、女の柔らかい手が触れる。それが思いもかけない感触だった。

弥九郎は、ひとつ深い息をついてから、脇で晒しを受け取り、胸の上を転がして、右肩から後ろに渡した。それを小岩が肩越しに受け取り、また指先が軽やかに背中をなぞる。

もういちど左脇から差し出された時には、晒しの巻きは、さっきよりも、ずっと細くなっていた。あと半周もすれば、巻き終えてしまうのが、惜しい気がした。

小岩の美貌に心惹かれる門人は少なくない。だが亡き岡田が、よそからの預かりものだと言って、奥で大事にしてきた。だから誰も手を出せないでいる。

小岩の父親は堀和兵衛といい、旗本の家来だという話だった。主家の旗本にしても、二百五十俵取りに過ぎず、当然、家来の暮らしも苦しい。ただ娘の器量がいいことから、どこかの大名家の奥勤めを、させたがっているとも聞く。

撃剣館には、あちこちの大名家の家臣が集まっているだけに、伝手《つて》を期待しているらしい。大名の手がついて、若君でも産めば、親兄弟も出世できる。

そのために今まで門人たちが、何度か奥奉公の話を持っていったが、当の小岩自身が、首を縦に振らないという噂だった。

弥九郎は怪我の手当を受けながら、なぜ奥奉公を拒むのか聞いてみたかったが、自分が聞ける立場にはないような気もした。

だが黙り込んでいるのも変だし、何か話さなければと、あれこれ考えをめぐらせているうちに、小岩の方から聞かれた。

「斎藤さまは先生の跡を継がれないのですか」

弥九郎は沈黙が破られたことで、気が楽になり、軽口で答えた。

「このままでは逃げ切れぬかもしれぬな」

小岩も笑って言う。

「まあ、そのようなことを」

笑ってもらえたことで、いっそう気楽になり、聞きたかったことが口から出た。

「そなたは、どこかの奥勤めでも、するのではないのか」

小岩は晒しの端を結びながら言った。

「私には奥勤めなど向きません。いろいろ女同士の諍《いさか》いも多いようですし」

「されど、そなたなら大名の目にも適おう」

するとと背中で、くすくすと笑い出した。

「大名屋敷の奥には、きれいな方など、いくらでもいます。私などに、だれが目をくれましょう」

「そうか。そういうものか」

弥九郎は妙に納得して、軽口を続けた。

「ここの男どもには、充分に高嶺《たかね》の花なのにな」

背中で晒しを結び終えた気配がする。だが小岩は黙ったまま動かない。どうしたのかと振り返ると、生真面目な顔で聞かれた。

「斎藤さまは、ここの跡を継がれないのなら、何をなさるのですか」

正直に答えた。

「本当は、学者になりたいのだが」

小岩から視線を外して、前に向き直ると、思い切ったことが口から出た。

「立派な学者にでもなれば、そなたのような者を、妻に迎えられたかもしれぬが」

自分には関わりない女だと思うからこそ、言えた言葉だった。だが、さすがに少し気恥ずかしくなって、すぐに茶化した。

「まあ私には、町道場の主くらいが似合いだ」

すると思いがけないことに、硬い声が返ってきた。

「町道場の主を、馬鹿にしておいでですか」

もういちど振り返ると、さっきまでとは一転、厳しい顔になっていた。

「私は今の今まで、斎藤さまを見損なっておりました」

すっくと立ち上がり、手燭をつかむなり、後も見ずに出て行ってしまった。その勢いで行灯の火が煽られ、小部屋の壁に映る影が、大きく揺らめいた。

急に不機嫌になったようだが、弥九郎には何が何だかわからない。

その時、稽古場の方から、藤田の明るい声が聞こえた。

「斎藤さん、渡辺さんが呼んでますよォ」

また跡継ぎの話かと、小さく舌打ちし、急いで着物を着込んで立ち上がった。

しかし大股で歩き始めた途端、脛に貼った膏薬が、ぺろりとはがれて、袴の裾から落ちた。だが、それに気がつかずに、踏んづけてしまった。膏薬が足の裏に、べっとりとついてしまい、いよいよ腹立たしい。

脛にも晒しを巻いてもらえばよかったと悔い、ふと胸の晒しに手がいった。これを、たった今、小岩が巻いてくれたなど、夢のような気がした。

それにしても、なぜ突然、怒りだしたのか。見損なっていたとは、どういう意味なのか。今までは見込んでくれていたということか。それで怪我の手当をしてくれたのか。

胸がときめくのと同時に、夢は醒めていく。理由はわからないが、見損なったと言われてしまったからには、やはり最初から関わりのない女だったのだ。そう自分自身に言い聞かせるしかない。脛にも巻いてもらいたかったなど、図々しいにもほどがある。

小岩は、あんなことを言いながらも、大身の旗本家あたりに、正妻として迎えられるに違いなかった。女は器量次第で、やすやすと身分を乗り越えられるのだ。

弥九郎にも身分を越えた叔母がいた。越中の山深い村から、惚れた男と一緒に江戸に出て、武家になったのだ。弥九郎は、その叔母夫婦を頼って故郷を後にした。今から八年前、十五歳の時のことだった。

第二章　雪深き故郷

弥九郎の故郷は、越中の仏生寺《ぶっしょうじ》村だ。富山湾に面して氷見《ひみ》という漁村があり、そこから南に広がる平地の外れ、まさに山際に位置する村だった。

いくつもの小さな集落から成り、小川が山に切れ込む谷間ごとに、人々は茅葺きの家を建て、寄り添うように暮らしている。

その中の脇ノ谷内という集落で、弥九郎は寛政十（一七九八）年に生まれた。父の新助は仏生寺村の組合頭をしており、集落のまとめ役だった。

家系ははっきりしており、弥九郎から三十四代さかのぼると、平安の武将、藤原利仁《ふじわらのとしひと》に至る。利仁の次男が、斎宮頭《さいぐうのかみ》になったことから、斎宮の斎と、藤原の藤を合わせて、斎藤と名乗り、その系統から、北陸に移る者が出た。

時代が下って、織田信長が北陸を攻めた際に、斎藤一族は、これに対抗した。しかし武運つたなく、各地に散った。そして仏生寺村に土着したのが、弥九郎の先祖だった。

斎藤家の住まいは、集落の中ほど、小川が蛇行する内側に建っている。あたかも堀に囲まれているかのようで、いかにも戦国武将が選んだ土地らしい。

弥九郎は物心着く頃から、由緒正しき血統や、組合頭の長男という立場を誇りにせよと、父の新助から言い聞かされて育った。

そのため、集落の子供たちと川で泳ぎ、山を駆けまわっても、何でも一番にならなければ気がすまなかった。

読み書きは、六歳で父親から手ほどきを受け始め、続いて隣の集落の神社まで、手習いに通うようになった。

歩いて半里ほどの距離だったが、弥九郎は雪深い冬でも、雪靴に樏《かんじき》をつけて、ひとりで通った。宮司から書物を借りて読むのも、大きな楽しみだった。

その集落に弥助という少年がいた。弥九郎と同い年だったが、ずっと体が大きく、とほうもなく力が強い。最初に出会った時に、喧嘩を吹っ掛けられて、まったく敵わなかった。弥九郎は、自分の力が及ばない子供がいることを、この時、初めて知った。

ただ学問では、はるかに弥九郎が勝《まさ》った。いつしか互いの力を認め合い、名前に同じ弥の字がつくこともあって、親しくなった。

弥九郎には、お兼という叔母がいた。父の妹で、この頃、高岡の商家に奉公に出ていた。高岡は仏生寺村から、ひとつ山を越えた大きな町で、村から奉公に出るなら、ここに決まっていた。

お兼は高岡で、同じ集落から奉公に行っていた男と恋仲になり、ふたりで江戸に出た。新助は猛反対したが、駆け落ち同然で姿を消したのだ。

しばらくして手紙が届き、お兼の夫は江戸で武士になり、土屋《つちや》杢衛門《もくえもん》という殿さまに仕えて、脇谷《わきや》九郎三郎《くろさぶろう》と名乗っていると伝えてきた。

手習いの帰り道、弥九郎は、この叔母をうらやんで、弥助に言った。

「いいよな。女は。男次第で、侍の奥方にだって、なれるんだから」

すると弥助は、いとも簡単そうに答えた。

「俺たちだって、なれるさ」

「なれるって何に？」

「侍さ。おまえは、もともと侍の血筋だし、それに頭がいいから、学者か医者にでもなればいい。俺は力があるから、剣術を習って、どこかのお大名の召し抱えになる」

「そんなに容易《たやす》くはないだろう」

「なんでだよ？　最初から駄目だと思ったら、最後まで駄目だって、前に手習いで習っただろう」

それも道理だった。そして、いつかふたりで侍になろうと、密かに約束をした。

文化七（一八一〇）年が明け、弥九郎は十三歳になると、高岡に奉公に出たいと、父の新助にせがんだ。

だが新助は許さなかった。お兼で懲りていたのだ。それでも懸命に頼み込むと、息子の野心を見抜いて、不機嫌そうに言った。

「高岡に出ても、侍になど、なれんぞ」

弥九郎は口ごもりながら答えた。

「侍じゃなくて、医者か学者になりたいんだ」

しかし新助は鼻先で笑った。

「百姓の子が、医者や学者になど、なれるものか。それに、おまえは長男だ。この家を継げばいいんだ」

もともと学問は、新助が勧めてくれたのだが、組合頭を継ぐための教養程度のつもりだったという。それでも弥九郎が諦めきれないでいると、思いがけないことに、母のお磯が味方してくれた。

「こんなに言うんだから、納得するまで、やらせてみれば、いいじゃないですか」

しかし新助は、なおも反対した。

「うちじゃ男の子供は、弥九郎ひとりだ。跡継ぎを手放すわけにゃいかん」

弥九郎の下には、妹ばかり三人いる。しかし、お磯も引き下がらなかった。

「きっと次こそは、男の子を産みますから。だから一年か二年だけでも、奉公に行かせてやってくださいな。それで駄目なら、帰って来させれば、いいじゃありませんか」

夫に、すがるようにして頼んだ。

「弥九郎は頭がいいし、何か大きなことを、しそうな気がするんです」

「それは親の欲目というものだ」

「でも、でも、奉公に行けば、給金だって貰えるし、うちの暮らしの足しにだって、なるじゃないですか」

学問の師である宮司も、弥九郎の学才には太鼓判を押していた。新助は、母子に拝み倒されて、しぶしぶ承知したのだった。

弥九郎は高岡の油商に住み込みで働いた。学者や医者は、夜、書見をする。そのために灯油が必要になる。油商で働いていれば、きっと学者や医者との縁ができると踏んだのだ。

油商の主人は、弥九郎が読み書き算盤ができることから、店の仕事をさせたがった。だが弥九郎は、あえて振り売りに出た。油樽を天秤棒の両側に掛け、肩に背負って町を歩くのだ。学者や医者の家には、特におまけをして、顔をつないだ。

しかし、それ以上は進まなかった。油売りの相手をしてくれるのは、下働きの奉公人ばかりで、当主の顔を見ることはなかったのだ。ただ重い油樽を担いでいただけに、体は鍛えられた。

一年が経ち、十四歳になると、新助から帰ってこいと手紙が来た。だが、もう一年だけと懇命に頼み、油商を辞めて、薬種屋に勤めを変えた。街道筋に面した、蔵造りの立派な老舗だった。薬種屋なら医者との繋がりが期待できる。

富山の薬売りとして、諸国に出かける道もあったが、弥九郎は、今度は店の中の仕事につかせてもらった。薬の種類や名前、病気に応じた処方などを、片端から覚えた。医学書も手当たり次第に読んだ。

だが医者本人が店に来ることは、滅多になかった。薬箱持ちと呼ばれる弟子たちが買いに来るだけだった。

またもや道は開けない中、弥九郎は、この店で、加賀藩の大名行列を見た。加賀百万石だけに、三千人もの壮大な行列だ。

高岡は富山藩領ではなく、加賀藩に属する。そのために街道沿いの店では、店主や番頭、手代たちが、店の土間に土下座して見送る。ただ、とてつもなく行列が長いだけに、最初から最後まで土下座は続けられない。内々に交替が許されていた。

弥九郎も自分の番が来ると、腰を低くして土間に出て、そっと手代と変わり、次の番と変わるまで、深々と頭を下げ続けた。自分の番でない時は、店の奥に引っ込んで、柱の陰から行列を盗み見た。

騎馬の武士はもちろん、延々と続く槍持ちや鉄砲組も、堂々たる姿だった。列の中ほどに現れた金蒔絵の大名駕籠には、ただただ目を奪われ、息をひそめて見つめた。

武士になりたいという思いが強まった。なんとかして、あの行列に加わりたかった。自分も名のある武将の末裔なのだ。

しかし道は開けないまま、季節は過ぎていった。そして雪が降り始めた頃、また父から手紙が届いた。

再来年、加賀藩の命令で、新田開発を行うという。そのためには来春、雪が溶けたら、まず下調べを始める。だから今度こそ、奉公を辞めて帰ってこいという。とにかく正月には顔を見せろと結んであった。

弥九郎は気が重かった。二年も高岡にいて、何もできずに帰るのかと思うと、心底、情けなかった。期待してくれた母に、報いることができないのも哀しかった。

そんな時、鋳物屋の下働きの少年が、店に駆け込んできた。

「火傷《やけど》の薬をくださいッ。できるだけ、たくさん」

鋳物の作業場で事故があり、大勢の職人たちが火傷を負ったという。すでに医者が駆けつけており、命にかかわる者はいないが、火傷の薬が足りなくなって、買いに走ってきたのだ。

高岡は鋳物業が盛んで、特に金屋町という一角は、軒並み鋳物業者の町家だ。事故の起きた鋳物屋も、その金屋町だった。

弥九郎は、今こそ医者に会う好機と見て、店の主人に頼んだ。

「旦那さん、私も行っていいですか。手伝いも要るでしょうし」

「ああ、それがいい。行っておいで」

主人も快く送り出してくれて、弥九郎は大量の火傷薬を手早く風呂敷に包み、少年とふたりで雪道を金屋町まで走った。

少年の案内で、一軒の町家に飛び込んだ。通りに面しては、どこも格子戸のならぶ普通の町家だが、奥に作業場がある。

土間に屋根をかけ、四方を塗り壁で囲っただけの建物だが、中は熱気が充満していた。見れば、溶けた銅が土の上に広がっていた。

火傷を負った職人たちが、あちこちに座り込んで苦しんでいる。医者が塗り薬をつけ、薬箱持ちが晒しを巻いているが、火傷を冷やす水桶さえ足りず、汚れた雪を傷口に当てている者もいる。弥九郎は、すぐさま風呂敷を広げて、手伝いにかかった。

鋳物は、こしき炉という樽型の炉を使う。中で大量の炭火を焚き、そこに銅材や鉄材を投入して溶かす。すっかり溶けたものを、鋳型に注いで、製品を作るのだ。

こしき炉は分厚い陶器製で、鉄の箍《たが》を巻いて補強してある。そのために滅多なことでは壊れない。だが今日は、大きな釣鐘を作っていた最中に、突然、炉が割れて、中で真っ赤に溶けていた銅が飛び散ったという。

周囲にいた者たちは逃げる間もなく、灼熱の銅を浴びて、火傷を負ったのだ。いつもより溶かす量が多く、炉自体も古かったために、事故につながったらしい。

すべての手当が終わったのは、夕方になっていた。帰りがけ、作業場から出たところで、弥九郎は思い切って、医者に声をかけた。

「今日は、お世話になりました」

医者は初めて気づいた様子だった。

「ああ、薬屋さんか。手伝ってくれたのかね。それは助かった」

「いえいえ、たいしたお手伝いはできませんでした。それより」

弥九郎は迷わず話を切り出した。

「私を弟子にして頂けないでしょうか」

機を逃すまいと、一気にまくし立てた。

「薬のことは心得がありますし、漢籍も読めます。一生懸命、務めますので」

すると医者が怪訝顔で聞いた。

「そなた、家は何をしている？」

「父は百姓ですが、村で組合頭をしています」

「医家ではないのだな。ならば弟子にはできぬ」

「なぜです？　なぜ、お医者さまの子でなければ駄目なのですか」

「医者は人の命を扱う。大事な仕事ゆえ、先祖代々、医者の血筋でなければ務まらぬ。だいいち、人はそれぞれ、なすべき本分がある。百姓の子なら百姓をせよ。それが、そなたの本分だ」

医者は足早に去っていく。薬箱持ちは小馬鹿にしたような目を向けて、その後を追った。

金屋町の通りは、もう薄暗く、町家の格子戸の間から光がもれていた。

弥九郎は拳を握りしめて、その場に立ち尽くした。悔しさで目がくらみそうになる。医者は実力次第と信じていたのに、身分の壁を、あからさまに言い立てられたのだ。

だが同時に、負けん気が湧き上がる。こんなことで負けてなるかと思う。医者が駄目ならば、学者になってやる。なんとしても立派な学者になって、あの医者を見返してやろうと思った。

しかし、それからも道は開けなかった。正月には、とりあえず家に帰らなければならない。その時に父親を説得できない限り、春には奉公を辞め、すべての夢を諦めることになるのだ。

幼い頃は何でも一番になれた。それが隣の集落に、自分よりも強い弥助がいることを知った。高岡に出たら、自分の誇りなど、取るに足らないものだと思い知った。そして今は悔しさと焦りで、心がいっぱいだった。


明ければ十五歳という大晦日は、早朝から雪模様だった。

弥九郎は薬種屋の主人に挨拶すると、風呂敷包みを肩から脇に斜めがけし、その上に蓑笠を着こんで、店を出た。降りしきる雪の中、足元は雪靴、背中には、輪樏《わかんじき》を括《くく》りつけてある。

北国街道沿いの蔵造りの町家には、すでに門松や注連縄《しめなわ》が飾られている。だが街道を行き来する人々は、師走の言葉通り、だれもが走りまわっている。今年中に片づけるべき仕事を、まだ抱えているのだ。

そんな忙《せわ》しない道を、弥九郎は、ひとり西に向かった。雪道は踏み固めてあるものの、足取りは重い。店からは正月七日まで暇をもらったが、父と顔をあわすのが嫌だった。丸二年ぶりの帰省だというのに、心は弾まなかった。

町外れを過ぎると、田園の一本道を進む。降りしきる雪で白一色の世界だ。そろそろ山並みが近づく辺りかと、目を凝らすと、目印の一本松が立っていた。

一本松からは北国街道を外れて、仏生寺村に向かう。人の往来が減るために、降り積もった雪で踏み跡が消えている。弥九郎は、輪樏を背中から降ろし、紐で雪靴に結びつけて歩き始めた。

ほどなくして山の登り口に至り、そこから先は一面の杉林だ。一定間隔で、幹に赤い布きれが括りつけてある。それを目印に登っていけば、迷わずにすむ。

しかし登るにつれ、雪が激しくなってきた。笠の上にも、水を含んだ重い雪が積もり、頭を振るたびに、固まりになって落ちる。

杉の葉に積もった雪が、ときおり身震いするかのように、音を立てて滑り落ちる。それ以外に聞こえるのは、自分の息と、輪樏が雪面に食い込む、単調な足音だけだ。

視界に入るのは、雪と黒い木の幹と深緑の葉。自分がまとう蓑笠だけが薄茶色で、自分の息さえも白い。

峠が間近というところで、かすかに木の燃える匂いがした。峠に粗末な小屋がある。いつもは無人で、吹雪の際などに、避難できるように設けられたお救い小屋だ。そこで誰かが火を焚いているらしい。

「ありがたい。火に当たれるぞ」

弥九郎は、思わず声に出してつぶやき、足を速めた。降りしきる雪を通して、小屋が見えてきた。燃える匂いは、いよいよ強まる。やはり人がいるらしい。

櫟の音を立てて近づくと、いきなり引き戸が開いて、大男が姿を現した。

「弥九郎、待ってたぞォ」

一瞬、誰だか、わからなかった。

「俺だ、弥助だ」

「おお、弥助か。ずいぶん変わったな」

十三で別れた時には、たがいに声変わりの最中で、かすれ声だったのが、野太い声に変わり、背も伸びて、すっかり大人びていた。

さっきまで気が重かったのが、幼馴染みに会って、急に懐かしさが湧き立つ。

「とにかく入って、火に当たれ」

手招きされて、笑顔で小屋に入った。

土間の中ほどに火が燃えさかり、周囲に藁が敷かれている。壁際には薪が積まれ、火打ち石も用意されている。いつでも火を熾《おこ》せるように、仏生寺村で用意しているのだ。

弥九郎は蓑と笠の水を切ってから壁に掛け、乾いた藁の上に座った。かじかんだ手を火にかざすと、生き返るようだ。

「これは、ありがたいな。ここで火に当たれるとは思ってなかった」

手をこすり合わせながら、さっきから不思議に思っていたことを聞いた。

「けど、なんでおまえが、こんなとこに？」

弥助は薪を火にくべながら答えた。

「迎えに来てやったんだよ。おまえの母ちゃんが、おまえが帰ってこないんじゃないかって、あんまり気をもむんでな。もう少し待って、おまえが来なけりゃ、高岡まで迎えに行くとこだった」

弥九郎は笑い出した。

「そりゃ、手間かけたな。忙しい時に」

「いや、年越し前の力仕事は、みんな片づけたし。今日は俺は暇だ」

弥九郎は、留守にしていた二年間の、村の様子を聞いた。弥助は顔をしかめて言う。

「おまえがいた頃から、ずっと不作続きだったけど、特に、この二年は凶作だ。今度の正月は、餅がない家もある。それに、このままじゃ餅どころか、米も稗も粟も、次の収穫まで持つかどうかだ」

「けど雪が溶けたら、新田開発の下調べが始まるんだろう」

「そうだ。一年か二年、待って欲しいって、お役人さまに掛け合ってるけど、聞いて貰えねえらしい」

まずは雪解けを待って、土地の調査から始める。そして翌年からは、普段の畑仕事のほかに、力仕事が増える。

山の木を切り倒して運び出し、地中の岩や石を掘り起こして、斜面を棚田に造り替える。それだけでなく長い水路を掘って、遠くから水を引くのも大仕事だ。

そのため、ひとりでも多くの男手が必要になる。弥九郎のように、町に奉公に出ている者も呼び戻されるのだ。

弥九郎は炎を見つめながら言った。

「来年が豊作ならまだしも、もし米が足らないままで、俺みたいに奉公に行ってる奴らが帰ったら、いよいよ米の減りが早くなるな」

労働がきつければ、それだけ食べる量も増え、秋の収穫前には、穀物が足らなくなる。下手をすると、年寄りや弱い者から、飢えて死ぬことになりかねない。だからこそ新田開発は、豊作続きで備蓄米が充分にある時でなければ、難しかった。

弥助は声をひそめた。

「実はな、隣村から、一揆の誘いがあるんだ」

「一揆？」

「おまえの親父さんあたりは、お役人の言いなりだけどな。若い奴らは一揆に乗ろうって話してる。国中の百姓が申し合わせて、いっぺんにやるんだ」

弥九郎は突然の話に戸惑った。

「弥助も、やるつもりかよ」

「ひと暴れしてやるのも悪くないな」

そして身を乗り出した。

「俺な、鉄砲を使えるようになったんだ」

この辺りでは猟が盛んだ。百姓が農作業のかたわら、熊の胆《い》や鹿の角を求め、鉄砲を持って山に入る。薬として使えるために、弥九郎の勤める薬種屋でも、そんな獲物が持ち込まれれば、高く買い入れる。

「一揆になったら、俺は鉄砲を持って出る。食うものがなくなって、婆ちゃんが弱って死んでくのなんか、見たくねえしよ。年寄りは厄介者だから、この際、あの世に送っちまえってのが、お役人の考えらしいけどな」

弥九郎は驚いた。去年一昨年と作柄がよくなかったのは耳にしていたが、そこまで追い込まれているとは思わなかった。

「それじゃ俺も、やっぱり家に戻らなきゃならんだろうな」

するとと意外なことに弥助は反対した。

「いや駄目だ。おまえが帰ってきたら、一揆の頭に担ぎ出される」

「俺が？　けど俺は、一揆のことなんか、今、聞いたばかりだぞ。だいいち、まだ十五だ」

「年なんか、どうでもいいんだ。弥九郎は俺たちと違って頭がいいから、やらせろって、みんな手ぐすね引いて待ってるんだ」

村の若者たちは一揆に加担したがっているが、上に立つ者がいない。一揆が終わった後で責任を取らされ、打ち首もありうる。そのために弥九郎が帰って来るのを、待ちかまえているという。

弥助は、ふたたび身を乗り出した。

「いいか。一揆の頭なんか引き受けるな。それより、おまえは、やっぱり学者になれ。学者になれば、殿さまにだって説教できるんだろう？　新田開発も止めさせてくれよ」

たしかに藩の抱え学者になれば、藩主に対してでも提言ができる。しかし弥九郎は小さく舌打ちした。

「そんなことは簡単には、できねえんだよ。学者どころか、医者にだって侍にだって、なるのは一筋縄じゃないんだからな」

すると弥助は声を荒立てた。

「難しいってことなんか、最初から、わかってただろう。それでも頑張るって、おまえは町に出たんだろうが」

弥九郎は目を伏せて口ごもった。

「それができてりゃ、今頃、大威張りさ。とにかく高岡じゃ無理なんだ」

「じゃ、どこならいいんだ？　富山か、金沢か、それとも都か江戸か？　できるところまで出てけば、いいだろう」

弥九郎は言葉がなかった。弥助の顔を見た時には、故郷に帰ってきたという思いで、ようやく心が湧き立った。だが、またもや打ちのめされてしまう。

弥助は手荒く火を消しにかかった。

「とにかく家に帰っても、一揆の話にゃ乗るなよ。まあ、おまえの親父が目を光らしてるから、大丈夫だろうけど。俺は、おまえの母ちゃんに頼まれたからだけじゃなくて、この話をするために迎えに来たんだからな」

吹きさらしの田園のただ中で、自分の集落に帰るという弥助と別れて、ひとりで脇ノ谷内に向かった。

近づくにつれ、雪が上がり、懐かしい山並みが見え始めた。黒っぽい杉林の山肌は、粉を撒いたように一面、白くなっている。

その山裾に、やはり黒っぽい茅葺き屋根の家が、十数軒、ひっそりと建っている。三方にそびえる険しい山に、しっかりと抱かれるような形で、厳しい風雪から守られていた。

集落のただ中、まさに川を堀に見立てた先に、弥九郎の家がある。近づくと、道の雪掻きをしていた若い男たちが、手を止めて、怪訝そうに聞いた。

「弥九郎か」

幼い頃から慣れ親しんだ仲間たちだった。

「そうだ」

弥九郎がうなずくと、とたんに歓声をあげて駆け寄り、口々に言い立てる。

「弥九郎か。本当に、弥九郎なのか」

「見違えたな」

「すっかり一人前だ」

弥助の忠告は心得ていたものの、さすがに歓迎は嬉しかった。騒ぎに気づいたか、家の引き戸が開き、妹たちが飛び出してきた。

「兄ちゃん？　兄ちゃんか？」

満面の笑顔で、わらわらと駆け寄る。いちばん上は十一歳のお稲、次がお峰、お福。母のお磯も赤ん坊を抱いて出てきた。

「弥九郎、よく帰ってきたね。こんな雪だし、心配したよ」

もう泣き出している。弥九郎は笑って首を横に振った。

「このくらいじゃ、何ともないさ。峠まで弥助が迎えに来てくれたし。それより、また赤ん坊が生まれたのかい」

父は手紙に子供のことなど、何も書いてこない。お磯は赤ん坊を抱いたまま、片手で目元を拭い、照れたように笑った。

「お春だよ。今度こそ男の子だって言ってたのに、また女だから、父さんが腹を立てて。でも丈夫で、いい子だよ」

妹たちも幼馴染みたちも、弥九郎の帰省を喜んで、雪道で大騒ぎになった。だが突然、怒声が飛んだ。

「弥九郎ッ、何してるッ」

驚いて声の方を見ると、父の新助が、引き戸のところで仁王立ちになっていた。

「親に挨拶もせんで、何をしているんだッ」

弥九郎は戸惑いながらも、小首を下げた。

「あ、今、帰ってきたところなんだ」

お磯が小声で促した。

「すぐ家に、お入り。中で、父さんに手をついて、挨拶するんだよ」

「わかった」

弥九郎は、幼馴染みたちに目くばせをして別れ、妹たちに囲まれて家に入った。引き戸をくぐった途端、わが家ならではの懐かしい匂いがした。

ふた間続きの奥の板の間に、父が不機嫌そうに座っている。弥九郎は両手を前について、改めて帰宅の挨拶をした。すると新助は、さっそく釘を刺した。

「いいか。若い奴らには近づくな。あいつらは、よからぬことを考えてやがる」

幼馴染みを悪く言われるのは不愉快だったが、弥九郎は反論を呑み込んで、囲炉裏端に戻った。

妹たちが兄と話をしたくて、うずうずしている。弥九郎も、そんな様子が愛しくて、背負って来た風呂敷包みをほどいた。中から子供用の着物を取り出す。

「古着だけど、これは、お稲に。こっちは、お峰。それから、この小さいのが、お福のだ」

妹たちが歓声をあげて受け取り、すぐに体に合わせたり、袖を通したりする。

「少し大きいかな。店の女将《おかみ》さんがくれたんだ」

お磯も娘たちの喜びように目を細める。

「そうだったのかい。お金を使わせたんなら、気が引けるけど。頂いたのかい」

そして娘たちの腕と、袖丈を比べた。

「大きい分には大丈夫だよ。少し肩揚げをすれば着られるから」

弥九郎は風呂敷の中から、真新しい縞木綿の反物も取り出した。

「これは、母さんに」

お磯は目を丸くした。

「私に？」

差し出すと、戸惑い顔で受け取った。

「まさか、これも頂いたのかい」

弥九郎は笑顔で答えた。

「給金を貯めて、自分で買ったんだ」

給金は住み込みの食事代やら、風呂代やらを引くと、たいした額にはならない。それでも少しずつ貯めて買い求めたのだ。

母の戸惑い顔の口元が、への字に曲がる。弥九郎は首を傾げた。

「なんだよ、喜んでくれないのかよ」

その途端、お磯の目から、大粒の涙が、ぽろぽろとこぼれた。そして懐から手ぬぐいを取り出すと、顔に当てて泣いた。弥九郎は驚くばかりだ。

「どうしたんだよ。なんで泣くんだよ」

すると、お磯は泣きながら答えた。

「嬉しくて。あんたが買ってくれたかと思うと、嬉しくて」

妹たちも、貰い泣きしている。だが奥の間から不機嫌そうな声がした。

「金があったのなら、そんなものを買わずに、金のまま持ってくればいいんだ」

新助は聞こえよがしに舌打ちした。

「今、どれほど村が大変か、わかってるのか。不作続きの時に、真新しい着物など着られるものか。隣近所の手前も考えろ」

弥九郎は目を伏せた。たしかに、こんな時に着物など新調すれば、白い目を向けられる。しかし、お磯が慌てて言いつくろった。

「いいんだよ。これは大事に取っておくから。それで今度、豊作になるまで待って、秋祭りにでも下ろすから」

弥九郎は笑顔に戻って、今度は風呂敷から、真新しい煙管を取り出した。

「実は、父さんにも土産、あるんだ。煙管だ」

立ち上がって差し出そうとすると、新助は、ぷいと横を向いた。

「いらん。そんなもの。正月明けに、買った店に持っていって、金を返して貰ってこい」

そして、これ見よがしに、古い煙管に刻み煙草を詰めて吸い始めた。

「これだって古いが、まだまだ使えるんだ。おまえなんかに買ってもらわなくていい」

だが管の途中に穴が空いて、そこから煙がもれている。見るからに吸いにくそうだった。それでも新助は息子の土産に目もくれない。

弥九郎は浮き立っていた気持ちが、ふたたび沈むのを感じた。

それでも翌朝の元旦には、妹たちは弥九郎が持って帰ってきた古着を、嬉しそうに着ていた。お磯が夜なべして、肩揚げをしたのだ。

家族で囲炉裏端に座り、お磯が雑煮を椀によそって手渡した。茸や根野菜の入った具だくさんで、醤油仕立ての雑煮だ。弥九郎は、懐かしい味に舌鼓を打ちながら言った。

「美味いな。けど、餅がつけてよかったな」

弥助から、餅のない家も多いと聞いていたので、少し安心した。だが妹たちが妙な顔をしている。見れば椀に餅が入っていなかった。弥九郎の椀には三つも入っている。

「おまえたちには、餅、ないのか」

幼いお福が泣き出した。餅が欲しいのだ。

「泣くな、泣くな、兄ちゃんのをやるから」

椀を差し出すと、新助が冷たく言った。

「今年は、女子供に食べさせる餅はない」

「けど、俺だけなんて」

新助は餅の入った椀を置いた。

「いいか。おまえは今年から一人前に働く。だから餅を食えるんだ」

そして説教を始めた。

「おまえには組合頭の跡取りとして、覚えることが山ほどある。田んぼの仕事のほかに、山の仕事もあるしな」

田植えから草取り、稲刈りまで、村中で人を融通し合って作業する。その取りまとめが組合頭の役目だ。そのほかに山林の管理などもあり、仕事は多岐にわたる。

「それに春からの新田開発の話し合いや下調べには、おまえも出ろ」

この時まで弥九郎は、春には奉公をやめて、家に帰ろうという気持ちに傾いていた。しかし土産や餅の件で苛立っていたところに、帰って来るものという前提で話をされて、反発を感じた。

「待ってくれよ。俺は帰るとは」

新助は途中で言葉をさえぎった。

「帰ってこなくて、何をする気だ？　学者だの医者だのと言っていたが、どうせ、何の伝手も見つかっていないのだろう。最初から無理だとわかっていた。おまえが学者や医者になど、なれるはずがない」

　弥九郎は腹立ちをこらえて、黙って聞いていたが、新助の小言は続く。

「こんな田舎で、少しばかり読み書きができたからって、天狗になりおって。だいたい、おまえはだな」

　今度は弥九郎が父をさえぎって、思わず大声になった。

「俺は、まだ諦めてないッ」

　妹たちが、びくっと肩を震わせた。しかし新助は、なおも、せせら笑うように言う。

「二年で駄目なら、何年やっても同じだ」

「同じじゃない。俺は、俺は」

　弥助から煽られたことが、思わず口をついて出た。

「俺は、江戸に行くッ」

　言い出したら止まらなくなった。

「江戸で立派な学者になって、不作の年に新田開発なんかやらんように、殿さまに進言するんだ」

　すると新助は手を打って笑い出した。

「おまえは、そこまで気楽な奴だったのか。そんなことが、できるはずがなかろう」

　弥九郎は立ち上がった。

「それなら見せてやる。できるってことをッ」

　妹たちが怯えた目を向けるのもかまわず、土間に飛び降りて雪靴を履き、壁に掛かっていた蓑を羽織った。

「どこへ行く?」

新助の問いに、大声で答えた。

「江戸だよッ。今から江戸に行くんだッ」

お磯が、おろおろと腰を浮かした。

「元旦早々、何を言い出すんだい」

だが母の静止も聞かず、音を立てて引き戸を開けた。外には雪が舞っていたが、弥九郎は笠を被ると、蓑をひるがえし、一目散に駆け出した。

「お待ちッ。弥九郎、お待ちったらッ」

雪の中、母の金切り声が追いすがる。だが、もはや振り返りもせず、家から離れることだけしか、頭にはなかった。


弥九郎は高岡の奉公先に寄って、江戸までの路銀を借りようと思った。主人夫婦には気に入られており、出世払いで借りられそうな気がしたのだ。

だが元日に戻ってきたことを、主人が怪しんで聞いた。

「江戸に行くって、親父さんは、快く送り出してくれたのかい」

弥九郎が答えられずに黙り込んでしまうと、主人は首を横に振った。

「それじゃ貸してやれないよ。だいいち、この雪だ。江戸に行くのも並大抵じゃない。とりあえず春までは、うちで働きなさい」

しかし、いったん江戸に行くと決めたからには、高岡にいる意味がなかった。店に一泊し、明日、富山に向かおうと決めた。そこで手間仕事でも探して、路銀を稼ぎながら、江戸まで旅するつもりだった。

蔵造りの店の二階が奉公人部屋だ。だが正月は、誰もが実家に帰っており、暗く、がらんとしている。蔵造りは外壁も内壁も、漆喰で塗り固めてあり、それが冷え切って、手あぶりの火くらいでは温まらない。

窓には小さな観音開きの鉄扉が入っており、弥九郎は少しだけ押し開いて、外を見た。雪はやんでいたが、昨日まで人や馬や大八車が行き来していた往来が、ひっそりとしている。

ただ遠くから、子供たちの歓声が響く。鉄扉を大きく開いて首を出すと、晴れ着姿の子供が、独楽回しや羽根突きで遊んでいるのが見えた。

階下の奥座敷からは、楽しそうな笑い声が聞こえてくる。店の主人が年始回りの客たちと、正月料理で酒を酌み交わしているのだ。

脇ノ谷内の家には、羽根突きの羽根もなければ、独楽もない。それでも家族が集まれば、楽しい正月になるはずだった。だが弥九郎が飛び出してしまったために、今頃、家中が沈んでいるに違いなかった。

夕方近くなって、女中が呼びに来た。

「仏生寺村の弥助さんて人が来てますよ」

ひとりで寝転がっていた弥九郎は、すぐさま飛び起きて階段を下りた。閉めきった揚げ戸脇の潜り戸から顔を出すと、蓑笠姿の弥助が立っていた。

「どうしたんだ？」

弥助は懐に手を突っ込んで、小さな守り袋を差し出した。

「中に金が入ってる。おまえの母ちゃんが、届けて欲しいって言うんで、持って来てやった」

母の手縫いの守り袋だった。受け取って紐をほどいてみると、神社の守り札と、二朱銀が二枚、入っていた。

「これを、おふくろが？」

「いつか、おまえが遠くに行くこともあろうかと思って、親父さんに内緒で貯めてたんだと」

二朱二枚は、江戸までの路銀としては充分ではないが、弥九郎の家では、けっして少額でもない。どんな思いで、母がこれだけの額を貯めたのかと思うと、胸が熱くなる。

家を飛び出した時に、待てと叫んだのは、これを渡したかったからに違いなかった。

弥助は、背負っていた風呂敷包みも下ろして、中身を見せた。

「これも金に換えて、持ってけって」

母への土産の反物だった。弥九郎は守り袋を握って、首を横に振った。

「いや、それは、おふくろのために買ったんだ。持って帰って、おふくろに返してくれ」

弥助はうなずくと、来た道を引き返そうとする。弥九郎は慌てて引き止めた。

「待てよ。これからじゃ日が暮れる。夜の雪の山道は無理だ」

そして店の主人に頼んで、弥助を奉公人部屋に泊まらせて貰った。

夜遅くまで話し込み、底冷えのする部屋で、ふたりで布団を並べて寝た。闇の中で弥助が聞いた。

「おまえは俺が焚きつけたから、江戸に行くことにしたのかよ」

「そんなことはない。本当は、ずっと前から、わかってた。江戸に出なきゃ、何も始まらんって。けど踏ん切りがつかなかったんだ」

江戸には武家になった叔母夫婦がいる。それを頼れば、高岡で医者や学者への道を探るよりも、ずっと確実に思えた。

「そうか。それなら江戸で頑張れよ。それで侍になったら、俺を呼んでくれ。俺も侍になる」

弥九郎には自信がなかったが、元気を装って約束した。

「わかった。かならず呼ぶ」

一夜明けて、弥九郎は、やはり家に帰ると主人に嘘をつき、弥助とふたりで店を出た。低く垂れ込めた雪雲から、また小雪がちらついていたが、店の前で別れを惜しんだ。

「弥九郎、頑張れよ。どんなことがあっても、江戸で頑張れ」

「おまえも村で頑張れ。でも一揆が起きても、目立つことはするなよ。鉄砲も使うな」

弥助は、あいまいにうなずいた。そして、たがいにきびすを返して、逆方向に歩き始めた。弥九郎は東、弥助は西だ。

しばらく進んで、後ろを振り返ると、ちょうど弥助も振り向いた。そして笑顔で片手を上げた。弥九郎も手を振り返し、また東に向かって歩き始めた。

だが数歩で足が止まった。もういちど振り返ったが、もはや弥助は振り向かなかった。蓑笠の後ろ姿が、雪道の彼方に遠のいて行く。

追いかけたい衝動に駆られた。追いかけていって、一緒に村に帰りたかった。優しい母と妹たちの笑顔を、もういちど見たかった。

首から提げた守り袋に、そっと手を触れた。薄暗い行灯のかたわらで、母が背を丸め、守り袋を縫う姿が、脳裏に浮かぶ。

母は息子の願いを遂げさせたくて、貧しい暮らしの中で、わずかずつ金を貯めたのだ。その上、息子の無事を祈って、神社の守り札も用意してくれていた。

弥助の後ろ姿が涙でくもった。だが、さっきの別れの言葉が、耳の奥で聞こえる。

「弥九郎、頑張れよ。どんなことがあっても、江戸で頑張れ」

そうだ。自分は江戸に行く。どんなにつらくても、江戸で頑張るのだ。それが自分の決めた道なのだから。母が、これほどの金を貯めて、送り出してくれたのだから。

弥九郎は未練を振り切り、握り拳で目元を拭った。そして胸を張り、東に向かって、大きな歩幅で歩き出した。

十五歳になったばかりの早春だった。


冬場、江戸に向かうには、海沿いに越後まで行き、そこから長野を経て、中山道で関東に出ることになる。だが中山道は、碓氷峠の関所改めが厳しく、通行手形を持たない家出人など、まず通してもらえないと聞いた。

別の行程としては、富山から高山まで南下し、野麦峠を越えて松本に出て、さらに甲府に向かい、甲州街道を使う方法もある。ただし冬場は、雪で道が閉ざされているという。

そのために雪解けまで、富山の問屋場で荷物運びを手伝い、日銭稼ぎに精を出した。長い間、書物が読めないのはつらかったが、時間がかかったことで、その間に覚悟が定まった。

父との口論から、急に江戸行きを決めてしまったものの、弥助に告げた通り、高岡では駄目なことは、ずっと前からわかっていた。だから自分は夢を叶えに行くのだと、気持ちを前向きに切り替えた。

そして春の訪れを待って、意気揚々と出発した。左手に白い立山の山並みを眺めつつ、南に進み、ほどなく神通川沿いの渓谷に入った。里は芽吹きの季節を迎えていたが、山の木々は、まだまだ裸木だった。

厳しい旅になると覚悟はしていた。草鞋を売る店もないと聞いてはいたが、予想を超える寂しい山道だった。

仏生寺村と高岡との間の道は、木々には目印の布きれが巻かれ、お救い小屋もあり、薪も用意されている。だがそれは、ひと山越えたら高岡という距離だからこそ、可能なことだった。富山から高山へは、行けども行けども山また山で、人と出会わない。人家も稀で、宿屋など望むべくもない。

小さな集落を見つけて、泊めさせて欲しいと頼んでも、どこの家も子だくさんの雑魚寝で、客を泊める部屋などない。なんとか頼み込んで、土間の隅に藁を敷いて寝た。

一日中、歩き続けても、人家にたどり着かないこともあった。日が暮れて真っ暗になる前に、夜露をしのぐ大木を探し、薪を拾い、火打ち石で火をつけて、小さな焚き火をした。

ふと気がつくと、狼の遠吠えが聞こえた。そう遠くない。目の前の焚き火は、火が消えかけている。いつの間にか寝入ってしまったらしい。

闇の中で狼の目が光っているような気がして、慌てて薪をくべた。炎が燃え立つまで、襲われるのではないかと、生きた心地がしなかった。

日毎に神通川の川幅が細くなっていき、いつしか水源を越え、峠を越え、今度は宮川のせせらぎに沿って下り始め、ようやく高山にたどり着いた。高山には宿屋があり、風呂にも入れて、人心地ついた。

だが、ここからは、さらに険しい山に入る。乗鞍岳と剣が峰の間の野麦峠を越えて、松本に向かうのだ。

心細い思いで歩いていると、富山から来たという若い薬売りが追いついてきた。江戸まで置き薬を売りに行くというので、これ幸いと同行させてもらうことにした。

弥九郎が高岡の薬種屋にいたと言うと、話が弾んだ。若い薬売りは、毎年、この野麦街道を通って、江戸に出かけているからと、先に立って案内してくれた。

「松本から先には宿屋もあるし、もっと楽になりますよ」

だが、いよいよ急坂が続き、道は獣道のように細くなっていく。薬売りが励ます。

「もうちょっとしたら、広い場所に出るから、そこで休みましょう」

すると、その通り、木立が途切れ、ちょっとした広場が現れた。だが珍しいことに、そこに先客がいた。ふたり連れで、刀を一本ずつ腰に差している。そして弥九郎に近づくなり、いきなり刀を抜いて、鼻先に突きつけた。

「有り金、置いてけ」

弥九郎は肝を潰し、薬売りを振り返った。

「さ、さ、山賊だッ」

だが薬売りは落ち着き払っている。それどころか片頬で笑って言った。

「命が惜しけりゃ、金を出すんだな」

気がつけば、刀を突きつけられているのは自分だけだった。弥九郎は信じがたい思いで聞いた。

「あんた、もしかして、こいつらの」

「仲間さ」

ぬけぬけと言う。

「どんなに大声で叫んだって、誰も来やしないぜ。とっくに野麦街道からは、外れてるんだからな」

薬売りとは真っ赤な嘘で、不案内な旅人を山奥に連れ込んで、金を奪う山賊だった。

弥九郎は、とっさに逃げようとした。だが三人がかりで飛びつかれ、脛をしたたかに蹴り上げられて、その場に倒れた。首筋に抜き身の切っ先が突きつけられる。

「死にたくなかったら、さっさと金を出せ」

弥九郎は恐怖で総毛立ち、体が強ばって、声も出なかった。肩を蹴飛ばされて仰向けになった。偽薬売りが懐に手を突っ込み、易々と財布を抜き取った。

首から提げた守り袋にも気がついた。あっと思った時には、紐が引き千切られた。その時、初めて声が出た。

「そ、それは、おふくろが」

抜き身の切っ先が、もういちど胸元に突きつけられて、動きを封じられた。偽薬売りは守り袋の中身を取り出すと、袋は投げ捨てて、二朱二枚を手の平に載せた。

「案外、持ってるじゃねえか。頂いてくぜ」

「それだけは勘弁してくれ。その金は」

だが三人は聞く耳を持たない。

「命があっただけでも儲けものと思え。追いかけてきたら、今度は容赦せんぞ」

そして登って来た道を、あっという間に下っていった。

弥九郎は腰が抜けたようになって、立ち上がれなかった。地面を這いずって、守り袋に近づき、手に取って泥を払った。乱暴に口を開いたために、縫い目が裂けていた。

それを片手で握りしめ、もう片方で地面をたたき、悔しさに泣いた。

母が貯めた大事な金を奪われてしまったことが、申し訳なかった。脅されて何もできなかった自分自身が、情けなくてたまらなかった。

それから山の中を彷徨《さまよ》い、野麦街道に戻るのにも、死ぬほどの思いをした。このまま人知れず命を落とすのかと怯えつつ、木の実や野草を食べ、沢の水を飲んで飢えを凌いだ。

ようやく松本に向かう道しるべを見つけた時には、思わず歓声をあげ、道しるべに抱きついた。なんとか野麦街道に戻ったのだ。

それからも夢中で歩き続け、とうとう松本の町に着いた。偽薬売りが言った通り、たしかに宿屋はあったが、今度は金がなくて泊まれなかった。そこで旅人の荷物運びを手伝い、わずかな駄賃を貰った。

松本からは路銀ができると、安宿に泊まり、懐が寂しくなると働いた。

甲州街道に入ると、いよいよ人通りが増えて、茶屋などもあった。安宿は食事が出ない。そのために金ができれば、茶屋で硬くなった餅や握り飯を買い求め、水で流し込んだ。

そして半年近くかかって、最後の宿場である内藤新宿に、とうとうたどり着いた。もう江戸の外れだ。

叔母夫婦が住んでいるのは、青山だと聞いている。主人である土屋杢衛門の屋敷の隣に、住まいを拝領しているはずだった。

宿場で聞くと、青山は新宿から程ない距離だった。教えられた通り、甲州街道から外れて、田園の中の道を歩いた。芽吹きの頃に富山を後にしてきたのに、気がつけば稲刈りも終わって、すでに肌寒かった。

代々木という村に、大きな八幡神社があり、門前に焼き芋売りが出ていた。香ばしい匂いがして、身なりのいい参拝客が買い求めている。耐え難い空腹感が襲った。

弥九郎の懐には二朱、残っていた。母からもらった額の半分だが、いざという時のために、荷運びの駄賃を取っておいたのだ。

もう青山は近い。金を使うことは、この先、なさそうだった。そこで思い切って、ひとつだけ焼き芋を買った。

焼き芋売りは、束ねた藁にくるんで、手渡してくれた。藁を通して、芋のぬくもりが手に伝わる。

　わくわくしながら両手で端をつかみ、二つに割ると、黄金色の身が現れ、湯気とともに甘い香りが立ちのぼった。大きな口を開けて、皮ごとかぶりつく。

「あちちち」

　上顎が火傷しそうだったが、なんとか口の中で転がすと、ほくほくと身が崩れる。噛みしめると甘く、思わず声が出た。

「美味いなあ」

　思えば長い間、温かいものなど口にしていなかった。いちばん上等なもので、硬く冷えた握り飯だった。

　ふいに故郷の情景がよみがえった。高岡に出る前までは、毎年、秋になると、裏庭の畑で獲れた芋を、母が竈《かまど》の熾火《おきび》の中で焼いてくれたものだ。

　破けた守り袋に、また手を触れた。山賊に襲われた時には、悔しさや惨めさばかりだった。だが今は不思議なことに、こんな美味いものを食べられて、ありがたいという気持ちが湧いた。あの時、命を落とさなかったのは、この守り袋のおかげに思えた。母から貰った金は奪われたが、あれで命が買えたのだ。そして自分は頑張り通し、とうとう江戸にまでたどり着けたのだ。

　感謝と達成感で、涙が出た。もう何度、泣いたか知れない。十五にもなって、だらしないとは思うものの、芋の甘みとぬくもりの前に、もはや涙は止まらなかった。

　田園が途切れ、武家屋敷の海鼠塀《なまこべい》が見えてきた。近づいて塀沿いにまわり込み、立派な裏門の門番に、おそるおそる聞いた。

「この辺りは、青山というところですか」

「そうだが」

「ならば、この辺りに土屋杢衛門さまという、お大名のお屋敷はありませんか」

「土屋さまと言えば、土浦のお殿さまだが、杢衛門という名は聞いたことがないな。だいいち青山には、土屋さまのお屋敷はないぞ」

弥九郎は首を傾げた。

「でも親戚の者が、土屋杢衛門という殿さまに、お仕えしているはずなのですが」

「ならば旗本であろう。旗本には土屋という苗字が多いし、この辺りには小旗本の屋敷も多いからな」

旗本屋敷が多いと教えられた一角に行ってみると、同じような門構えの小さな屋敷が、ずらりと並んでいた。敷地の広さだけを比べれば、弥九郎の家の方が、ずっと大きい。

それに江戸と言えば、大きな商家が建ち並んで、賑やかなものと思い込んでいたが、往来はひっそりとしている。どうやら青山は、まだ江戸の町外れらしかった。

行き交う人をつかまえて、土屋杢衛門と聞くと、首を傾げられた。それでも土屋という苗字の旗本屋敷を、何軒か教えて貰った。

訪ねていってみると、人の屋敷の離れを間借りしている旗本もいた。弥九郎は叔母夫婦が、こんなところにいるはずがないと思いつつ、念のため聞いた。

「こちらには脇谷九郎三郎という、ご家来がいませんでしょうか」

すると下働きの男が答えた。

「脇谷は俺だが、何か用か」

弥九郎は一瞬、凍りついたものの、別人だと思った。それでも一応、聞いてみた。

「私には、越中の脇ノ谷内から出てきた、お兼という叔母がいるのですが」

信じがたい言葉が返ってきた。

「そりゃ、俺の女房だ。お兼が叔母ってえと、おめえは」

弥九郎は愕然とした。夢が打ち砕かれる思いだった。今の今まで脇谷九郎三郎は、立派な殿さまに仕える武士だと信じていた。それが、いくら武家とはいえ、こんな下働きを勤めていたとは。

弥九郎は気を取り直して名乗った。

「俺、脇ノ谷内の新助の息子です」

脇谷は破顔して、馬小屋と軒続きの住まいに、招き入れてくれた。そこは一間だけの長屋で、幼い頃に別れたお兼もいた。

「まあ遠いところを、よく来たもんだね」

夫婦で懐かしがってくれたものの、弥九郎が頼ってきたと知ると、夫婦で困り顔を見合わせた。脇谷が気の毒そうに言う。

「せっかく出てきたのなら、土屋さまの若党にでもして頂ければいいのだが、土屋さまも、なかなか暮らしぶりが楽ではなくてな」

なにしろ土屋家は、まともに屋敷も構えられず、人の屋敷に間借りしている有様で、奉公人は脇谷ひとり抱えるだけで精一杯だという。弥九郎は呆然とつぶやいた。

「でも、前に親父のところに来た手紙じゃ、土屋杢衛門さまっていう殿さまに、お仕えしてるって」

お兼が首をすくめて答えた。

「殿さまは殿さまだよ。いくら貧乏だって、お旗本なんだから」

どうやら反対した兄の手前、見栄を張ったらしい。もはや弥九郎は言葉を失った。

脇谷は気の毒そうに言う。

「俺も江戸に出て来て以来、ずいぶん頑張ってはきたが、いまだにこんなもんだ。おまえは、まだ若いし、国に帰れば、組合頭の跡取りだろう。このまま帰った方がいいぞ」

弥九郎としては、死ぬほどの思いをしてまで、江戸に出て来たのだ。今さら、おめおめと帰国するわけにはいかない。

とりあえず有り金すべてを、お兼に渡して、寝泊まりだけはさせて貰い、自分の食い扶持は、自分で稼ぐことにした。しかし青山近辺は大名の下屋敷や、小旗本の屋敷が多く、日銭を稼ぐ場所などない。

数日間、あちこち歩きまわった結果、江戸城の北から西にかけてが山の手、江戸城の東が下町ということが理解できた。山の手には武家屋敷が多く、下町は町家が密集している。そして青山は山の手の中でも、もっとも西の町外れだった。

加賀藩邸は本郷にあった。故郷の縁で、何か使い走りでもさせて貰えないかと、足を向けてみたが、問答無用で門番に追い払われてしまった。

ほかに下板橋に下屋敷、駒込には抱屋敷《かかえ》があると知って行ってみた。どちらも本郷ほど格式張っておらず、特に駒込の門番は気さくで、足繁く通ううちに、話に乗ってくれるようになった。

「仕事はないが、おまえは、いい体をしているから、剣術でもやってみたら、どうだ。腕次第で、指南役の道でも開けるかもしれんぞ」

弥九郎は、おずおずと聞いた。

「でも剣術をやるには、どうしたら、いいんですか」

「そんなことも知らんのか。道場に入門すればいいだけだ」

だが道場に入門するにも、稽古をつけてもらうにも、金がかかると聞いて諦めた。

江戸には口入れ屋というものがあることを知り、仕事を斡旋をして貰った。できることなら武家の中間《ちゅうげん》でもやりたかったが、刀を一本でも差していなければ、武家で働く資格はなかった。

口入れ屋は、弥九郎が読み書き算盤ができると知って、商家の奉公を勧めた。

「あんたは真面目そうだし、ちゃんと住み込みの奉公に入ったら、どうだい」

弥九郎は首を横に振った。商家に入ったら、そのまま重宝がられて、居着いてしまいそうだった。それでは江戸に出て来た意味がない。結局、一時しのぎのつもりで、荷物運びなどの力仕事をこなした。

食べていくのが精一杯で、本の一冊も読めず、月日ばかりが経っていった。

文化十（一八一三）年が明けて、弥九郎は十六歳になり、いよいよ叔母夫婦も迷惑顔になり始めた。このまま江戸で埋もれてしまうくらいなら、国に帰れと、何度も勧められる。

それでも帰る決断はつかず、さらに季節がめぐり、夏を迎えた。そんな頃、顔馴染みになっていた加賀藩の門番と、たまたま町中で出会った。すると思わぬ話を聞かされた。

「おまえ、国元の様子を聞いているか。今までにないような、とてつもない一揆が起きたのだぞ。おまえの村は大丈夫か」

弥九郎は、とうとういう気がした。予定通りなら、今年は新田開発が行われたはずだ。だが、またもや米が不作だったという。その結果、隣の富山藩領で百姓が蜂起し、それが越中全域に広がったというのだ。

弥助から聞いた話を、忘れたわけではない。ずっと心に引っかかってはいた。だが日々の暮らしに追われて、それどころではなかったのだ。自分が無為に日を過ごしている間に、仲間たちは立ち上がったのだ。

門番と別れてから、もう弥九郎は何も手につかなかった。父や弥助たちは無事だろうかと、案じられてならなかった。

おろおろと町を歩きまわり、気がつくと、一軒の剣術道場の門の前に立っていた。冠木門《かぶきもん》から中をのぞくと、建物の中だけでなく、庭でも、若者たちが甲高い声を張り上げて、木刀を合わせているのが見えた。

弥九郎と同じような年格好だった。金の心配をせずに、剣術が習える若者が、心底、羨ましかった。

冠木門の内側に、触書のような立派な立て札が見えた。門をくぐって、呼び寄せられるように近づくと、「神道無念流《しんとうむねんりゅう》稽古心得」とある。冒頭は、こう始まっていた。

「天下のために文武を用いるは、治乱に備えるなり。一治一乱は世のならわしなれば、治にも乱を忘れずとこそ」

国元の一揆の知らせを聞いた後だけに、心惹かれた。さらに読み進み、中ほどの行に目が釘付けになった。

「武は戈《ほこ》を止めるの義なれば、少しも争心あるべからず」

たしかに武という文字は「戈」という冠の下に「止める」と書く。自分から打ちかかるのではなく、打ちかかられる戈を止めることが、武術の本来の意味であったかと、目を見開かされる思いがした。

かつて山賊に襲われた時に、もし自分に剣術の心得があったなら、むざむざと金を奪われることはなかった。とはいえ、あの山賊と斬り合いをする必要はない。ただ圧倒的な力を見せつけて、打ちかかられた刃を止めればいいだけなのだ。

食い入るように文字を追っていると、背後から声をかけられた。

「面白いか」

振り返ると、見知らぬ中年の男だった。弥九郎は即座に答えた。

「面白いです」

どこが面白いかと聞かれて、中ほどの行を示した。さらに解釈を問われて、たった今、考えたばかりのことを口にした。さらに冒頭を指さして言った。

「この『治にも乱を忘れずとこそ』というのは、山賊に会わないような江戸でも、武術を身につけて、力を見せつけられるようにしておけという意味でしょうか」

「なるほど、面白い解釈だ」

男は微笑んで聞いた。

「そなたには武術の心得があるか」

弥九郎は黙って首を横に振った。

「身につけたいと思うか」

「もちろんです。でも」

重ねて聞かれて、ふたたび即答したものの、途中で口を閉ざした。金がないとは言えない。すると、さらに男が聞いた。

「そなた、名前は？　どこに住んでいる？」

弥九郎は改めて男を見た。どこか超然としており、剣術家に違いなかった。勝手に門から中に入ったことを、咎められているのだと思い、慌てて謝った。

「すみません。勝手に入ったりして。本当に、すみません。許して下さい」

一歩、二歩と後ずさり、そのまま振り返りもせずに駆け出して、青山に逃げ帰った。

国元の一揆のことが、重く心にのしかかる。三日がかりで決意した。もう国に帰ろうと。そして父が許してくれるのなら、組合頭として村のために働こうと決めた。

その日の仕事から戻り、叔母夫婦に帰国を申し出ようとした夕方だった。思いもかけなかった話が、脇谷の口から出た。

「弥九郎、能勢《のせ》佑之丞《ゆうのじょう》さまというお屋敷から、今日、お使いが来た。下男でもよければ、そなたを働かせて下さるそうだ」

「俺を？」

「そうだ。よもや、嫌だとは言わんだろうな」

弥九郎は慌てて答えた。

「も、もちろん、やります。やらせてください。下男で、かまいません」

能勢は六百石取りの旗本だという。まさに殿さまと呼ぶに相応しい家格だ。ただ脇谷も知らない人物であり、どこから縁があったのか、ふたりとも狐につままれた思いだった。

翌日、弥九郎は、ひとりで出かけてみた。能勢の屋敷は神田小川町《かんだおがわまち》だった。能勢は四十がらみながらも、顎がほっそりとして、いかにも上品な旗本顔だ。そしていきなり書物を与えられた。

「これを読み下してみよ。解釈もいたせ」

難しい漢文の本だったが、なんとか読み下し、さらに解釈も考えて口にした。すると能勢は表情を和らげて言った。

「岡田十松どのが、見込んだだけのことはありそうだな」

聞けば岡田というのは、先日、道場の立て札の前で会った男だった。あの道場は撃剣館といって、神道無念流という流派の剣術道場であり、岡田十松が道場主だという。そういえば撃剣館は猿楽町で、小川町の能勢の屋敷から近い。

あの時、名乗りもしないで逃げ去った弥九郎を、岡田は気にかけて、弟子に跡をつけさせたという。そして青山の住まいを確認し、弥九郎の窮乏も知ったのだ。

「岡田どのは人を見る目がある。その岡田どのが、私に勧めたのだ。そなたを召し抱えぬかと」

信じがたい話だったが、わずかながらも道が開けたらしい。先は見えないものの、初めての好機が、ようやく訪れたのだ。

弥九郎は、その日から能勢の屋敷に移り住み、身を粉《こ》にして働いた。薪割りでも水汲みでも、手順を考えて、てきぱきとこなした。力があるだけに、やることが早い。

すると能勢が倉に招き入れてくれた。

「時間が余ったら、読むがよい。本が好きなのであろう」

弥九郎は狂喜した。能勢も本好きであり、書店の倉かと思うほど、書物がたくさんあった。それからは夕方までは懸命に働き、夜、灯りをともして本を読んだ。眠るのを惜しんで読みふける。文机《ふづくえ》に拳を置き、その上に額を突っ伏して、寝入ってしまうことも度々だった。朝、起きると、額に拳の跡が赤くなっており、女中たちに笑われた。

ほどなくして能勢は、弥九郎を下男から中間に格上げしてくれた。

「撃剣館に剣術の稽古に行くがよい。岡田どのから、通わせて欲しいと頼まれたゆえ」

能勢自身は幕府で徒頭《かちがしら》という役を務めていた。登城の際には中間も付き従うが、非番の日もある。その日を選べば、撃剣館に通っていいという。そのうえ入門料や稽古の謝礼まで、払ってくれるというのだ。あまりの好待遇に、弥九郎は戸惑った。

「どうして、そこまでして頂けるのですか」

能勢は笑って答えた。

「岡田どのが見込んだそなたが、どんな風に育っていくのかを、私も見てみたい。まあ、私の道楽だ」

この時から弥九郎は、先祖伝来の斎藤という姓を名乗ることにした。

そして、またしばらくすると、能勢は中間から若党へと、さらに身分を引き上げてくれた。まがりなりにも二本差しの侍になったのだ。

弥九郎は撃剣館で、めきめきと腕を上げた。もともと体力はあるし、望んでも、かなうことがなかった剣術だけに、稽古が楽しくてたまらなかった。

能勢は学問も勧めてくれた。幕府の学問所である湯島の昌平黌《しょうへいこう》に、町人でも誰でも受講できる講座が、定期的に開かれている。そこに熱心に通ううちに、教授方に顔を覚えられ、学者への道も、ようやく先が見え始めた。

そうして弥九郎は十代の後半を、意外なほど順調に過ごすことができた。

二十歳になった時に、三歳下の江川が撃剣館に入門してきた。撃剣館では、どんなに身分の差があろうと、先輩と後輩の違いがあるだけで、同等に接する。そのために、たがいに親しくなった。

渡辺崋山とは昌平黌で出会った。弥九郎より五歳上で、たまたま撃剣館の先輩だと知り、いたく気に入られた。

すると渡辺は赤井巌三《あかいげんぞう》という学者のもとに、弥九郎と江川を連れて行った。赤井は海防に詳しく、蘭学にも通じていた。

「日本は四方を海に囲まれているゆえ、異国船の来航には、特に備えねばならぬ」

弥九郎も江川も、かたずを呑んで、赤井の話に聞き入った。

「異国船など長崎にしか来ないと、だれもが思い込んでいる。だが海に境界線などない。どこの浜にでも異国船は現れうる。現に蝦夷地には、何度もロシア船が来航している」

今まで弥九郎は、学者になって農村対策を考えたいと夢見てきた。だが、それとはまったく別の、海防という大問題があることを、初めて知った。

渡辺自身、三河田原の江戸詰藩士で、国元は太平洋に面した渥美半島だ。それだけに海防問題は切実だった。伊豆半島も三方が海だけに、江川も父親の代から、海防には強い危機意識を持っていた。

弥九郎は屋敷に帰るなり、能勢に頭を下げて頼んだ。

「赤井巌三先生に入門しても、よろしいでしょうか」

入門料や謝礼は、若党の給金で賄うつもりだった。それに武士は身分が上がるほど、役目は楽になり、時間は充分にあった。

ただし赤井が蘭学に通じていることは伏せておいた。蘭医でもないのに、蘭学を学ぶのには、大きな偏見があった。西洋人は獣の肉を食べることから、汚らわしいと毛嫌いされている。

しかし弥九郎は内心、不思議だった。故郷では薬の材料を取るために、鹿や熊を狩り、肉は村で分配して食べる。それが命あるものへの供養だった。獣肉を毛嫌いするのは、江戸だけのような気がした。

能勢は入門を承知してくれた。以来、弥九郎は定期的に、赤井の屋敷に通うようになった。地球儀というものを初めて見たし、西洋の大砲の威力も聞かされた。見るもの聞くもの、何もかもが初めてで、夢中になって学んだ。

そして、このまま赤井のもとで頑張って、学者になりたいと思った。海防や農村対策はもとより、この世の中が、何か変だと気づき始めていた。

かつて食うや食わずの時には、来る日も来る日も夢中で働いた。しかし身分が高くなるにつれ、非番の日が増えて、暇になっていく。旗本など二日にいちど、それも半日だけ役目をこなせば、家禄のほかに役料ももらえる。

幕府は家臣の人数が多すぎて、そうでもしなければ、仕事にあぶれる者が、大勢、出てくるからだった。もしも旗本が商人のように、毎日、朝から夕方まで働くのであれば、幕府は今の四分の一の人数で動いていく。

無駄な四分の三の家禄も役料も、百姓が収穫した米で支払われる。そのために高い年貢が課せられ、無理を重ねた挙げ句に、一揆が起きるのだ。

それに武士自身、暇ではあるが、暮らしは厳しい。少禄の者はもちろん、能勢家のように家禄が高ければ、それに応じた奉公人を召し抱えて、体裁を整えておかなければならないからだ。なぜ支配する側も、支配される側も、苦しまなければならないのか。弥九郎は学者になって、それを正したかった。

ただ学者として私塾を開くには、まだまだだった。今の自分に入門する者など、誰もいないのはわかっているし、書物を買う金もない。

そうしているうちに、岡田十松が急死してしまったのだ。そして撃剣館の跡を継ぐよう、周囲から仕向けられたのだった。

第三章　戈《ほこ》を止める

十人がかりの翌朝、撃剣館に出かけようとすると、主人の能勢にまで言われた。

「岡田どのの跡を継いで差し上げたら、どうだ。そなたには、わが家に、ずっと居て欲しいが、もし撃剣館を任されるのであれば、いつでも奉公は辞めてかまわぬぞ。剣術家として生きるのも、ひとつの道だ」

道場に着くと、また渡辺崋山が来ていた。

「斎藤、何を迷っている?」

相変わらず地声が大きい。弥九郎は正直に答えた。

「私は学者になりたいのです。赤井先生に教えていただいている海防にも興味がありますし、もっと誰もが幸せになれるように、世の中の仕組みを考えたい。でも目の前に開けているのは、剣術家としての道です。それに安易に踏み出していいのかという、ためらいがあるのです」

すると渡辺は、いかにも豪放磊落《ごうほうらいらく》に笑った。

「ならば学者も続ければ、よいではないか」

弥九郎は苦笑した。

「まさか、片手間ではできません」

「岡田先生は、そなたに人を育てる方法を、教えておいでだったな。ならば人を育てよ。育てた者に師範代を務めさせればよい。その間に、そなたは海防策でも何でも考えればよい。それに」

　渡辺は意外なことを言い出した。

「剣道場で学問を教えてしまえば、よいではないか。書物を読ませ、いかに海防が大事かも教えよ。ここは諸国の藩士が集まる場だ。彼らに書物を読ませて、海防のなんたるかや、百姓をどう扱うかを教えられれば、影響力は小さくはない」

「でも剣術を習いに来る者は、書物など読みたがらぬでしょう」

「そういう者は、破門すればよい」

　そして庭の立て札に書いてある稽古心得の冒頭を、そらんじた。

「天下のために文武を用いるは、治乱に備えるなり。一治一乱は世のならわしなれば、治にも乱を忘れずとこそ」

　弥九郎は渡辺が言わんとすることを察した。神道無念流の心得は、平和な時にも乱に備えよという。これは海防にも一揆にも通じることだ。その理屈を教えることは、神道無念流の基本から外れはしない。

　剣道場で書物を読ませて、従う弟子がいるかどうか怪しいが、弥九郎はやってみようかという気になった。稽古心得のもう一点「武は戈を止める」だけでも、もっと門人たちに意識させたかった。

　道場の引き継ぎは、どうせ断り切れはしない。ならば、前向きに取り組もうと、ようやく気持ちが切り替わり始めた。

　すぐに、もういちど鈴木斧八郎に道場に来てもらった。

「鈴木先生、どうか、今一度、お手合わせを願えませんか」

　大がかりの際に負けた相手と、迷いのない心境で立ち合いたかった。鈴木は快く引き受け、裁き役は、また渡辺が買って出た。

「勝負は一本、先に取った方が勝ちだ。真剣であれば、それで片がつくのだからな」

弥九郎も鈴木も異存はなく、いつも通り防具なしで、木刀を手にして対峙した。たがいに一礼してから木刀をかまえ、渡辺が声をかけた。

「始めッ」

一対一の勝負は、大がかりとはまったく違う。ただ相手にだけ集中していればいい。寄せ手にとっても、大がかりは味方が邪魔になって、むしろ攻めにくい。だから大人数だから有利不利ということはなく、一対一の方が双方、戦いやすかった。

弥九郎は小刻みに足を前後に動かしながらも、剣先に集中した。

頭上から喉元にかけての顔の中心線に、剣先が向くように、双方からせめぎ合う。先に中心線を取れば、相手の剣先は、こちらの中心線から外れる。その瞬間に打ち込めば、相手は対応できない。

だが鈴木は実力者だけに、なかなか中心線を取らせてくれない。弥九郎は自分の剣先が、相手の剣先の左に来た時に、一瞬の判断で、あえて相手を呼び込んだ。

鈴木は好機を逃がさんとばかりに、すさまじい気迫で踏み込む。木刀が電光のごとく、目の前に迫り来る。

しかし弥九郎には予測通りの動きだけに、その太刀筋が、はっきりと見えた。寸止め直前まで待ち受けてから、木刀を左下からはね上げた。

相手の木刀をはねのけながら、そのまま鈴木の顔面に、剣先を突きつける。勢いを殺さず、それでいて眉間に触れなんばかりの隙間を置いて、確実に木刀を止めた。

目の前に鈴木の驚いた顔があり、渡辺の大声が響く。

「勝負、あったッ」

この瞬間、弥九郎の覚悟が定まった。自分が進むべきは剣の道だと。そして心の中で、亡き岡田十松に告げた。

「先生、道場を引き受けさせていただきます」


道場を引き受ける決意を、岡田夫人のお延《のぶ》につたえると、拝むようにして感謝された。

それから弥九郎は小岩をつかまえて言った。

「以前、何か誤解されるようなことを言ったかもしれぬが、私は町道場の主を軽んじるつもりは一切ない。その証拠に、これから全力をかけて、撃剣館を預かる」

すると小岩は小さく首を横に振った。

「いいえ、あの時は、私が悪うございました。わずかな言葉尻を捉えて、腹を立てたりして」

意外な素直さに見直す思いがした。

弥九郎は能勢佑之丞の中間を辞し、岡田家の離れに移った。食事は岡田家の奥で、小岩が給仕してくれた。

道場主の仕事は、予想以上に煩雑だった。岡田十松が生きていた頃は、弥九郎が師範代として技術指導に当たり、岡田自身が道場経営や、弟子たちの細々とした世話などを手がけて、ふたりで役割分担ができていた。それが、すべて弥九郎の肩にかかったのだ。

昼間、道場での指導を終えて、夜遅くなってから金の計算をしていると、つい寝入ってしまう。小岩が見かねて申し出た。

「私でよければ、お手伝いさせてください」

それまで小岩は算盤ができなかったが、手伝わせているうちに、見様見真似で珠を弾けるようになった。帳面の綴り方も、呑み込みが早い。

ほどなくして弟子たちからの謝礼の受け取りは、任せられるようになった。家計の支出も、きちんと帳面につけ、さらに無駄を抑えるように気を配る。

岡田の長男は十四歳で元服した。亡き岡田十松の本名が、吉利《よしとし》だったことから、息子は吉貞《よしさだ》と名乗った。

弥九郎は吉貞に、剣術を仕込むだけでなく、書物も読ませ、算盤も教えた。剣術は持って生まれた資質があったが、書物や算盤は好まなかった。それでも、いずれ必要になるからと、なんとか机に向かわせた。

無我夢中で一年が過ぎ、二年が過ぎていった。


いつしか五年の歳月が過ぎ、文政八（一八二五）年を迎え、弥九郎は二十八歳、吉貞は十八歳になった。

二代目十松を襲名させて、そろそろ道場主の座を返すべき時期だった。しかし現実には道場経営の面で、心許ない部分もあり、弥九郎は生涯、二代目十松を補佐して生きようかとも思い始めていた。

そんな時、渡辺崋山が久しぶりに、江川とふたりで道場に現れた。江川はすでに国元に戻っており、撃剣館には江戸に出て来た際に、足を運ぶ程度だ。

それが、ふたり揃って何事かと、奥の離れに通すと、渡辺が改まって話を切り出した。

「江川が、そなたを召し抱えたいそうだ」

意外な話に驚いた。江川は上がり気味の大きな目で、弥九郎を見つめて言う。

「お願いします。当家では、斎藤さんには不満かもしれないけれど」

江川家は伊豆韮山《いずにらやま》の代官だ。支配する土地は伊豆から相模まで七万石に及ぶ。ただ幕府の直轄地を預かっているだけであり、実際の家禄は数百俵に過ぎず、家臣も少ない。とうてい剣術指南役を置く余裕も、その必要もない。

弥九郎の戸惑いに気づいて、渡辺が身を乗り出した。

「江川は、いずれ家を継ぐ。だが、この気の短さでは、御公儀の中で、上手くやっていかれるか、心許ない。そこで、そなたに相談役になってやって欲しいのだ」

弥九郎は、まだ腑に落ちなかった。

「されど、私には」

この道場の仕事があると言いかけて、気づいた。これは撃剣館を岡田家に返した後、江川が弥九郎のために、受け皿を用意してくれるという意図らしい。

そこまで気を使わせるのが心苦しく、弥九郎が黙り込んでしまうと、渡辺は江川と顔を見合わせてから言った。

「そなたは新たに道場を持つべきだと思う。そのための費用は、江川家で出す。江川の相談役を勤めながら、道場を開くのだ。悪くない話だろう」

江川家の家臣という身分も用意してくれるうえに、町道場も開かせてくれるという。医者や学者で、どこかの家臣でありながら、町の人々を診たり、塾を生業にしたりする者は珍しくない。それと同じことだった。

しかし弥九郎としては、どうしてそこまでしてもらえるのかと怪訝に思う。すると渡辺は少し口調を変えた。

「腹を割って話そう。この話の発端は、実は、お延どのなのだ」

お延は、そろそろ息子に道場を返して欲しいと思いつつも、弥九郎に直接、切り出せず、渡辺に相談したという。さらに渡辺が江川に相談し、江川が引き受けることにしたのだ。

弥九郎は少し不愉快だった。二代目十松を補佐していこうかと考えていたが、それは、お延にとってありがた迷惑だったらしい。やはり何もかも、息子にやらせたいのだ。

それに自分自身のことなのに、お延や渡辺たちが、自分の知らないところで相談していたことも、面白くはなかった。

だが渡辺は、なおも言葉に力を込めた。

「そなたが自分の道場を持てば、もっと自分の思い通りに、弟子たちを育てられる。やってみたいとは思わぬか」

弥九郎は撃剣館を引き継ぐ時に、弟子たちに書物を読ませたいと思った。だが無理強いはできなかった。やはり預かっている道場だけに、下手をして、弟子を減らすわけにはいかない。

自分の道場を持てれば、思い通りに指導ができる。それも江川が支援してくれるというのだから、冷静に考えれば、確かに悪い話ではない。

まして江川家の家臣ともなれば、中間や下働きと違って、れっきとした武士だ。それでも、今まで同等に付き合ってきた仲間の下風につくのには、やはり抵抗があった。

「少し考えさせてもらえますか」

渡辺は、むっとした。

「何を考えることがある？」

しかし江川が渡辺を制した。

「いいえ、充分に考えてから、決めて頂きたいと思います」

そして改めて弥九郎に向かって言った。

「さっき、渡辺さんが言ったことは、私も身に染みて感じています。私は家を継いだら、もっと思い切ったことをしたい。伊豆の海防も、今のままでは駄目だし。だからこそ斎藤さんに、私の片腕になってもらいたいのです」

不愉快なことはあるものの、江川の純粋さだけは信用できた。


その夜、弥九郎が、夕食後の茶をすすりながら考え込んでいると、かたわらで給仕をしていた小岩が言った。

「差し出がましいことかもしれませんが、奥さまから、お話を伺いました」

お延は小岩にも相談を持ちかけていたらしい。弥九郎は湯飲みを持ったままで聞いた。

「ならば、今日、渡辺さんと江川が来たことも、聞いているか」

小岩は小さくうなずく。弥九郎は小岩にならば、胸の内を打ち明けてもいいような気がして、口を開いた。

「私は嫌なのだ。同情されるのが。だからといって断ってしまえば、私は行き場を失う。だから江川の世話になるしかないのだが」

今さら越中に帰るわけにはいかない。故郷の家には、弥九郎が二十歳の時に、弟が生まれた。弥九郎自身は実家と連絡は取っていないが、叔母夫婦が手紙のやり取りをしており、あれこれと教えてくれる。もはや跡継ぎができて、母はひと安心に違いなかった。

小岩は二杯目の茶を、急須から注いでくれた。

「この道場を引き継がれた時と、少し似ているように思えますが」

撃剣館を引き継ぐ際にも、逃げ場がないとわかっていながらも、弥九郎はあがいた。たしかに、今も道は見えているのに、踏み出す気になれず、情況は似ていた。

「江川さまのお世話になるのが、お嫌でしたら、いったん、お金を出して頂いて、後からお返しになっては、いかがですか」

「そうしたいのは山々だが、かなり難しいだろう。新しく道場を持つならば、ここの弟子は連れて行かず、一から始めたい。そのかたわらで、大きな借金を返すのは難しい」

弥九郎が道場を立ち上げると言えば、ついて来たいという弟子たちは、いくらでもいる。だが撃剣館の門人を、横取りするような真似はしたくなかった。それでいて弟子集めから始めるとなれば、かなり経済的には苦しくなる。

しかし小岩は微笑んだ。

「ご心配なさいますな。斎藤さまなら、お弟子など、いくらでも集まります」

「そう容易くはないだろう」

「いいえ、集まります」

「なぜ、そんなふうに言い切れるのだ」

「それは」

少し言い淀んでから口を開いた。

「私の見込んだ方ですから」

そして、きっぱりと続けた。

「女には、わかるのです。大きなことを成し遂げる方か、どうかが」

目を伏せ、ふたたび恥じらい気味に言う。

「この道場には、大勢の男の方が出入りなさいますが、女中たちが、こぞって嫁ぎたいと申すのは、斎藤さまだけです」

思いもかけなかった話だった。小岩が好意を持っていてくれることは、薄々、感じてはいたし、弥九郎としても、できれば妻に迎えたいと望んでいる。

だが、ほかの女中たちから、そんなふうに見られていたとは予想外だった。道場には、美男もいれば御曹司もいる。その中で、なぜ自分がと不思議でしかない。小岩が言う。

「斎藤さまは押しつけがましくなく、誠実で、少し慎重ながらも、なすべきことは、きちんとなさる。だから男女を問わず、人から信頼されるのです。このお人柄ですから、いくらでも弟子など集まりましょう。借金も、きっと返せます」

弥九郎は手に持った湯飲みに、目を落とした。小岩に励まされると、できそうな気がしてくる。でも、だからこそ、聞くべきことがあった。目を上げて、思い切って言った。

「私が道場を立ち上げたら」

ひと息ついてから続けた。

「そなた、ついて来てくれるか。とてつもない借金を背負っても、一緒について来てくれるか」

小岩は神妙な顔で答えた。

「私で、よろしければ」

そして細い指先で目元を拭った。

「そう言って頂けるのを、もう五年も、お待ちしていました」

小岩は二十三。江戸の女としては、嫁《い》き遅れの年だ。そこまで待っていてくれたかと思うと、弥九郎の心に、たまらない愛しさが込み上げた。

翌年、江川家の支援を受けて、九段坂下の俎板橋《まないたばし》近くに、道場を構えた。

学問の師と仰ぐ赤井巌三に、道場の命名を頼むと、練兵館《れんぺいかん》と名づけてくれた。練るとは、技を練るなどといって、鍛え磨くことを意味する。

赤井は西洋の兵法にも通じており、西洋では兵の扱いが大事だという。日本の合戦は、あくまでも個人の手柄の積み重ねで、勝敗が決まる。騎馬武者は槍を抱えて敵に突進し、たがいに名乗りを上げてから一騎打ちになる。最後は馬から降りて、刀と刀の勝負だ。だから侍は剣術が必要になる。

一方、足軽たちも槍を構えて突っ走り、一番槍や兜首などの手柄を、仲間内で競い合う。だれがどんな手柄を立てたかは、戦目付《いくさめつけ》が伴走して確認し、戦場で書き留める。それに応じて、勝利後の褒美が決まるのだ。

だが西洋の合戦では、大筒や鉄砲が中心になり、ひとりひとりの勝手など許されない。あくまでも大将が決めた作戦を、一兵に至るまで徹底させて、集団で行動するだけだ。

赤井は言葉に力を込めて言った。

「いずれは西洋の兵法を取り入れる時が来る。刀では西洋の鉄砲には勝てぬ。だから兵を鍛える、つまり練兵が大事になるのだ」

刀が鉄砲に勝てないなどと言われて、納得する剣術家は少ない。たがいに命を賭け、刀を使った一騎打ちこそ、武将の勇ましさの証であり、安全な場所から弾を放って、相手の命を狙う飛び道具など卑怯千万と見なす。だからこそ鉄砲は、しょせん足軽の道具だと軽んじられる。

しかし赤井は、さらに力説した。

「鉄砲の弾など、しょせん狙い通りには飛ばず、当たりはしないと、誰もが思い込んでいる。しかし西洋の鉄砲は、日本のものよりも、はるかに性能がいい。日本では戦国の世が遠ざかって久しいが、西洋では合戦続きで、武器の進歩が目覚ましいのだ。刀は武士の魂と申すが、刀を過信してはならぬ」

弥九郎には、飛び道具が卑怯だという感覚はないし、古来の鉄砲でも充分な威力があることも知っている。故郷の村では、一撃で熊や鹿を倒す者がいた。幼馴染みの弥助も、腕のいい猟師になっただろうと思う。

弥九郎が江戸に出て来た翌年、大きな一揆が起きたが、叔母夫婦のもとに届いた手紙によると、弥助も父の新助も無事だった。一揆は富山藩領の方が激しく、結局、仏生寺村では騒ぎは起きなかったという。

練兵館の道場開きが近づくと、弥九郎は出奔以来、初めて故郷の父に手紙を書いた。まず冒頭で、勝手に飛び出したことを詫びた。

今では弥九郎は、あの時の父の気持ちが理解できる。不作続きで、一揆が起きようかという危うい時だけに、村の仕事に真剣にならない息子に対して、苛立ったのも道理だった。

詫びの言葉に続けて、近況を報告した。伊豆韮山の代官の家臣の身分を得て、剣道場を開くことになったと、少し誇らしい思いで綴った。

さらに弥助への伝言を添えた。まだ弥助が約束を忘れていなかったら、江戸に出てこさせて欲しいと書いた。侍になったら江戸に呼んでくれという、あの約束だ。弥九郎は弥助にも、剣術と学問を身につけさせたかったし、鉄砲の腕にも期待した。

すると二ヶ月も経たないうちに、弥助は、弥九郎の目の前に現れて、胸を張った。

「今日から俺は仏生寺《ぶっしょうじ》弥助《やすけ》だ」

叔母の夫も、脇ノ谷内《わきのたにうち》という集落の名を取って、脇谷という苗字を名乗っているが、弥助は村名そのものを姓にしたのだ。

たがいに十五歳の時に、高岡の薬種屋の店先で別れて以来、十四年ぶりの再会で、顔立ちも変わっている。それでも話は幼馴染みの縁で、たちどころに昔に戻る。

弥助は、しみじみと言った。

「おふくろさん、おまえの手紙を喜んでたぞ。何度も何度も人に読んでもらって、そのたびに涙を流して笑ってた」

お磯は字が読めない。そのために人に読んでもらうのだ。そのかたわらで、飽きもせずに聞く母の姿が浮かんだ。

「おまえが買ってくれた反物を、今度の正月には仕立てて着るって言ってた」

弥九郎は笑い出した。

「あの反物、まだ着てなかったのか。おふくろらしいな」

父の反応も気になって聞いた。

「親父は何て言っていた？」

弥助は気軽な調子で答えた。

「親父さんか。相変わらずだ。おまえが、やっとうの師匠になったって言ったぞ」

沸き立っていた気持ちが、しぼんでいく。やっとうとは、剣の撃ち込みの際の掛け声から、剣術を意味する。だが、どことなく軽んじた印象もあるのだ。

ましてや弥助は父から手紙ひとつ預かってこなかった。弥九郎は自分の甘さを思い知った。謝ったところで、父は許しはしないのだ。

そして父が許さない限り、小岩と正式には結婚できない。親の許可を得た上で、故郷の菩提寺に届けなければならないからだ。

それでも小岩はかまわないと言う。父親の堀和兵衛は不満そうだったが、結局、娘に押し切られた。そして練兵館が完成すると、近隣や縁者に披露だけして、ふたりは奥で一緒に暮らし始めた。

五日にいちど、本所にある江川家の江戸屋敷に顔を出し、あとは練兵館で、一番弟子の弥助に剣術を教えた。

案の定、弥助はめきめきと腕を上げた。しかし、なかなか新しい弟子は集まらなかった。そのため江川家から受け取る家禄だけでは、暮らしは苦しかったが、なんとか小岩は遣り繰りしてくれた。

いつか道場が軌道に乗って、弥助が師範代を務められるようになったら、小岩を伴って、村に帰ってみようかと思った。そして父に詫びるのだ。母が、どれほど喜んでくれるかと思うと、なんとか頑張って帰ろうと決めた。

その年の暮れ、父から初めて手紙が届いた。弥九郎は驚きと喜びで、胸を高鳴らせて封を開いた。だが、それは、たった三行だけの文面だった。

「去る十一月七日、磯、病死。葬儀滞りなく済み候につき、帰るに及ばず」

母の死の知らせだった。手が震えて手紙を取り落とした。さらに膝も震え始め、その場に座り込んだ。弥助と小岩が何事かと駆け寄り、手紙を拾って息を呑んだ。

弥助は弥九郎よりも先に泣き出した。

「俺が出てくる時には、元気だったのに。体を大事にしろって、おまえに言ってくれって、何度も何度も繰り返して、村はずれまで見送って、ずっと手を振ってくれたのに」

お磯は何かと弥助を頼りにした。かつて息子が奉公先から帰ってこないのではないかと心配して、山道まで迎えに行かせたし、元旦早々、家を飛び出した時には、なけなしの金を高岡まで届けさせた。

そんな関わりがあっただけに、弥助にとっても、お磯の死は他人事ではなかった。

弥九郎は、ふたりに頼んだ。

「少し、ひとりにしてくれないか」

小岩と弥助が部屋から出て行くと、文箱の蓋を開けて、中から古びた守り袋を取り出した。野麦峠越えの山中で、山賊に襲われた時の守り袋だ。あれから、もう十四年も経つ。布の色もあせて、縫い目はほつれたままだ。

最後に別れたのは、十五歳になったばかりの元旦だった。父親と喧嘩別れして、家を飛び出した。母が止めるのも聞かずに。

「お待ちッ。弥九郎、お待ちったらッ」

あの叫び声が、弥九郎が最後に聞いた母の声になってしまった。

せっかく帰ろうと思ったのに、なぜ逝ってしまったのか。いや、母は待っていたはずだ。もう十四年も。責めるなら自分だ。なぜ、もっと早く帰ろうとしなかったのか。

理由は自覚している。父に対して、つまらない見栄があったからだ。帰るなら立派になってからという、こだわりがあったのだ。でも母には、そんなことは、どうでもよかったに違いない。顔を見せに帰ればよかった。悔やんでも悔やみきれない。

弥九郎は守り袋を握りしめて泣いた。十五歳の少年の頃と同じように。

第四章　救民の幟旗《のぼりばた》

弥九郎が四十歳になった天保八（一八三七）年三月半ばことだった。

夜も更けた頃、突然、江川のもとから迎えが来て、急いで来て欲しいという。こんな夜更けに急用とは、いい話であるはずがなかった。迎えと一緒に、江川の江戸屋敷がある本所に向かった。

あれから練兵館は、しだいに弟子も増え、江川への借金返済も順調だった。今や弥助に代稽古を任せられるようになり、ふたたび弥九郎は赤井巌三のもとに出向くようになった。そして海防や経世の知識を深め、弟子たちにも書見を勧めている。

家庭では三十一歳の時に、長男、新太郎《しんたろう》を授かった。その後、次男は早世したが、三十六歳で三男の歓之助《かんのすけ》が生まれた。

そうしているうちに江川が家督を継いで、いよいよ太郎左衛門を名乗った。同時に弥九郎は用人から、江戸屋敷の書役《かきやく》という地位に上がった。

江川家の江戸屋敷は本所で、津軽藩上屋敷の門前にある。けっして大きくはない旗本屋敷だ。弥九郎が門の潜り戸から駆け込むと、すぐさま江川の書斎に通された。

江川は硬い表情で待ちかまえており、大きめの袱紗《ふくさ》包みを開いた。中には、あちこち汚れた書状が何通も入っていた。

「たいへんなものが手に入った。とにかく読んで欲しい」

弥九郎は手に取って読み、息を呑んだ。

差出人は、すべて大塩平八郎《おおしおへいはちろう》とある。一通は林大学頭《はやしだいがくのかみ》宛の手紙で、その中に老中宛の建議書が同封されていた。もう一通は水戸藩主の徳川斉昭《とくがわなりあき》宛だった。

大塩平八郎は大坂の奉行所の与力だった人物だが、この二月十九日に大事件を起こしていた。まだひと月も経っておらず、江戸に事件の噂が流れてきたのは、つい最近だ。

大塩は自分の手下たちとともに、大坂の町中で大筒を発砲し、町の何ヶ所にも付け火をし、広大な範囲を焼いたという。

よりによって奉行所の与力だった者が、なぜ、そんな暴挙に出たのか、江戸で伝え聞いた者は、誰もが首を傾げるばかりだった。

弥九郎は林大学頭宛の手紙から、手早く目を通した。日付は事件前日の二月十八日、内容は、大塩が大学頭に用立てた千両は返さなくていいから、同封の建議書を老中に渡して欲しいという。大学頭の署名と花押《かおう》のある借用書も添えてあった。

建議書には、大坂城代や大坂の町奉行をはじめ、幕府の要職に就く者たちの不正や、商人との癒着を書き連ねてあった。

特に不正については、重い役目に就いている者たちが、禁止されている富くじまがいの行為で、莫大な利益を手にしていると告発してあった。また商人との癒着については、油や肥料の値段のつり上げなどが挙げられ、それが庶民を苦しめていると結ばれていた。

徳川斉昭宛の手紙を見ると、こちらにも、老中に建議書を差し出すから、口添えをして欲しいと書かれている。

弥九郎は読み終えて、呆然としてしまった。大事件の犯人が書いた手紙が、なぜ、ここにあるのか。だいいち、これは信用できる手紙なのか。わけがわからない。

江川が口を開いた。

「驚いただろう。私も驚いた」

弥九郎は手紙を返しながら聞いた。

「これを、どこで手に入れた？」

弥九郎は江川家の家臣にはなったが、相談役だけに今まで通り、言葉づかいは対等だ。江川は手紙を受け取って答えた。

「三月五日に、三島の飛脚屋の主人が、当家に持ち込んだのだ」

箱根から三島に下る山中、錦田一里塚という辺りに、この手紙が散乱していたという。それを飛脚屋で手に入れ、三島を支配地に持つ江川家に届けたという。

「でも、なぜ、こんな手紙が、そんな山中に、あったのだろう」

弥九郎の疑問に、江川も首を傾げた。

「その点は今、調べさせている」

さらに江川は別の包み紙を見せた。上書きに「届先《とどけさき》江《へ》不相達《あいたっさず》」とある。

「これは、おそらく大坂から江戸に向けて送られた手紙が、何かの理由で、大坂に戻され、その途中で捨てられたのだろう」

だとしたら、たいへんな偶然の末に、江川の手に入ったことになる。

弥九郎は、もういちど老中宛の建議書を見た。端正な文字ではあるものの、その筆致からはとてつもない怒りが立ちのぼるかのように見えた。

大塩平八郎は、ただの大罪人ではないと、弥九郎は直感した。不正を老中に訴えるために、命を賭けて騒動を起こしたのだ。

弥九郎は次々と疑問を口にした。

「この手紙を、どうするのだ」

「明日の朝いちばんに、お城に持って上がり、ご老中に、お渡しする」

「されど、それでは握りつぶされぬか」

「それは承知している。念のため、すでに韮山で、全文、書き写して控えを取った」

老中への建議書はもとより、林大学頭や水戸の斉昭宛のものも、当人の手に渡るかどうかも定かではない。いまだ大塩は逃走中であり、そんな大罪人と関わりなど、誰も持ちたがらない。たとえ斉昭本人が受け取りたいと言ったところで、周囲が引き止めるに違いなかった。

「とりあえず明日、ご老中には、お渡しするが、その後、何のお沙汰もなければ、藤田東湖を通じて、内々に水戸さまに、控えを読んで頂くことになるかもしれん」

撃剣館の若手だった藤田東湖も、今や三十二歳になった。身分としては中堅どころの水戸藩士だが、斉昭からの信頼は深い。

「その時は、私から藤田に渡そう」

万一、表沙汰になった時に、江川に罪が及ばないよう、弥九郎が勝手に渡したことにするつもりだった。江川は小さくうなずいた。

「そうしてもらうかもしれぬが、まずは、頼みたいことがある。大坂に行って、ここに書かれたことに誤りがないかを、調べてきて欲しい。もし、これが本当であれば、何としても大塩の声を、埋もれさせたくはない」

それは弥九郎にしかできない役目だった。大塩に告発された側が、妨害に出る危険がある。そんな時、弥九郎なら、剣の腕が立つだけに、そう簡単に倒されはしない。すぐさま承知した。

「ならば今から出立する」

「家には戻らぬのか」

「早い方がいい。家の者には、よんどころない事情で旅に出たと伝えて欲しい。どうせ、いったん帰宅したところで、旅の理由は話せぬし」

練兵館の稽古は、仏生寺弥助に代稽古を任せるにしても、家では小岩が子育ての最中だ。長男の新太郎は十歳で、すでに読み書きも剣術も始めているが、弟の歓之助は、まだ五歳だ。女子供に留守を守らせるのは、心許ないが、そうするしかない。

「今から出れば、明け方には多摩川を渡れるし、川崎の宿場で旅支度をすれば、そのまま西に向かえる」

「ならば、頼む。まずは大坂の奉行所で把握していることを、すべて聞き出してきて欲しい」

「わかった。そのほかにも町人や百姓たちの話も、聞いてこよう」

江川は三島の宿場で、懇意にしている宿屋を教えた。何か新しいことが把握でき次第、その宿屋を連絡場所にするという。

弥九郎は江川から通行手形と紹介状を貰い、着の身着のままで東海道を西に向かった。


箱根の関所で、江川家中の者だと告げると、長い列の順番を飛ばして、すぐさま通して貰えた。江川家は家禄こそ低いものの、その威光が絶大であることを、弥九郎は改めて知った。

江川家の先祖をたどると、平安時代の清和源氏にまでさかのぼる。その後、鎌倉幕府や北条家に仕え、伊豆に支配地を持った。

豊臣秀吉が小田原の北条征伐に出た際に、先鋒として伊豆に現れたのが徳川家康だった。江川家二十八代目の英長《ひでなが》は、北条家から離れ、家康側についた。

その際、家康が、茶の給仕に出たお万という年若い後家を、いたく気に入った。そのため江川英長は、お万を養女として、家康に差し出した。

お万は側室として寵愛を受け、男児をふたり産んだ。これが水戸徳川家、紀州徳川家の藩祖となった。つまり徳川御三家の二家は、江川家の養女がいなければ、この世になかったのだ。

これによって江川家は、特別扱いの旗本になった。普通、幕府の代官は、江戸から地方に派遣され、何年かで異動する。だが江川家は家禄こそ数百俵にすぎないが、まったく異動がなく、代々、伊豆の地付の代官という特殊な地位を得たのだ。

弥九郎は三島で指定された宿に入った。すると連絡を受け、夜半に韮山から、江川家の手代が息を切らせてやって来た。

「例の手紙が山中に放り出された顚末が、わかりました」

大塩の手紙は、当初、大坂から江戸に向けて発送されたが、大坂奉行所が気づき、返送を命じたという。そのため三月二日には、いったん江戸に届いたものの、「届先江不相達」と表書きされて、そのまま東海道を西に戻されたのだ。

手紙は藤蔵という飛脚が、ほかの荷と一緒に箱根で預かって、三島に向かった。ところが山中で追いはぎに遭い、大事な荷物を奪われてしまったという。

三島の飛脚屋では藤蔵の話を聞いて、慌てて人を出し、追いはぎと荷を捜した。すると手紙だけが道端の草むらで見つかった。

荷物の中には、価値のありそうな掛け軸などもあったはずだが、追いはぎが持ち去ったらしい。手紙類は金にならないと見て、草むらに捨てたのだ。

手代は説明を続けた。

「追いはぎは、まだ捕まっていませんが、調べたところ、駿河の無宿人の清蔵という男が、どうも怪しいようです」

大塩の手紙の片方は水戸斉昭宛であり、江川家は先祖以来、水戸徳川家に縁がある。まして藤田東湖は剣道の同門だ。そんな江川の手に、あの手紙が入ったというのは、弥九郎には、ただの偶然とは思えなかった。

「大塩の執念の成せる技だろうか」

弥九郎がつぶやくと、手代もうなずいた。

「私も、そう思います」


三島から、さらに西に向かうにつれ、どこの宿場町でも大塩平八郎の乱の噂話で持ち切りだった。庶民の評価は賛否両論だった。

ここ何年も全国的に凶作が続き、百姓たちは餓死寸前で夜逃げをし、江戸や大坂や各地の城下町に出てくる。だが出てきたところで食べていく当てなどなく、町を徘徊した挙げ句、行き倒れになるのが落ちだ。

町には、そんな行き倒れの遺体があふれ、きわめて治安も悪い。お上に、なんとかして欲しいと思うのが人情だった。

大塩平八郎は武装蜂起の際に、救民と大書した旗を掲げていたという。また自分の蔵書を処分して、六百両あまりを窮民たちに分け与えたとも聞く。これを耳にした者たちは、大塩を世直しの勇者として崇め立てる。

一方で、町を焼いたことにより、町人たちの恨みも買った。

「いくら金持ちの商人が、お役人に賄賂を渡したと言っても、何も火までつけなくても」

放火は一件でも発覚すれば死罪という大罪だ。それを町のあちこちに火を放ったというのだから、非難されるのも当然だった。

しかし京都に着くと、おおむね評価は定まっていた。お上に楯突いて、町を焼いた極悪人だと、誰もが腹を立てていた。京都は幕府の直轄地だけに、反幕府じみた風潮はないらしい。

京都から伏見に出て、宇治川と淀川を川船で下った。淀川が寝屋川と合流する手前の西岸に、焼け野原が広がっていた。黒くなった土蔵や土塀だけが、焼け残っている。船頭が櫓を支えながら説明した。

「あの辺が天満《てんま》で、大塩平八郎の屋敷があった場所ですわ。自分の家に火ぃつけて、仲間の与力屋敷に、大筒を打ち込んで。あっちもこっちも、もう丸焼けで、えらいことでしたわ」

乗り合わせた旅人たちは、一様に眉をひそめた。

寝屋川との合流点あたりで、南側に大坂城の天守閣が望めた。そこから流れが真西に向かうと、両岸とも見渡す限り焼けていた。

焼け残って煤《すす》で真っ黒な土蔵があちこちにあり、豪商たちの町だったことが明白だった。両替商の鴻池や呉服商の三井も燃えたという。もう建て直しが始まっている町家もあった。

弥九郎は河口近くの船着場で、川船を下りてから、さっき通り過ぎて来た船場《せんば》や天満に足を向けた。

一面に瓦礫が広がる中、ふと足元を見ると、割れた球体が転がっていた。真っ黒に焦げてはいるが、手に取ってみると焙烙弾《ほうろくだま》の破片だった。素焼きの球体に火薬を詰めて火をつけ、敵陣に放り込んで、火災を起こす武器だ。

弥九郎としては大塩の憤りや、それを老中に訴えようとした気概には賛同できる。だが、なぜ、ここまで町を焼いたのかが納得できない。いくら豪商を憎んでいたとしても、これは、やり過ぎに思えた。

それから江川が書いてくれた紹介状で、信頼できる役人に会えた。それは坂本鉉之助《さかもとげんのすけ》という大坂城玉造口《たまつくりぐち》の定番《じょうばん》与力だった。かつては大塩と親しかったが、争乱の後は大塩本人と、その一味の探索に当たっているという。

坂本の屋敷も燃えたために、焼け残った東町奉行所で、話を聞かせてもらった。弥九郎は内々のことだがと前置きして、話を切り出した。

「たまたま当家に、大塩平八郎の書状が届きまして、それをご老中にお渡ししました。そんな対応で、よかったのかどうかを、確かめに参ったのですが」

すると坂本は身を乗り出して、書状の内容を聞いた。弥九郎が、ありのままを伝えると、坂本は心配顔で聞いた。

「ご老中は、その建議書を、どうなさるでしょう」

坂本は大塩には、いい感情は抱いてなさそうだった。弥九郎は首を傾げた。

「そこまでは、わかりません。ただ大塩平八郎と申せば、悪人ということになっているだけに、まともに取り上げられるかどうか」

坂本は安堵した様子で、説明を始めた。

「すでに大塩は隠居の身で、息子が与力を継いでおり、大塩自身は屋敷の一角で、洗心洞《せんしんどう》という陽明学の塾を開いていました。そこに近在の百姓の息子などを集め、よからぬことを吹き込んでいたのです」

陽明学は漢学の一派であり、儒学よりも実行力を重んじる。弥九郎は疑問を口にした。

「大塩平八郎が自分の蔵書を売り払って、六百両をつくり、貧しい民百姓に分け与えたというのは、本当ですか」

「水呑み百姓や町をうろつく者どもに、金をばらまいたのは本当です。ただ金の出所が、蔵書かどうかは存じません。物を知らぬ大百姓たちを欺して、金を出させたと申す者もおります」

大塩の配下が金をばらまく際、受け取った者たちに対して、天満の辺りで火が上がったら、駆けつけろと命じたという。

弥九郎が争乱の発端を聞くと、坂本は淀みなく答えた。

「あれは朝、五ツ刻頃でした。大塩は、まず自分の家に火をかけたのです。合図のつもりだったのでしょうが、予想外に燃え広がってしまったようです。それを見て集まった者が、一時は三百人ほどに膨れあがりましたが、なにしろ烏合の衆ですから、こちらから攻め立てれば、ひと捻りでした」

奉行所方も大塩方も、双方、大筒と火縄銃を用い、二度ほど撃ち合いになった。しかし大塩方で、ふたりが狙撃されて命を落とすと、それきり離散し、夕方までには鎮圧したという。

「郎党どもは、だいぶ捕まっていますが、いまだに大塩本人と息子は逃げ隠れしており、往生際の悪いことだと、皆が申しています」

弥九郎が、なぜ大塩が争乱を起こしたのかを聞くと、坂本は言葉を探しながら答えた。

「もともと悪い男ではなかったのですが、かんしゃく持ちではありました。いろいろ不満があったようで、前にもご老中に書きつけを、お出ししようとしたことがあり、退けられました。出世を目論んだとも言われていますが、私には、よくわかりません。今度は、じかに江戸に送ったのでしょう。それが江川さまの御家中に届いたのなら、何よりでした。よもや、ご老中も取り沙汰なさらぬでしょう」

「今までに捕まった者は？」

すると坂本は記録を調べ、名前と在所を読み上げてから言った。

「たいがいは近在の百姓のせがれで、洗心洞の弟子たちです。実際に争乱に加わらなくても、そそのかした者や、手引きなどした者も加われば、数百人は捕えられるでしょう」

弥九郎は彼らの名前と在所の村名を、できるだけ頭にたたき込んだ。下手に書き取って怪しまれてはならない。そして、礼を言ってから、奉行所をあとにした。

それから河内まで足を伸ばし、捕まった者の家を、一件ずつ訪ね歩いた。しかし大塩平八郎の件でと言っただけで、取りつく島もない。関わりを持って、責任を問われることを恐れていた。

何も話を聞けないまま、八尾の弓削《ゆげ》という村を訪ねた。広大な田園の東の外れで、もう山並みが間近な村だった。

この村の庄屋の息子、西村履三郎《にしむらりさぶろう》が、弥九郎が在所と名前を覚えた最後のひとりだ。ここで追い返されれば、もはや大塩側の事情を聞くすべはない。何としても話を聞きたかった。

集落の中ほどに、ひときわ大きな茅葺き屋根の家があった。それが西村家に違いなかった。だが近づこうとしただけで、村人から警戒された。

「あんた、誰や？　お役人か？」

弥九郎は首を横に振った。

「違う。大塩どのが、どんな思いで、あのような乱を起こしたのか、それを聞きに来た」

男が突然、鋭い口笛を吹いた。すると、あちこちの家から、ひとり、またひとりと、鍬を手にした男たちが出てきて、弥九郎を取り囲んだ。

弥九郎は、腰の大小を鞘ごと引き抜き、そして目の前の男に差し出した。

「これを預けよう。だから西村履三郎の縁者と、話をさせてくれ」

男は周囲と目を見交わせてから、及び腰で刀を奪い取った。そして急いで後ろに引き、周囲の男たちに向かって、震え声で叫んだ。

「丸腰や。いてまえッ」

男たちが、いっせいに鍬を構える。弥九郎は困ったことになったなと思った。村人を傷つけるわけにはいかない。

ひとりが高々と鍬を振りかぶり、大声で叫びながら、こちらに向かって突進してきた。その途端、われもわれもと続く。

弥九郎は軽々と身をかわした。男たちは勢い余って、たがいに激突し、よろけて地面に尻餅をつく。

だが、ひとりの鍬が、空振りをした挙げ句、別の男の足に向かって振り下ろされた。弥九郎は素早くまわりこみ、すんでのところで鍬を持つ手をつかんだ。鍬は足をかすめて、深々と土にめり込む。

しかし、それにも気づかず、ほかの男たちが、なおも迫り来る。誰もが息が上がり、足元がよろけ始めている。

弥九郎としては、いくらでも身はかわせるが、もはや止めどなく相打ちになりそうで、それが怖かった。

いっそ手でもひねり上げようかと思った時だった。女の声が響いた。

「何、しとるんやッ」

とたんに男たちの動きが止まった。ひとりが、おどおどしながら、弥九郎を目で示した。

「こ、こいつが、履三郎さんの話を、聞きたいゆうて」

向こう気の強そうな初老の女で、臆せずに言う。

「話くらい聞かせてやったら、ええやないか」

女は西村履三郎の母で、十枝と名乗った。弥九郎は訪問の理由を、包み隠さずに話した。

「わが家中で手に入った大塩の書状を、信用すべきかどうか確かめるために、江戸から参った」

「そうでしたか。うちは、とうに夫も亡くなって、今度のことで息子も捕まり、家には誰もいてませんけど、私が知ってることは話させてもらいます。お入り下さい」

履三郎の母の後について家に入った。そして、十枚の心を推し量りながら話した。

「残念ながら私には、そなたの息子を助け出す力はない。ただ私自身、越中の百姓の出だ。同じ立場だし、そなたの息子の思いを無駄にしないための、手伝いはできると思う。そのために教えて欲しい。なぜ息子が大塩に従ったのか」

女の身で、どこまで知っているか、心許なくはあったが、十枚は意外にも、しっかりした口調で話し始めた。

「大塩先生の洗心洞に、履三郎は通ってました。大塩先生の教えは、何事も黙ってたらあかん、自分が動けということでした」

だから争乱にも迷わず従ったという。

「そもそも大塩先生が、こんな騒ぎを起こしたんは、あんたさんのとこで手に入れはった、お手紙のためでした」

奉行所の坂本も言っていた通り、老中への建議書は今回が初めてではなかった。すでに八年前にも同じような文書を差し出したが、老中には届かず、途中で握りつぶされてしまったという。

「せやから今度こそはと、前々から、お膳立てをしはったんです。あらかじめ江戸の大学頭さまに千両、お貸しして、お口添えを頼まはったんですわ」

弥九郎は合点がいった。林大学頭は昌平黌の学長であり、老中から意見を求められる立場でもある。大塩はその筋から、建議書を老中に渡して貰おうとしたのだ。

「その千両は、その方らが用立てたのか」

十枝は小さくうなずいた。

「うちは、わずかばかりでしたけど、大塩先生に従う百姓は大勢いてますんで、みんな、なけなしの金を出さしてもらいました」

弥九郎は率直な感想を口にした。

「されど、それほど大事な金を使って、あのような争乱を起こしても、勝ち目はない。それが、わからなかったのか」

するると十枝は片頬で笑った。

「端《はな》からこうなるんは、わかってました。うちの息子かて、あの朝、私らと水杯《みずさかずき》を交わして、家を出て行ったんです。もう死ぬ気でしたさかいに、これから死罪になったところで、悔いはないんです」

気丈に話しながらも、目に涙が浮かぶ。

「うちは代々、庄屋ですよって、うちの人は履三郎に、村の人たちのために働けと、言い聞かせて育てました。息子に洗心洞を勧めたのも、うちの人です。だから息子が命を賭けて、大塩先生について行くなら、親としては見送ってやるだけでした」

袂の端で、目頭を押さえる。弥九郎は気の毒に思いながらも、質問を続けた。

「だが、いったい、この村の者たちは何が不満だったのだ。不作は不作だろうが、飢えて死ぬほどの凶作続きではあるまい」

ここ数年、ひどい凶作に見舞われているのは、主に北国だ。夏に長雨が続き、気温が上がらず、稲が実らない。だが大坂など西国では、そこまで深刻ではないはずだった。

すると、十枝は背筋を伸ばし、きっぱりと言った。

「この辺は田んぼのほかに、綿を作ってます。綿は鰊粕《にしんかす》を肥料にするんですけど、その値段が高こうて、やってけません」

　鰊粕とは、蝦夷地や日本海側で獲れた大量の鰊を煮て、油や水分を絞り、さらに天日干しして作る肥料だ。船で大坂まで運ばれ、それが綿栽培には欠かせない。

「お侍さんには、わからへんでしょうけど、百姓は借金まみれで、ずっと食うや食わずの暮らしです。赤ん坊が生まれたかて、母親はお乳が出えへんから、育たへんし。家の誰かが病気になっても、薬を買うお金があらへんし」

　そんな情況に耐えきれず、土地を捨てて、大坂の町に出て行ったとしても、待っているのは行き倒れしかない。

「大坂の町中には、鰊粕の値段をつり上げる大金持ちの商人がおる。そこから賄賂をもろて、お金を貯め込んでるお役人もいてはる。せやから大塩先生は、救民の幟旗を掲げて、立ち上がったんです。何にも悪いことはしてはりません。それどころか、立派なことをしはったて、私は信じてます」

　十枝は、ふたたび声を潤ませた。

「悪いことはしてへんのに、罪人扱いなんて、世の中が間違うてる。そうやないですか」

　弥九郎は苦汁を呑む思いで答えた。

「だが火付けは重罪だ。履三郎自身が火をつけなかったとしても、一味に加担しただけで罪になる」

　さらに慰めるつもりで言った。

「大塩とて、あれほど町を焼くつもりはなかったのであろう。自分の屋敷で、合図の狼煙《のろし》でも上げるつもりが、燃え広がってしまったのだろうが」

　すると、十枝は、ふたたび片頬で笑った。

「いいえ最初から、天満から船場まで焼くつもりやったんです。私は、そう聞いてます」

弥九郎は耳を疑った。

「あの広い範囲を？　まさか」

「大塩さまは隠居しはるまで、お奉行所で捕り物をしておいででした。せやから町中で鉄砲や大筒を撃ったら、すぐに召し捕らえられて、それで、おしまいゆうことは、重々、ご承知でした」

しかし大きな火事を起こせば、日本中の注目を集められる。さらに、その注目の先に、老中への建議書があるとわかれば、日本中の百姓たちが黙っていない。

弥九郎は納得がいった。たしかに日頃から捕り物をしているからこそ、ただの捕り物で終わらないようにと、周到に考えた末の火付けだったのだ。

それでも弥九郎としては、力に訴えることに抵抗がある。改めて身を乗り出して聞いた。

「もしや大塩は、諸国に一揆を広めようとしていたのか」

「今度のことだけで、御政道が変わるんやったら、それでええけど、もし変わらへんかったら、洗心洞の人たちが諸国に散って、一揆の先頭に立つことになってます。特に去年の甲州騒動の残党の人たちとは、話がついてるそうです」

弥九郎は甲州騒動と聞いて、ぎょっとした。一年前、甲州で大規模な一揆が勃発した。その結果、代官が更迭され、その地域が江川に任されたのだ。

この先、江川の支配地内で、一揆を扇動されるわけにはいかない。だが動揺を隠して質問を続けた。

「そなたは、なぜ、そこまで話をしてくれるのだ？　このような話をしては、そなたまで捕まりかねんだろう」

「捕まっても、かましません。息子が捕まって、私には怖いことなんか、もう何にも、ありませんよって」

十枝は言葉に力を込めた。

「あんたさんのとこに、大塩さまのお手紙が届いて、あんたさんが、うちに来てくれはったんは、きっと何かのお導きです」

たしかに、ここまで包み隠さず話をしてくれる者など、ほかには見つからない。十枝は両手を前について、深々と頭を下げた。

「何もかも、お話しさしてもろたさかいに、大塩さまのお手紙が無駄にならへんよう、履三郎の命が無駄にならへんよう、どうか、どうか、お力添えくだささい。それだけが、うちの願いです」

弥九郎は、母としての揺るぎない思いに、ただ頭が下がった。


弥九郎が江川家の江戸屋敷に戻ると、意外な話が待っていた。大塩平八郎と息子が潜伏先で見つかり、捕縛される前に自害したという。弥九郎は胸が痛んだ。

それから大坂で見聞きしてきたことを、すべて江川に報告した。

「大塩の救民という旗印に、嘘はなかったと思う」

江川は話を聞き終えるなり即断した。

「藤田を通して、大塩の手紙と建議書を、内々に水戸さまに、お渡ししよう」

弥九郎も賛成した。

「やはり、藤田には私から話す。もし万が一、それでおとがめを受けるようなことがあれば、私が書状を盗み出して、勝手に渡したことにしてくれ」

だが江川は大きな目を見開いた。

「そなたに責任を押しつけたりはできぬ」

しかし弥九郎も引き下がらなかった。

「それが、できぬのであれば、この話は、なかったことにしよう」

江川ほどの人物が、処罰を受けるようなことがあれば、これから幕府を変えていく者がいなくなる。どうあっても江川には無傷でいてもらわなければならない。

江川自身も、それを理解し、結局は承知した。

「わかった。ならば任せる」

「それが済んだら、甲州に行かせてくれ。騒動が再燃せぬかを確かめてくる」

「甲州には、私も参る」

「何を言うか。お代官さまが出ていったところで、皆、口をつぐむばかりだ」

「代官の格好では行かぬ。そなたと行商人のなりでもして、下々の話を聞きたい」

「本気か」

「本気だ。一生にいちどくらい、水戸の黄門さまのように、旅してみたいと思っていた」

水戸黄門の漫遊記は『水戸黄門仁徳録』という小説として書かれており、人気が高い。だが弥九郎は、きっぱりと言った。

「黄門さまの諸国漫遊など、事実ではないのは知っているだろう」

水戸黄門こと徳川光圀《とくがわみつくに》は、水戸藩の二代目藩主だ。水戸藩の初代は、江川家の養女だったお万が産み、光圀は、お万の孫に当たる。

名君として知られ、特に『大日本史』という膨大な歴史書の編纂に着手した。『大日本史』は百八十年経った今も引き継がれ、藤田東湖や豊田彦次郎たちが、編纂を続けている。

光圀は晩年に隠居してからは、領内を歩き、民百姓と親しく交わることもあったといわれている。ただ諸国漫遊まではしていない。

だが今度は江川が引き下がらなかった。

「下々の本音に触れずに、下々を治めることなどできぬ。前々から考えてはいたが、そなたの話を聞いて、この際、本気で行く気になった」

弥九郎は、やや持て余しつつも、まずは大塩の手紙と建議書の控えを、さらに写し取り、密かに藤田に届けに行った。


弥九郎が撃剣館を引き受けた頃、藤田は十五歳だったが、あれから水戸に帰ったり、江戸詰めになったりを繰り返し、今や三十二歳だ。すでに国元で家庭を築いているが、去年から、ふたたび単身で江戸詰めになった。

小石川の水戸藩上屋敷を訪ねてみると、古びた御長屋に、ひとりで暮らしていた。ぎしぎしと大きな音を立てる床を、わざと足で踏みながら、藤田は明るく笑った。

「雨もりはするし、床下の根太が、腐り始めているようですが、建て替えも、ままなりません。地震があるたびに、潰れるのではないかと、冷や汗ものです」

徳川御三家とはいえ、水戸藩も経済的に厳しく、藩邸御長屋の建て替えにまで、手がまわらないという。弥九郎は、けばだった畳に、腰をおろしながら言った。

「まあ、ひとり暮らしなら、困ることはない。潰れそうになったら、逃げればいいさ」

「それもそうです。撃剣館で、十人もの寄せ手から逃げまわるよりも、はるかに楽だし」

ふたりで軽口を交わして笑い、狭い部屋で対座した。だが弥九郎が持ってきた大塩の手紙を読むなり、藤田の顔色が変わった。

「なぜ、これを？」

弥九郎は江川が入手した経緯から、大坂で見聞きしたことまで、すべて打ち明けた。藤田は真剣な表情で聞き入った。

しかし西村履三郎の母親から聞いたことを話すと、一転、涙ぐみ始めた。しまいには手ぬぐいを出して、目元に押しつける。そして照れながら言い訳をした。

「なんだか身につまされて。実は、うちも、もとは百姓だったので」

藤田の祖父の代までは、水戸近郊の百姓だったという。だが食べていかれず、祖父は水戸城下に出て、古着屋を始めた。父は古着屋の次男として生まれたが、学問に優れ、十五歳で水戸藩に召し抱えられ、藤田幽谷《ゆうこく》と名乗った。

そんな幽谷の学才を、丹武衛門《たんぶえもん》という町与力が見込んで、お梅という娘を嫁がせた。そこで生まれたのが、藤田本人だった。父方は武家ではなかったので、藤田にとって母方の丹武衛門が、慣れ親しんだ祖父だった。

藤田は潤んだ声で言う。

「その祖父《じい》さんが町与力だったので、大塩の立場が、わかるような気がするのです」

町与力は庶民に接するために、困窮者の立場を理解できる一方で、藩の重臣と御用商人との癒着も、否が応でも目に入る。それでいて武士としては、けっして身分が高くないだけに、口を出せない憤りがあるという。

「それに、その西村履三郎の母親が、うちのお袋そっくりなもので。気丈で、息子を信じ切っているところが」

父の藤田幽谷は「古着屋のせがれが分不相応に出世した」と周囲から妬まれ、何度も足をすくわれそうになったという。そのたびに母のお梅は、幼かった藤田に言い聞かせた。

「おまえの父上は、誰が何と言おうとも、立派なことをしておいでです。そなたも学問に励んで、父上のようになるのですよ」

藤田自身、同じ年頃の藩士の息子たちから「古着屋の出のくせに」と、さんざん苛められた。それでも父を恥ずかしく思わなかったのは、母のおかげだという。

「もしも私が、その西村履三郎のような行動に出たとしたら、やはり母は私を信じ続けるでしょう」

藤田は鼻を赤くしながらも、手ぬぐいを畳んで言った。

「とにかく、大塩の手紙と建議書の写しを、わが殿にお見せします。なんとしても、ご老中に働きかけて頂く。大塩が命と引き替えにした建議書は、けっして無駄にはしません」

「よろしく頼む」

弥九郎には腑に落ちないことがあった。

「それにしても、水戸さまは大塩と面識があったのだろうか」

藤田は首を横に振った。

「わが殿は大坂に出かけたことはないし、大坂の与力の隠居風情が、江戸に出て来て、わが殿に、お目通りしたとは考えられません」

ただ接点があるとしたら、かつて老中首座を務めた水野忠成《ただあきら》の存在だという。田沼意次をも凌ぐと言われたほどの収賄政治家だ。大塩が告発したひとりであり、斉昭も敵対したことがあるという。

もともと斉昭は先々代の藩主、治紀《はるとし》の三男だった。治紀は優れた藩主であり、藩政改革を推し進め、身分にとらわれずに人物本位で抜擢した。藤田幽谷を重く用いたのも彼だった。その頃から常陸《ひたち》の海岸に、異国船が頻繁に近づき始め、治紀は、その対策として、軍備にも力を入れた。

　だが治紀の長男、斉脩《なりのぶ》に代替わりすると、守旧派ともいうべき門閥派が、ふたたび台頭し、海岸防備からも撤退した。その結果、イギリスの捕鯨船の船員たちが、上陸するという事件が起きてしまった。

　斉脩には男児がいなかった。そのために斉脩の弟に当たる斉昭が、当然、次期藩主と目されたが、そこに老中首座の水野忠成から横槍が入った。「将軍家から養子を迎えよ」というのだ。

　その時、二十四歳になっていた藤田をはじめ、改革派と呼ばれる藩士たちが、水戸から江戸藩邸まで押しかけ、正当な斉昭の擁立を訴えた。その結果、水野忠成の横槍を退け、斉昭が三十歳で藩主の座についたのだ。

「わが殿は水野を敵視しておいでだったし、大塩も水野を非難した。だからこそ大塩は、わが殿なら、自分の主張に賛同してくれると、期待したのかもしれません」

　弥九郎は、なるほどと思った。当初、訳がわからなかった大塩平八郎の蜂起が、ひとつずつ解明されていく。

　藤田は藩主に手渡すと約束して、手紙と建議書の写しを、丁寧に懐にしまった。


　弥九郎は、建議書の件を藤田に任せ、江川とふたりで甲州に出かけることにした。

　行商人に扮するとなれば、大小二本を腰に帯びては行かれない。それでいて丸腰というわけにもいかない。いざとなったら、弥九郎が江川を守らなければならないのだ。

　そこで、ふたりとも、刀売りを兼ねた研ぎ師に扮した。髷を町人ふうに結い直し、着流しを尻はしょりして、足元は脚絆に草鞋履き。短刀だけを腰に差し、ふたり分の大刀は大きな風呂敷で包んで、弥九郎が担いだ。

そのほか小ぶりの柳行李に、研ぎ石などの道具を入れて、これも大風呂敷で包み、江川が背負った。

「そなた、よく似合っているぞ」

「旦那も、案外、似合ってますよ」

「旦那はいかん。邦二郎《くにじろう》にせよ」

「せよなんて言葉も、刀売りは使いませんぜ」

「そうか。ならば邦二郎と呼べ」

「合点」

ふたりで大笑いをした。

そして江川は江戸屋敷を出る際に、さらさらと自分たちの姿絵を描いた。渡辺崋山ほどではないが、江川も絵が巧みだ。江川と弥九郎が並んでいる姿を、墨の濃淡で描いて、「甲州微行」という題をつけた。

当初、弥九郎は気が重かった。ひとりで探索に出かける方が、目立たずにすむ。だが、いざ扮装して出かけるとなると、なんだか楽しくなってきた。

そうして甲州街道を西に向かった。十五歳の時に、たどってきた道を逆行する形だった。ただ、道中のあちこちで聞き合わせても、大塩平八郎の残党の気配はなかった。

その代わり、街道筋には、垢だらけで、ぼろぼろの着物姿の者が、いくらでもうろついており、異様な匂いを発しながら「何か恵んでくれ」と、つきまとう。

江川が気の毒がって、懐から銭入れを取り出そうとするのを、弥九郎は止めた。

「ひとりにやれば、いくらでも群がってくる。それよりも、こんな者たちが、いなくなる世の中にするしかない」

江川は不満げながらも、銭入れを戻した。向こう気も強いが、情け深い男でもあった。

その夜に泊まった安宿で、男がひとりと、年端もいかない少女たちの一行が、隣の部屋に入った。襖越しに男の声が聞こえる。

「江戸の吉原ってとこはな、そりゃ華やかで、楽しいところだぞ。おまえたちだって毎晩、きれえな着物を着て、化粧をして、今までよりも、ずっといい暮らしができるんだ」

男は女衒《ぜげん》で、少女たちは女郎として売られていくところだった。少女たちが何も知らずに、はしゃいでいるのが痛ましかった。

夜もふけて寝入りばな、隣から、すすり泣きが聞こえて、弥九郎は目が覚めた。

「家に帰りたい。母ちゃんに会いたいよォ」

すると男の怒鳴り声が聞こえた。

「うるせえッ。おめえらは、もう帰れねえんだよッ」

なおも泣き止まないと、男が起き上がって、頬を張る音が響いた。少女たちの悲鳴があがる。

「静かにしやがれッ。静かにしねえとな、どうなるか、わかってるかッ」

年嵩らしき少女が、必死にかばう。

「勘弁してやって。まだ小さいから。今、泣き止ませるから。どうか、勘弁してやって」

「そんなら、おめえを、可愛がってやろうじゃねえか」

男の情欲が、年嵩の少女に向いたらしい。手荒く帯を解いているのか、激しい衣擦れの音がする。少女が泣きながら哀願した。

「やめて、やめてください」

弥九郎が腹に据えかねて、一喝しようとした時、闇の中で、江川が飛び起きた。そのまま襖に手を伸ばす。それを、すんでのところで止めた。そして襖の向こうに、低い声ですごんだ。

「おい、いい加減にしろよ。年端もいかねえ子供相手に。こっちに筒抜けだし、ほかの子供のことも、少しは考えろよ」

とたんに隣の騒ぎは鎮まり、男が舌打ちした。

「おめえたちが、しのごの言いやがるから」

また頬をはたく音がした。弥九郎は、いっそ怒鳴り込んで、少女たちを逃がしてやりたい気がした。

江川も怒り心頭の様子で、もういちど襖に手を伸ばす。弥九郎は、その手首をつかんで、昼間、言ったことを小声で繰り返した。

「こんな者たちが、いなくなる世の中にするしかないんだ」

江川は、かろうじて布団に戻った。

だが弥九郎にしても、むしゃくしゃした気持ちは、なかなか収まらなかった。少女たちが欺されて連れてこられたのも、可哀想でならなかった。

女郎が華やかなのは、わずかな期間だけだ。遅かれ早かれ、客に悪い病気をうつされ、いったん罹患したら、下級女郎に落とされる。そして病状が進めば、遊郭からも追い出され、道端で客を取る夜鷹になり、鼻が欠け、脳を冒されて、行き倒れで死ぬのだ。

それ以外の末路は、千にひとつもない。弥九郎としては、そんな哀しい女たちが、いなくなる世の中を江川に作ってもらいたかった。


翌日は人里離れた場所を、うろつきまわっているうちに、夜が更けてしまい、泊まる場所がなかった。

それでも月明かりで、なんとか小さなお堂が見つかった。ふたりで近づくと、引き戸の隙間から灯りがもれており、中から人声が聞こえた。

「丁ッ」

「半ッ」

博打の最中だった。博打は禁じられているだけに、こんな人里離れた無人のお堂に、密かに集まって開帳しているらしい。

弥九郎は江川に聞いた。

「どうする？」

江川は袖をまくり上げて答えた。

「大塩の残党ではなさそうだが、放ってもおけん。踏み込むとするか」

弥九郎はにやっと笑い、担いでいた刀の包みを、手近な木の根元に置いた。さすがに江川が不安そうに聞く。

「刀なしで大丈夫か」

「まあ、素手でいいさ。木の枝で棒くらい作ってもいいが、下手に殴りつけて、命まで貰うことになっても困るしな」

弥九郎は軽い足取りで、お堂の階段を昇った。後ろから江川がついてくる。引き戸の取っ手をつかむなり、いきなり音を立てて開けた。

何本もの蠟燭を煌々とともした中で、男たちが、いっせいにこちらを向く。驚いて目を見開き、口も開いている。中ほどに座っていた男が、慌てて賽子や壺を隠そうとする。

弥九郎は一瞬で人数を把握した。全部で十二人。うち四人が博打うちのやくざ者で、残りが客の百姓らしい。大刀が部屋の隅に一本。そのほかに男たちの手元に、短刀が三本はある。

胴元らしき男が、弥九郎たちの姿を見て、虚勢を張った。

「なんだ、おめえら。脅かしやがって。役人かと思うじゃねえか」

弥九郎は片頬で笑った。

「役人でなくて、悪かったな」

胴元も負けじと鼻先で笑った。

「仲間に入りてえって言うんなら、入れてやったって、いいんだぜ」

弥九郎は肩をすくめた。

「そういう用じゃ、ねえんだよ」

江川が前に出て、啖呵を切った。

「おまえたち、こんなところで博打などして、いいと思ってるのかッ」

胴元が憤怒の表情に変わった。

「なんだとッ」

そして、まるで芝居の筋書きのように、手下たちに、お決まりの声をかけた。

「やっちまえッ」

一瞬で八人の客と、四人のやくざ者とに分かれた。客たちは転がるようにして、部屋の隅にかたまった。開け放った引き戸から逃げ出す者もいる。

やくざ者の中で、三人が短刀をつかみ、胴元が大刀の柄を持って、いちどに鞘を抜き払った。蠟燭の灯りを受けて、銀色の抜き身が光り、客たちが悲鳴をあげた。

弥九郎は江川に攻撃が向かないように、やくざ者たちを自分の方に手招きした。

「さあ、来い。ひとりずつじゃ面倒だ。四人いっぺんに来やがれ」

とたんに左右両側から、ふたりが同時に突っ込んできた。三人目の男は、やや出遅れた。胴元は様子を見ているのか、大刀を手にして後ろに立っている。

三人とも短刀の柄を両手で握りしめ、腰の位置でかまえ、切っ先をこちらに向けて、奇声を発しながら突進してくる。喧嘩馴れした者の攻撃だ。

短刀を上から振り下ろして、斬りつけようとしても、かわされやすい。だが腰だめで体当たりをすれば、相手に致命傷を与えられるのだ。しかも、こちらが丸腰だけに、三人とも迷いはない。

ほんのわずか左の男の方が早かった。弥九郎は左に身を引きながら、突き出された刃《やいば》をかわし、男の手首を、がっしりとつかんだ。そのまま手首を捻りながら、左に引き倒し、同時に、右から来た男の手首もつかむ。

左の男は倒れ込みながら、手首の捻りに耐えかねて、短刀を取り落とした。弥九郎は男の背中を蹴倒し、さらに江川に向かって、短刀も蹴飛ばす。

板の間の床を滑る短刀を、江川が急いで拾い上げた。

右の男は、弥九郎の右手を振りほどこうと、必死に身をよじるが、びくともしない。弥九郎はその体勢で、さらに目の前に突き出された三人目の手首も、左手で捕らえた。

そして突進してきた勢いを利用して、腕を引っ張り、ふたりめの顔に額を激突させた。ふたりめの男は、まともに頭突きを食らった形で、鼻血を噴き出し、へなへなと、その場に倒れ込んだ。

弥九郎は、力を失った手から短刀を奪うなり、開いていた引き戸の間から、外に向かって投げ捨てた。

その間に、三人目が、ぶつけた頭を抱えつつ、もんどり打って床に転がった。弥九郎は、その短刀も取り上げ、今度は天井に向かって投げた。切っ先が天井板に、深々と突き刺さる。

最初の男は、すでに立ち上がっていたが、もう向かってくる気力は失っていた。壁にすがるようにして、立っているのが精一杯だ。

あと刃物を持っているのは、離れた場所にいる胴元ひとりだった。弥九郎は、ふたたび派手に挑発した。

「どうする？　止めとくか。けど子分の目の前で、まさか止めるわけには、いかねえよな」

だが胴元は、さすがに乗ってこなかった。それどころか大刀を頭上に振りかぶると、すぐ近くにいた江川に向かって、すさまじい勢いで振り下ろしたのだ。

江川は手に持っていた短刀で、迫り来る刃をはねのけた。大きく火花が散る。それから胴元は、闇雲に刀を振りまわし始めた。

腕は江川の方が上だが、それでも応戦に余裕があるわけではない。特に、あの負けん気の強さでは、手加減などしない。

弥九郎は、とっさに床を蹴って、大股で一歩、踏み出した。着地すると同時に、そこにあった蠟燭を燭台ごとつかみ、力いっぱい、胴元に向かって投げつけた。

江川の短刀が、相手の腹に向かって突き出される寸前だった。火のついた蠟燭が、胴元の顔を襲った。

「あちちち」

胴元は叫び声を上げて、大刀を手放し、両手で顔を覆った。溶けた蠟が、江川の手にも飛び散ったらしく、江川も短刀を落とした。

弥九郎は、ふたりに近づくと、まだ燃えている蠟燭を拾い上げ、さらに左手で大刀もつかんで、刃先を胴元の首筋に近づけた。

胴元は火傷で顔をしかめていたが、薄目を開け、刀に気づいて震え上がった。

弥九郎は蠟燭を江川に手渡してから、刀を突きつけたまま、手を伸ばして胴元の懐を探った。

ずっしりと重い財布が手に触れる。それを易々と引き出すなり、弥九郎は、部屋の隅で震えている百姓たちに投げた。

「もともと、おまえたちの金だろう。先に外に逃げた奴らにも、返してやれ」

そして胴元の顎下に、切っ先を突きつけて凄んだ。

「子分を連れて、今すぐ消え失せろ。もう二度と、百姓を相手にするな」

刀を引くと、胴元は腰が抜けたように、四つん這いになって、引き戸の方に向かった。さっきまで壁にすがって、ようやく立っていた男も、慌てて後を追う。

額をぶつけた男も、よろよろと立ち上がった。だが顔に頭突きを食らった男は、まだ気を失ったまま床に倒れている。

弥九郎が、お堂の中を見まわすと、いくつもの湯飲みが転がっていた。さっきまで男たちが酒を呑んでいたらしい。弥九郎は、こぼれていないものをつかんで、伸びている男のかたわらにしゃがんだ。

そして酒を顔の上に注ぐと、男は息を吹き返した。何がなんだかわからないという顔で、周囲を見まわす。胴元が気弱な声をかけた。

「おい、引き上げだ」

男は状況を理解したらしく、慌てて立ち上がった。そして何度も後ろを振り返りながら、三人の後を追って、引き戸の間から走り出て行った。

弥九郎は、部屋の隅の百姓たちに言った。

「おまえらも、さっさと家に帰れ。今日は金が戻ってきたから、いいようなもんだが、博打で金なんか儲からねえからな。これを最後に、真面目に働けよ」

百姓たちは蒼白になって、何度もうなずき、胴元の財布を拾うなり、いっせいに逃げ出した。

静かになったお堂の中で、江川が腹立たしげに床に腰をおろした。そして手近な湯飲みをつかむと、大きく振って、残っていた酒の滴を飛ばし、そばにあった大徳利から、どぼどぼと酒を注いだ。そして一気にあおって、不満そうに言う。

「なぜ燭台を投げて、邪魔立てした？」

火傷した手の甲を、舌先でなめる。弥九郎は向かい合わせに座り、大徳利の首をつかみ、手近な湯飲みに注いで聞き返した。

「悪かったか」

「いいわけがなかろう。あんな奴は、あの世に送ってやればいいんだ。生かしておけば、また百姓を博打に引きずり込む。だいいち、おまえなんかの助太刀はいらん」

弥九郎はさすがに、むっとした。

「それは聞き捨てならんな」

「何がだ」

「神道無念流の稽古心得を忘れたか。武は戈を止めるためにある。あんな、つまらん奴の命を取るために、武術を身につけたわけじゃないはずだ」

江川は黙り込んだ。弥九郎は江川の湯飲みに、酒を注いだ。

「江川太郎左衛門は、こんな荒《すさ》んだ世の中を、正すために働くんだ。人を斬れば恨みを買う。足をすくわれて、世の中のために働けなくなる。だから人を斬ってはならん」

江川は、なおも黙っている。ふたりは話が弾まないまま、大徳利が空になるまで酒を酌み交わし、いつの間にか寝入った。

江川が治める土地は、旗本領や、ほかの代官の領地の中に、飛び地として散らばっている。

だから隣村と領主が違うことなど、ざらにある。

ようやく江川家が治める村に入り、百姓家に泊めてもらった。代官として来るのであれば、名主の家で恐れ入って迎えるが、刀売りでは警戒される。貧乏百姓の家に頼み込んで、ようやく泊めてもらった。

晩飯の後で、江川が探りを入れた。

「最近、上方から来た者はないか」

仙造という四十がらみの主人が答えた。

「上方から？　誰も来てねえが」

「洗心洞とか大塩平八郎とかも、聞いたことがないか」

「大塩？　知らんな」

江戸では噂の事件も、田舎の村では聞こえてこないらしい。江川は、もう一歩、踏み込んで聞いた。

「一揆の相談も、ないか」

さすがに仙造は怪しんだ。

「あんた、なんで、そんなことを聞くんだ？」

江川は慌てて誤魔化した。

「いや、ちょっと、そんな噂を聞いたんでな」

弥九郎が懐から煙草入れを取り出し、仙造に勧めた。

「煙草、吸うかい」

仙造は、とたんに相好を崩し、煙管《きせる》を受け取って、刻み煙草を詰めた。そして、いかにも美味そうに吹かしてから言った。

「一揆か。まあ、去年は大騒ぎだったが、もう、あんなことは、ごめんだ。けど、あのおかげで、お代官が替わったんでな。これからは大丈夫だ。なにせ去年から、ここのお代官さまは伊豆韮山の江川さまだ」

弥九郎は江川と視線を交わした。江川が、やや及び腰で聞く。

「代官が江川さまだったら、何が違うんだ？」

仙造は煙草を、もうひと吹かしした。

「大きな声じゃ言えねえが、今までは、お代官は、しょっちゅう変わるから、その間だけ、百姓から搾《しぼ》れるだけ搾って、また別のところに行きゃあいいって腹だ。けど江川さまは代々、同じ村を治めてる。だから治め方にも、お慈悲があるって聞いてる」

江川が、とたんに笑顔になった。弥九郎が代わって聞いた。

「今まで、どんな、お慈悲があったんだ？」

「不作になれば、小まめにお救い米を出してくださるし、とことん困ると、お金を貸してくださるって話だ。だから江川さまの村じゃ、どんな凶作になっても、飢えて死ぬ者はいねえそうだ」

仙造はとくとくと話す。

「それに水争いをやめさせるように、用水路を切り開いたりもするそうだ。人手を出すのは面倒だが、それでも後になってみれば、大事なことだったって、みんな言うらしい」

江川は、すっかり照れてしまい、しきりに首の後ろを掻いている。弥九郎は、それを尻目に、去年、一揆が起きた理由を聞いた。仙造は煙草を吸いながら答えた。

「米の出来が、もう何年も悪い。それに、この辺は山に桑を植えて、蚕を飼う家が多い。けど、できた生糸は買いたたかれるし、商人から、ものを買おうとすると、何でも高い」

養蚕による生糸の生産だけでなく、大坂近郊同様、綿の栽培も盛んだが、やはり肥料が高価だという。

「何もかも嫌になって、夜逃げするやつが出る。けど人手が減りゃ、田んぼを耕せなくなる。けど村の年貢は変わらないから、残った奴らは、いよいよ苦しくなる。そうなると、また夜逃げだ」

「挙げ句に一揆ってわけだな」

弥九郎は江川と顔を見合わせて、溜息をついた。


その後、ほかの飛び地もまわったが、大塩の残党が潜んでいる気配はなく、江戸に戻ることにした。甲州街道に向かって、田植え前のあぜ道を進みながら、江川が言う。

「どこも荒《すさ》んでる。たしかに豊作ではないが、大凶作続きというわけでもない。いったい何が悪いんだ？　仙造が言ったように、代官が入れ替わらなければいいのか？　でも前に藤田に聞いた話だが、水戸家は逆に、ずっと江戸から動かないから、よくないそうだ」

水戸徳川家は昔から、参勤交代が免除されている。藩主は基本的に江戸におり、特に必要になった時だけ国元に帰る。だから歴代の藩主は生涯を通して、それぞれ数回ずつしか、水戸を訪れていない。

当然、家臣団も江戸在勤が長くなる。その結果、江戸の豪商との癒着が起きるし、江戸の派手な暮らしに馴れて、万事、贅沢になってしまうという。

弥九郎は肩の上の刀包みを、背負い直して言った。

「仙造の話しぶりじゃ、ものを買おうとすると高いってのが不満だった。奥州で凶作が続いているから、江戸や大坂に運ばれる米が減り、米の値段が高くなる。それにつられて肥料から日用品、着物まで、すべての値が上がるから、百姓の暮らしは苦しくなるんだ」

江川は振り返って言う。

「だが米の値が上がるなら、百姓だって潤うだろう。年貢として、すべて持ってかれるわけじゃないし、手元に残った米を、高く売ればいいはずだ」

「まあ、百姓が自分で、江戸や大坂まで、米を売りに行かれりゃ、その時の相場で売れるだろうが、そりゃ、無理だ」

土地から離れられないために、結局、足元を見られて、買いたたかれる。

「だいいち米なんか、百姓の手元に残らんさ」

「何故だ？　年貢は四公六民と決まっている」

「出来高の六割が百姓のものでも、借金のかたに取られて、残りゃしないさ」

物価高で生活用品が買いづらくなると、当然、借金をする。金貸しにとって、土地に縛られている百姓は、確実に取り立てができる相手だ。いつか、かならず豊作の年が来て、金は返してもらえるからだ。だが不作続きでは、いつまでも返せず、借金は雪だるま式に増えていく。

弥九郎は歩きながら話した。

「物の値段が上がれば、百姓だけでなく、武家も暮らしが苦しくなるから、いよいよ年貢の取り立てが厳しくなるわけだ」

江川は、しみじみと言う。

「それでは百姓たちにとって、収穫の喜びというものがなかろう。わずかに獲れた米も、借金の返済に取り上げられてしまってはな。楽しみがなければ、博打で憂さを晴らしたくなるのも、仕方ないかもしれぬ」

「そうだな。村に博打うちが流れてくると、気持ちの弱い者は博打に溺れる。だが博打で金を巻き上げられて、余計に暮らしは行き詰まり、結局は夜逃げだ」

しかし勝手に村を離れれば、そのまま無宿人となり、先は、博打うちの仲間に入るか、行き倒れかしかない。

その後は仙造が言った通り、村の働き手が減り、耕されない田畑が増える。そうして米の収穫は減るが、年貢は減らない。いよいよ暮らしは苦しくなって、また夜逃げが繰り返されるのだ。

「このままでは駄目だ。世直し江川大明神の登場を、百姓たちは待っているぞ」

江川は返事をせずに、黙って前を歩いている。何度も背中の風呂敷包みを背負い直す。

弥九郎は不審に思って足早に近づき、追い越しがてら顔をのぞき込んだ。すると江川は顔を背ける。泣いているのだ。

「自信がないのか」

弥九郎が聞くと、江川は、むっとして顔を上げた。上がり気味の大きな目が、涙で潤んではいたが、きっぱりと言う。

「自信はある。ただ百姓たちの気持ちを思うと泣けるんだ。でも私はやる。世直しだ」

涙ながらの決意に、弥九郎も心揺さぶられる思いがした。

「何か、できることがあれば、何でも手伝う。言ってくれ」

江川は、ようやく笑顔を見せた。

「黄門さまもどきの旅をさせてもらえて、よかった。これからも、そなたの手助けが要る。頼むぞ」

「斎藤弥九郎、しかと承る《うけたまわ》」

たがいに笑いながら、江戸に向かった。

第五章　江戸湾の海防

江戸に戻ると、江川は世直しの第一歩として、水野忠邦《みずのただくに》という老中に、政治改革による農村対策を訴えた。

かつて贈収賄で知られた水野忠成とは、一文字違いの名前で、同じ水野一門ではあるが、家系は異なる老中だ。

水野忠邦は江川の訴えを聞き、抜本的な改革を約束した。大塩平八郎の手紙は、すでに水野の手元に届いており、命がけの蜂起を重く受け止めていたのだ。

今までに大きな幕政改革は二度、行われた。最初は八代将軍吉宗《よしむね》が行った享保《きょうほ》年間の改革で、二度目は松平定信《まつだいらさだのぶ》が行った寛政年間の改革だ。今度の水野の改革は三度目に当たり、天保の改革と呼ぶ。

だが特に二度目の寛政の改革は、松平定信が徹底して贅沢を禁じたために、都市部の景気が悪くなり、江戸市中での評判は、きわめて悪い。

そのため今度の改革についても、幕府内では反対意見が根強かった。しかし水野は同僚の老中たちや若年寄などに働きかけ、周到に準備を進めているという。

弥九郎も話を伝え聞いて、水野の手腕に期待した。

この年の三月、九段坂下で火事があり、練兵館が類焼してしまった。創建当時の借金も完済し、ようやく道場経営が軌道に乗ったところだった。

それでも、また小岩に励まされ、改めて借金を背負って、場所を三番町へと移転した。なおも物価高は続いており、弥九郎自身、改革を心待ちにした。

それから半年以上が経ち、秋になって、いよいよ改革が始まるかという時だった。江川が険しい表情で言った。

「水野さまの改革は延期だ」

弥九郎は驚いて聞き返した。

「延期？　なぜだ？」

「今年は、どこも米の作柄がいいからだ」

たしかに久しぶりに、全国的に大豊作となった。弥九郎には信じがたい話だった。

「でも、それとこれとは別の話だ。今、危機を乗り切ったとしても、不作の年は、かならず来る」

だが改革反対派は、なし崩しに問題を先送りにしたという。弥九郎は落胆した。今はよくても、このままの治世では、年端もいかない少女たちが売られていくような情況が、いずれまた起きるのだ。

江川は目を伏せて、深い溜息をついた。

「それに、ご老中にとって、改革どころではないことが起きたのだ」

弥九郎には、改革よりも大事なことがあるとは思えなかった。江川は、もういちど深い溜息をついてから、顔を上げた。

「異国船だ。去年、モリソン号という異国船が、浦賀に来たらしい」

浦賀は江戸湾の西側、三浦半島の突端に近い港町だ。上方から江戸に向かって来る船は、すべて浦賀に入港し、荷改めを受ける。そのため浦賀には、幕府の出先機関である奉行所が置かれ、海の関所とも呼ばれている。モリソン号は、そんな重要な港に来航したのだ。

弥九郎は来るべきものが来たと感じた。かつて師事した赤井巌三が、いみじくも指摘した。

「異国船など長崎にしか来ないと、だれもが思い込んでいる。だが海に境界線などない。どこの浜にでも異国船は現れうる。現に蝦夷地には、何度もロシア船が来航している」

異国船の来航情報は、幕府には知らされても、一般には硬く秘匿される。だから異国船問題など、世の中には、ないも同然だ。

だが現実には、ずいぶん前から蝦夷地へのロシア船来航が、何度も問題になっていた。そのほか弥九郎の知る限りでも、水戸藩内の海岸に、イギリスの捕鯨船員が上陸している。

水戸での事件を機に、異国船打払令《いこくせんうちはらいれい》が発せられた。異国船が来た場合、大砲や鉄砲を撃ちかけて、問答無用に追い払えというお触れだった。

今回、浦賀奉行所では、その命令に従って、入港しようとするモリソン号に大砲を撃ちかけて追い払ったのだ。その時点では、まだ船名はもちろん、どこの国の船かも判断できなかった。

江川は続きを説明した。

「去年、そんなことがあったのだが、問題は今年になってから起きた。モリソン号が来た理由を、今年のオランダ船が知らせてきたのだ」

オランダ船は毎年一隻、夏になると南風に乗って長崎に来航する。貿易品のほかに、西洋の事情も幕府にもたらせる。

「モリソン号はアメリカの船だった。漂流した日本の漁師たちを、送り届けるために来たそうだ。なんとしても、その者たちを帰してやりたくて、浦賀で砲撃を受けた後にも、薩摩の山川という港にも寄ろうとしたが、やはり砲撃されて入港できなかったらしい」

善意でやって来た者を、砲撃で追い返すなど、どう考えても道義から外れており、幕府内で問題になっているという。

「こんなことをしていたら、向こうも黙ってはいまい。いずれは西洋の軍船がやって来て、海戦になりかねない。打払令自体も撤廃する必要があるが、まずは海の備えを充分にせねばならない」

江川は、さらに表情を引き締めた。

「そこで、私に江戸近辺の海岸を調べるよう、ご老中から打診があった。どこをどう備えればよいか、考えるのだ」

弥九郎は、それまで重苦しい思いで話を聞いていたが、一転、喜びが湧き上がった。

「たいへんなお役目ではないか」

江川の名誉が、自分のことのように嬉しかった。江川も少し笑顔になる。

「正式なご命令は、まだ先だ。それに父の代でも、海岸調査は承ったことがある」

江戸湾の海防の不備は、今までにも問題になり、調査も行われ、場所によっては大砲が据えられるなど、それなりに改善はされてきた。だが西洋の軍船や大砲の進歩には、まったく近づけていない。

しかも幕府内では、危機感が薄いし、たいがいの者は西洋に目を向けるだけでも、汚らわしいとさえ思っている。

江川は、ふたたび表情を改めた。

「どこの海岸に大砲を据えるべきかを考えるには、正確に測量して、図面を描かねばならない。以前、尚歯会《しょうし》に出た時に、渡辺さんから西洋の測量術について聞いたことがある。従来の測量よりも、はるかに正確だし、大海原でも船がどこにいるかわかるそうだ。今度の海岸調査には、ぜひ、その方法を取り入れたい」

尚歯会とは諸藩の抱え学者など、幕府や藩の枠組みを超えた知識人の集まりだ。全国的に不作が長く続いたために、飢饉対策の作物や海防の具体策などについて、情報交換の場になっている。

渡辺崋山は、ちょうど飢饉が始まった頃から、田原藩の家老を務めており、尚歯会の中心的な存在だった。

江川も渡辺に誘われて、何度か尚歯会に参加していた。問題意識の高い会だけに、モリソン号事件についても、いずれ議題に上がるのは確実だった。

弥九郎は即座に申し出た。

「測量術については、私が渡辺さんと連絡を取ろう」

西洋式の測量術と聞いただけで、幕府内から反発を受けるのは目に見えている。江川が足をすくわれないためにも、できるだけ、その辺りからは遠ざけておきたかった。

江川も、その意図を察した。

「わかった。頼む。よく話を聞いてきてくれ」

弥九郎は、大塩平八郎の手紙の時と同じように、自分が江川の楯になるつもりだった。そこまで考えて、ふと気づいた。武は戈を止めるという。戈を止めるのは楯だ。ならば武の本質は楯のことになる。

弥九郎は思うままを口にした。

「頑丈な楯があれば、戈は打ちかかる無駄を知り、戦いにさえならない。海防も同じだ」

江川は深くうなずいた。

「まったく、その通りだ。打払令を撤廃したとしても、楯は必要だ。西洋の国々から、侮りを受けぬためにも」

海の楯を持つ第一歩が、西洋の測量術となる。弥九郎は新しい世界に踏み出す高ぶりを感じた。

渡辺崋山は飢饉の間は、国元に滞在していたが、ふたたび江戸に戻ってきていた。田原藩の江戸上屋敷は麹町にある。桜田堀の西側だ。

木枯らしが吹き始めた頃、弥九郎は三番町の練兵館から程近い田原藩の上屋敷まで、渡辺に会いに行った。

そこで江川の海岸調査について打ち明け、西洋測量術について教えて欲しいと頼んだ。すると渡辺は快く説明してくれた。

「わが国古来の測量術は、どこも御家流として秘伝にしているため、実体は、よくわからぬ。だが秘伝ということは、競い合うことがないのだから進歩もない。おそらくは戦国の頃から、ほとんど変わってはおらぬだろう」

戦国時代は短期間に城を築いたり、橋を架けたりするのに、正確な測量が必要だった。そのために測量術が著しく発達した。しかし時代が治まると、測量家は、それぞれの技術を秘伝にしてしまったのだ。

「西洋には六分儀《ろくぶんぎ》という測量術の道具があり、長崎にも入ってきている。それを用いれば大海原のただ中にあっても、船がどこにいるかを特定できる」

古来の測量術は戦国時代の技術だけに、陸上の測量にしか対応できない。

港内の水深については、船乗りたちが経験的に把握している。浅瀬や岩礁に乗り上げないために、先祖代々の口伝があるのだ。ただし、それも秘伝だ。

しかし西洋の測量術なら、外洋での位置把握はもちろん、湾内の水深を測り、その場所を数値で特定できる。そして正確な記録を海図として公開し、すべての船乗りが情報を共有するのだという。画期的な技術だった。

「西洋測量術の心得のある者を、海岸調査に連れて行くべきだと思う」

渡辺の提案に、弥九郎は即座に反応した。

「誰か、そのような者がいますか」

「身分は低いが、優れた者がいる。口を利くゆえ、会いに行ってみるがいい」

すぐに紹介状を書いてくれた。さらに渡辺は、珍しい船の絵を見せた。

「長崎に来るオランダ船だ。千石船とは比べものにならないほど大きい」

日本の船は、すべて帆柱は一本、帆は一枚に限定されている。外国に行かれないように、造船に規定があるのだ。しかしオランダ船は、帆柱が三本あり、それぞれに複数の帆が張ってあった。

「何枚もの帆を、風に応じて、張ったり畳んだりするらしい。だから逆風でも走れる。風待ちの必要がないのだ。それに」

渡辺は、もう一枚の絵を広げて見せた。三本の帆柱のほかに、船の舷に大きな水車がついている。

「これは蒸気仕掛けで動く船だ」

「蒸気？」

「鉄瓶の湯が煮えたぎると、湯気で蓋《ふた》が持ち上がるだろう。その力を用いて、水車を動かし、水車が海水を掻いて前に進むのだ。これは帆だけの船よりも、いっそう風向きを気にせず、思うままに進める」

さらに渡辺は、日本近海に出現する西洋の船の分類についても教えてくれた。

「西洋の船は、おおまかに言って三種類ある。何門もの大砲を据えた海戦用の軍船と、鯨捕り用の漁師船と、交易をする商船だ。どれも千石船よりも、はるかに大きい」

蝦夷地に出没するロシア船には、たいがいロシア国王の使節が乗って来る。そういった国の正式な来訪には西洋では軍船を使うという。

「だが今度の問題の発端になったモリソン号は商人の持ち船だ。武装していない船を、浦賀と薩摩で攻撃してしまったのだ。これは、どう考えても、道義に反する。打払令は、今すぐ撤廃せねばならぬ」

「まさに、その通りです」

その日、弥九郎は渡辺から充分な情報を得てから、田原藩の上屋敷を辞し、翌日、芝にある増上寺に出かけた。渡辺に紹介された奥村喜三郎《おくむらきさぶろう》という西洋測量家が、増上寺の御霊屋《おたまや》代官という寺役人を務めている。

増上寺は上野の寛永寺とともに、将軍家の菩提寺であり、広大な敷地に膨大な数の建物が建ち並んでいる。僧侶も数千人に及び、彼らの住まいは方丈という御長屋だ。その一角に寺役人たちの住まいもあり、そこで奥村と面会した。

先に渡辺から連絡が届いており、内田弥太郎《うちだやたろう》という、もうひとりの測量士も来て、二人で弥九郎を待っていた。

内田は伊賀組の同心だった。伊賀組とは伊賀忍者の末裔であり、寺役人同様、最下級の幕臣だ。

もともと、ふたりは算術の塾で知り合ったという。兄弟子である内田が言う。

「算術を学んでいた時に、高野長英《たかのちょうえい》先生と出会いまして、オランダの測量術について教えて頂きました」

高野長英は長崎に遊学し、シーボルトに入門した蘭医だ。尚歯会の主要な役割を担っており、渡辺崋山とも懇意だった。

十年前、シーボルトが帰国する際に、日本の地図を持ち出したとして、シーボルト事件が起きた。その際に、高野も関わったのではないかと嫌疑をかけられたが、からくも逃れたという経験も持つ。

「高野先生は測量術の蘭書を読まれて、その内容を、私たちに教えてくださったのです。さらに必要な道具も、長崎から取り寄せてくださいました」

内田は方位磁石と、六分儀を見せた。六分儀は、いかにも精巧そうな金属製で、幅が一尺ほど。全体の形は三角で、一辺が曲線になっており、そこに目盛りが刻まれている。三角形の頂点近くには、のぞき眼鏡がついている。

「たとえば、こちらの本堂の鬼瓦を目印にして、ここから見上げた角度を、六分儀で測ります」

それから別の場所に移動して、同じ鬼瓦までの角度を測るという。

「その時に、目盛りのついた紐で、移動した距離も測っておきます」

そうして得られたふたつの仰角と、一辺の長さをもとに計算を重ねると、鬼瓦が見える範囲なら、どこまで行っても、最初の地点からの距離が算出できるようになるという。

「今は鬼瓦を目印にしましたが、山の頂上などを目印にすれば、もっともっと広い範囲で測量できて、位置が特定できます」

大海原の船上で、山などの目標物がない場合は、太陽や星などの天体観測で、現在地を算出するという。

「おそらく旧来の方法だと、歩数で距離を測るのでしょうが、六分儀を使う方が早いし、ずっと正確です。詳細な地図が作れますし、港の水深を示した海図も作れます」

「なるほど。ぜひとも、今度の海岸調査に加わってもらいたい」

弥九郎が頼むと、内田も奥村も目を輝かせた。

「ぜひ、ふたりで参加させてください」

目盛りのついた紐を扱う際に、ふたり必要だという。

そして内田はいったん方丈に戻り、一枚の絵を持ってきて見せた。

「これも見て頂くよう、高野長英先生から申し遣っています。これは高野先生が長崎で手に入れられた絵なのですが、モルチール砲といって西洋の新型大砲です」

それは奇妙な大砲だった。砲身が極端に短く、臼《うす》を斜めに置いたような不格好な形だ。

「モルチール砲では、放った弾が敵陣に落ちてから、爆発するそうです」

従来の大砲は、鉄の塊を放つだけだ。重量のある弾が落下する力で、建物や軍船を破壊し、それによって敵に被害を与える。だから海戦や城攻め向きで、野戦には向かない。

「それに対してモルチール砲は、いわば花火が地面で爆発するようなものです。弾自体もばらばらになって、四方八方に飛び散りますので、直接、敵兵に大きな被害を与えます」

たいへんな威力を持つ武器だった。内田は説明を続ける。

「長崎の町年寄を努める高島秋帆《たかしましゅうはん》という方が、私財を投じて、このような大砲をオランダから輸入し、撃ち方をオランダ人に聞いて、稽古をしているようです。親の代から始めており、すでに弟子も取っていると聞きます。いずれ江川さまにも入門して頂きたいと、高野先生の仰せでした」

弥九郎は西洋の技術が優れていることは、承知してはいたものの、大砲については、日本が、かなり遅れていると痛感した。そして江川よりも先に、まず自分が高島秋帆に入門したいと思った。

内田は同じ大砲の絵を、もう一枚、差し出した。

「私が描き写したものですが、よかったら、お持ちください」

内田は絵も巧みだった。海岸調査の後、老中に報告する地図も、精巧に描ける。

江川は何でもひとりで背負い込んでしまいがちで、地図も自分で描くつもりになっている。だが任せられる者を探して、手分けしなければ、江川ひとりに重荷が集中してしまう。

弥九郎は内田たちを知ったことで、十人力を得る思いがした。


本所の屋敷に戻って、モルチール砲の絵を見せると、江川は目を見張り、内田と奥村の同行を喜んだ。

その一方で意外なことが明らかになった。

「実は海岸調査は、御目付役の鳥居耀蔵《とりいようぞう》どのが正使になり、私は副使に決まりそうだ」

弥九郎は驚いた。江川が正使だとばかり思っていたのだ。

「目付が副使というのなら、わからないでもないが、それでは正使との役目が逆だろう」

「されど、これは、ご老中のご意向だ」

鳥居は老中の気に入りで、意向を覆すことはできないという。だが弥九郎には、鳥居耀蔵という名前に、よくない印象があった。

「その名前は、藤田から聞いたことがある」

かつて斉昭が藩主の座に就く際に、水戸藩内の門閥派が、藤田など改革派と激しく対立し、結局、改革派が勝利した。この時、門閥派が幕府内で頼りにしたのが鳥居耀蔵だった。

弥九郎は不安を口にした。

「そのような者が正使で、大丈夫だろうか」

「いや、鳥居どのは林大学頭さまのご子息だ。大学頭さまは儒学者ではあるが、漢学を通じて、西洋の事情にも通じておいでだし、問題はなかろう」

しかし大塩平八郎の時にも、大学頭は関わりがあった。大塩が大学頭に千両を貸し、それを帳消しにする代わりに、老中に建議書を渡してもらうつもりだったのだ。

その後、大学頭が、どんな態度を取ったのかは、わからない。しかし千両の借金が露わになり、大塩に、いい感情を抱いているとは思えない。

とはいえ、そんな悪い先入観ばかり持つのも、余計なことだと自戒し、弥九郎はは内田たちと連絡を取り合いながら、海岸調査の準備を進めた。


天保九（一八三八）年十二月十一日、老中水野忠邦から、鳥居耀蔵が正使、江川太郎左衛門は副使として、正式な任命が下った。準備などの手続きは、江戸城内の勘定所が窓口となる。

それから弥九郎は江川の従者として、下谷長者町にある鳥居の屋敷に、たびたび打合せに出向いた。打合せは滞りなく進み、出発は年が明けて、一月九日と決定した。

そして十二月十九日に、江川が勘定所に呼ばれて登城した。だが屋敷に帰って来るなり、弥九郎に怒りをぶちまけた。

「なんということだッ。海防のなんたるかも知らぬ目付が、勝手なことをしおって！」

突然、江川のもとに、勘定所から調査場所の拡大が知らされたという。それも鳥居耀蔵の独断で、予定が変えられたのだった。

やはり弥九郎の不安が、的中してしまったのだ。江川は、なおも怒りにまかせて言い募る。

「今回は急ぎで、日数も限られているという話ゆえ、こちらは行きたい場所もあったのを遠慮していたというのに、余計なところを加えたのだ」

江戸湾は東側が房総半島、西側が三浦半島で囲まれ、三浦半島のさらに西には相模湾が広がる。相模湾の西の果てが伊豆半島だ。

今回の調査範囲は、三浦半島全体と相模湾までの予定だった。だが鳥居の独断で、それに房総半島の江戸湾沿岸と、伊豆下田までが加えられ、調査対象が大幅に広げられてしまったという。

「海防は敵を湾内に入れないことが鉄則だ。江戸湾の中にまで、異国船に侵入されたら、手の施しようがない」

だから内海に当たる房総半島の内側など、調べたところで意味がなかった。

それより江川が着目しているのは浦賀だった。三浦半島の突端近くに位置する浦賀奉行所を、軍船の基地として増強するべきだと考えていた。大砲を据える台場を設け、西洋式の大型軍船を数隻、配備して、異国船の江戸湾侵入を防ぐ計画だった。

その準備として、まずは三浦半島から相模湾までの情況を、正確に把握することが、もっとも重要だった。

「だいいち下田など、わが家中で熟知している港だ。今さら調べることなどない」

伊豆半島は、そのほとんどが江川家代々の支配地だ。この限られた期間で、わざわざ半島突端近くの下田まで、調査の足を伸ばす必要はなかった。

「下田に行くくらいなら、伊豆大島を調べるべきだッ」

江戸湾と相模湾は、絵図で見る限り、達磨のような形をしている。江戸湾が達磨の頭で、相模湾が腹に当たる。達磨の底にあたる海域に、ちょうど伊豆大島がある。

「浦賀のほかに下田と大島、さらに房総の突端の館山にも、軍船が入れる港を設けたい。浦賀を中心にして、それぞれの港で連携すれば、異国船対策は鉄壁だ」

江川の持論は正しい。弥九郎は考えをめぐらせた。このまま海岸調査に出れば、江川の不満が爆発するのは目に見えている。ならば正論を通すしかない。

「では、こちらからも勘定所に、申し立てよう。大島も調べたいと」

江川は大きな目を見開いて怒鳴った。

「この日程で、大島まで渡れると思うかッ。船は風待ちもあるのだぞッ」

弥九郎は冷ややかに答えた。

「無理だと諦めるのなら、それも仕方ない。でも、やってみるべきだと、俺は思う」

すると江川は深い溜息をついて、黙り込んでしまった。しばらく、うつむいて考え込んでいたが、顔を上げて、弥九郎に確認した。

「休む間もない調査になるぞ」

「もとより覚悟の上だ。必要ならば、行くだけのこと」

「わかった。ならば明日、勘定所に大島行きを申し入れてくる」

翌二十日、江川は登城して、大島も行程に加えることを、勘定所に承諾させた。


天保十（一八三九）年が明け、弥九郎は練兵館での新年の祝いもそこそこに、本所の江川邸に出かけた。そして二日には先発として、さっそく浦賀に向かった。

早春の空の下、風は冷たかったが、浦賀湾は穏やかで、緑濃い山に囲まれていた。弥九郎は、湾の西岸にある浦賀奉行所に挨拶に出向いた。

すると正月早々にもかかわらず、中島三郎助《なかじまさぶろうすけ》という見習与力が、快く対応してくれた。中島は十九歳で、細面ながら意志の強そうな顔立ちだ。年中、船に乗るらしく、よく日焼けしており、若者らしく熱を帯びた口調で話した。

「かつて権現さまは、この浦賀を、南蛮貿易の港にしようと、お考えでした」

権現さまとは徳川家康のことだ。

「天然の良港ですし、まさに江戸湾の玄関口です。しかし、その後、外国との交易は長崎に限られ、その夢は断たれました」

二代将軍秀忠の頃から鎖国体制に入り、浦賀は国内の物流の拠点になったという。

「権現さまが見込まれたほどの港ですから、充分に江戸海防の拠点にできると思います。われらは洋式の造船も、内々に準備を進めています」

中島は、鳥居と江川の本隊が到着したら、浦賀周辺の砲台場を案内すると約束してくれた。

それから弥九郎は町に戻り、本隊のために宿を手配した。

だが十四日に本隊が到着して驚いた。人数が予定よりも、はるかに多かったのだ。

副使である江川隊は、予定通り、総勢十三人で、馬が四頭。荷運びなどの人足も十四人にすぎない。経費節減のために、削りに削った数だった。

これに対して鳥居耀蔵の隊は膨大だった。徒目付《かちめつけ》や測量術士などが五十人にも及び、そのほかに駕籠かきや荷運びなどの人足が四十五人、馬は十七頭という大行列だった。

宿屋一軒では、とうてい収まらず、弥九郎は慌てて、あと二軒を押さえた。

しかも内田と奥村が来ていなかった。勘定所から、同行の許可が下りなかったという。その代わりに、本岐《もとき》道平《みちへい》という中年の蘭医が同行してきた。内田から勧められた人物で、いちおう西洋測量術の心得があるという。ただし、ひとりでは測量ができない。

江川は弥九郎とふたりきりになると、憤りを露わにした。

「内田たちに許可が下りなかったのは、鳥居どのからの横槍だ。でも私も諦めてはいない」

ふたりが後を追ってこられるように、内々に願いを出してきたという。

その日、夕方から江川は熱を出した。早めに床に入り、熱で目を潤ませて言う。

「悪いな。子供の頃から、冷たい風に当たると、こうなのだ。最近は、だいぶましになったはずなのだが」

そういえば撃剣館当時も、寒稽古の後などに、江川が稽古を休むことがあり、そう丈夫ではなかった。

翌朝になっても熱は引かず、江川は起き出そうとしたが、弥九郎が代理を申し出た。

「内田たちがいなければ、鳥居どのの測量を眺めるだけだ。それなら私で務まるゆえ、ゆっくり休んでくれ」

江川は納得して宿に残った。新しく加わった本岐道平は蘭医であり、看護役として、やはり宿に残した。

そして弥九郎は残りの十人を引き連れて、鳥居の本隊とともに出発した。

奉行所与力の中島三郎助は、一行を観音崎の砲台場に案内した。海岸沿いの道から、急坂を登ると、砲台場に至る。目の前が開け、青銅の大砲が一門と、火薬置き場の小屋が一棟、建っていた。

目の前には青い海が広がり、対岸の房総半島が、おどろくほど近く見えた。中島が指さす。

「この観音崎は三浦半島の南東の突端です。向こうに見えるのが、房総の富津岬で、ここから二里もありません」

富津岬は房総半島から、三浦半島に向かって、鳥のくちばしのように突き出した岬だ。そのために江戸湾で、もっとも狭い海域に当たる。

異国船が来航した場合は、ここで止めて、浦賀の港に誘導するという。鳥居が腕組みをして聞いた。

「止められなかったら、どうするのだ？」

中島は即答した。

「そのようなことがないよう、ここに西洋並みの大砲を備え、浦賀の港に、西洋並みの軍船を置いて頂ければと存じます」

鳥居は鼻先で笑った。

「西洋の真似をせよと申すのか」

中島は言葉に力を込めた。

「真似をするのではありません。いずれは西洋を超える船や大砲を、造らせて頂きとうございます」

中島は若いながらも海防策については、奉行所内でも一目置かれる存在だった。しかし鳥居は、その若さと、まだ与力の見習であることに不満らしく、どこか小馬鹿にした態度だ。

「いずれはとは、いつのことだ」

「お許しがでれば、一、二年ほどで」

「一、二年？　その間に異国船が来て、江戸に迫ることがないとは言えぬな。いや、今、案じているのは、そのことだ」

鳥居は西洋人が江戸に迫ることを、何より恐れていた。

「異国人を上陸させて、江戸の地を汚《けが》されることだけは、断固、阻止せねばならぬ」

そのためには江戸に近い内海に、大砲を据えるべきだと言う。中島は明らかに、むっとした。

弥九郎は、このままでは口論になりかねないと判断し、あえて口を挟んだ。

「されど江戸湾一帯すべてに、大砲を据えるわけにはいきません。どこかで上陸されれば、陸路で江戸に向かわれてしまいます。それなら観音崎と富津岬の間の守りを、鉄壁にしておく方が、よろしいかと存じます」

　中島は我が意を得たりとばかりに言う。

「その通りです。湾口の守りこそ大事です」

　だが鳥居は、なおもあざけるように言う。

「上陸したところを襲えばよかろう。人数は、こちらが多い。異国人がどれほどの武器を持っていようとも、こちらが命を惜しまずに、次から次へと斬りかかれば、異国人など、ひとり残らず退治できる」

　現実を無視した精神論だが、そういう形で押されると、反論できなかった。さらに鳥居が言い立てる。

「だいいち軍船うんぬんは、御船手組《おふなてぐみ》の役目であろう。奉行所の与力風情が、口出しをすべきことではない」

　江戸には戦国時代から続く水軍の末裔が、御船手組として将軍御座船を管理している。正式な部署があるのだから、そこに任せろというのだ。

　しかし御座船といっても、やはり戦国以来の遺物だ。総漆塗りの華麗さを誇るばかりで、とうてい軍船として使えるものではない。

　あまりに見当違いの主張に、反論のしようがなく、中島は唇を噛んで、黙り込んでしまった。

　翌日からは測量が始まった。だが大人数のために移動が遅い。まして測量自体も、実際に歩いた上で、歩数と歩幅から距離を割り出すために、たいへんな時間がかかる。

　その間、ほかの者は、吹きさらしの海岸で待たされる。そのために弥九郎は、江川に当分は休むように勧めた。だが鳥居からは、さんざん嫌味を言われた。

「そなたらの主人は、だらしないのォ。このような大事なお役目に際して、風邪など引くとは。

少しくらいの熱ならば、押して出てくるものであろう」

そうしているうちに、内田と奥村が合流できるという知らせが届いた。老中直々の許可が下りたのだ。

だが、そろそろ浦賀周辺の調査が終わり、房総半島側に渡海する時期になっていた。そのために内田たちには、江戸から直接、房総にまわるように手紙を送り、富津岬の南で、落ち合う約束にした。

江川の熱も下がり、一月二十八日に浦賀から、奉行所の御用船に乗って、浦賀水道を渡ることになった。

御用船は一本帆柱を持ち、細身で速度が出せる小早《こばや》という小型船だ。ただし十人ほどしか乗れない。それが二十艘も、奉行所の前浜に用意された。

そして鳥居の一行から、一艘ずつ乗り込んだ。最後に残った二艘に、江川の一行が分乗した。江川と弥九郎が乗った船には、中島三郎助も乗り込んだ。

すべての船が、浦賀の湾内に浮かぶと、中島が手旗で出港を合図した。水主《かこ》たちが、いっせいに櫓を漕ぎ、細長い入り江の湾口に向かって南下した。

湾から外海に出ると、西からの風が強かった。波も高い。もういちど中島が手旗で合図すると、どの船も東に舳先を向け直し、次々と帆を張り始めた。

たちまち帆が風をはらみ、水面を快走し始めた。船体が波に乗り上げ、その頂点を過ぎると、舳先が海面にたたきつけられる。そのたびに盛大に水しぶきが上がった。

揺れは激しいものの、驚くほどの速度で、浦賀の湾から離れていく。そして対岸の房総の陸地が、ぐんぐんと近づいてくる。

江川も弥九郎も船酔いはせず、むしろ快走を楽しんだ。風の音に負けないように、中島が大声で言う。

「浦賀から房総までは、わずかな距離です。ここを異国船の防御線にしなければ、江戸の海防は成り立ちません」

江川は深くうなずいた。

「わかっている。私は鳥居どのとは違う。内海より、まずは湾口の守りが大事だと承知している」

中島は、ようやく笑顔を見せた。

「江川さまのことは、下田の者たちから聞いていますが、われらの期待通りの方で、安心しました」

浦賀奉行所は百年ほど前から置かれているが、その前は下田に奉行所があり、与力をはじめ、同心や船手たちも、下田から移ってきた者が多い。そのために今も下田に縁者がおり、江川の噂を聞いているという。

中島は強風に鬢を乱しながらも、船縁を軽くたたいた。

「こういった船では、残念ながら、異国船にはかないません。異国船は何枚もの帆を微妙に操作して、追い風でなくても進めるのです。われらの船では、とうてい追いかけられません」

それは弥九郎が渡辺崋山から聞いた話と同じだった。

さらに中島は、小早の床に置いてあった大筒を示した。鉄砲の砲身が太めという程度で、手に抱えて発射する小型砲だ。

「今ある船では、これよりも大きな大筒は載せられません。大型のものを発射させると、反動で引っ繰り返ってしまうのです」

奉行所の御用船は特に船体が細めなので、余計に転覆の危険が高い。それに比べて、西洋の船は喫水線の下が深く、その船底に重りを載せているために、起き上がり小法師《こぼし》のように、反動に強いという。中島は西洋船については、かなり詳しかった。

「われらは浦賀の船大工たちに、西洋式の軍船を造らせ、威力のある大砲を積み込みたいと考えています。でも西洋の船の形では、お許しが出ないのです」

幕府が許可しないのは、密貿易を案じているためだという。外国船と見分けがつかない船ができると、外洋に出て、沖で外国船と接触し、勝手に商取引をする者が現れるのではないかと、心配しているというのだ。

江川が憤りを露わにした。

「密貿易の心配よりも、江戸湾を、どう守るかが先決だ。まったく揃いも揃って、頭の硬い者ばかりだ」

中島は小さくうなずいた。

「それに大砲自体も、西洋のものは大型で、おそらくは太刀打ちできません。それを江戸の方々に、ご理解頂きたいのですが」

中島をはじめ、浦賀奉行所の者たちは、心底、異国船の来航を案じているという。江川は力強く約束した。

「なんとしても日本の海を守ろう。浦賀の奉行所とは、今後も力を合わせていきたい。ご老中には、かならず実状をご理解いただくゆえ、任せて欲しい」

そして弥九郎に言った。

「西洋の大砲や軍船の実状を、渡辺さんに頼んで文章にしてもらおう。それを今度の海岸調査の報告書に沿えて、ご老中に読んで頂くのだ」

今や渡辺崋山は絵画の腕とともに、西洋通として名高い。その名前で西洋の軍事事情を解説すれば、説得力が増す。弥九郎も賛成した。

「わかった。江戸に帰ったら、すぐに渡辺さんに依頼に行ってくる」

一行は富津岬の南で上陸し、翌二十九日からは、南房総の調査を始めた。内田と奥村は二月二日になって、ようやく合流できた。

しかし、ふたりが加わり、房総半島の突端近く、洲崎まで至った時だった。突然、鳥居が言いがかりをつけてきた。

「その奥村喜三郎という者、江川どのの手代ということだが、実は増上寺の寺男だと聞いたが、本当か」

どこから知られたのか、弥九郎は驚いたが、江川は嘘偽りなく答えた。

「寺男ではなく、増上寺の御霊屋代官という、れっきとした寺役人です。測量に優れているので、このたび、わが家中の手代として雇い入れた次第です」

すると鳥居は声を荒立てた。

「寺男も寺役人も同じだ。このような大事なお役目に、寺男などを連れて来るとは、何を考えているのだッ」

たしかに奥村の幕臣としての身分は低い。将軍の菩提寺でなければ、寺男と違いはない。それでも江川は敢然と言い返した。

「でも奥村がいなければ、測量に支障を来たします」

鳥居は、なおさら腹立たしげに言う。

「何を言うか。私が連れて来た者たちだけで何も支障はない。その方らの測量など無用だ。寺男など、今すぐ江戸に帰せッ」

江川は一瞬、弥九郎を見た。もはや堪忍ならないという顔だった。

弥九郎は眉をしかめて、江戸の方角に顎を振った。ここは事を荒立てず、奥村を江戸に帰せと言う意味だ。蘭医の本岐道平でも、測量の助手が務まらないわけではない。

すると江川は唇を噛みしめ、小さくうなずいて、鳥居に言った。

「わかりました。奥村は江戸に帰します」

その日の宿に入るなり、奥村は泣いて悔しがった。この晴れがましい役目を、心から楽しみにしていたのだ。

江川は奥村をなぐさめた。

「おそらく向こうの測量の者が、自分たちの稚拙な技術を、そなたたちに見られたくないのだろう。だから言いがかりをつけるのだ」

弥九郎も同感だった。江川は翌日からの行動を提案した。

「明日、北上する際に、本岐を内田の助手につけて、ふたりを、このまま南房総に残していこう。独自に測量させた方がいい」

こちらとしては房総の江戸湾沿岸など、もともと測量の必要性は感じていない。だから、ふたりは本隊とは別行動にして、南房総の測量に専念させようという案だった。

「向こうも、下手な技術を見られないですむし、その方が好都合だろう」

「なるほど。それがいい」

鳥居に話を持ちかけると、案の定、すんなり受け入れられた。些細なことに気を配るのは疲れるが、そうしなければ、前に進めなかった。

奥村には気の毒ではあったが、江戸に返し、弥九郎と江川は内田たちとも別れ、鳥居一行に同行して江戸湾の東岸をめぐった。

二月半ばには、ふたたび浦賀に渡った。内田とは別行動のまま、相模湾沿いをまわり、二月末には下田に着いた。

そこからは東伊豆を北上する予定だったが、いよいよ残りの日数が足らなくなり、江川が申し出た。

「明日から、別行動に致しましょう。われらは大島に渡りますので」

鳥居は嫌味たっぷりに答えた。

「江川どのには伊豆の浜など、お庭同然であったの」

それから一転、江川を睨《ね》めつけて言う。

「本来なら正使に同行するのが、副使の役目。もし不都合があれば、責任を取ってもらうぞ」

何かあれば切腹ものだと、言外に脅していた。だが江川は堂々と応じた。

「もちろん、そのつもりです」

鳥居は吐き捨てるように言った。

「ならば好きにすればよい」

そこで二手に別れ、江川と弥九郎は急いで大島に渡った。大島では軍船が入港できるかどうか、波浮《はぶ》港の様子を確認した。

そして三月半ばに、ようやく江戸に帰着した。しかし内田たちは、まだ戻っていなかった。彼らは浦賀周辺の測量をしてから、江戸に帰る予定だったが、それにしても遅れており、気がかりだった。

二ヶ月半ぶりに練兵館に帰ると、小岩が満面の笑顔で迎えてくれた。

「お帰りなさいませ。大事なお役目で、お疲れになったでしょう」

十二歳になった長男の新太郎が、目を輝かせて言う。

「父上、明日、道場で稽古を見てください」

父親が留守の間、ずいぶん習練を積んだらしい。七歳の歓之助は半紙の束を抱えて、習ったばかりの漢字を見せようとする。

「ああ、後でゆっくり見てやろう」

弥九郎は世間一般から比べれば、結婚が遅い方で、四十二歳の父親としては、子供たちが、まだ幼い。それだけに、わが子への思いは強い。

歓之助は三男だが、次男は幼くして亡くなった。しかし弥九郎は、その時も仕事に手一杯で、ろくに小岩をいたわることもできなかった。

大塩平八郎の件で、大坂まで出かけた際には、急いでいたせいもあり、江川に呼び出されたまま、家にも帰らずに出発してしまった。今年の正月も、ほとんど家族での祝いはできなかった。

それでも小岩は文句ひとつ言わずに留守を守り、夫が帰宅すれば、無事を喜んでくれる。

今度の旅の間、短気な江川をなだめつつ、権威主義の鳥居との間に立つのは、並ならぬ気苦労だった。それだけに家族の笑顔には、心底から休まる思いがする。

だが夕食前のことだった。師範代を任せている仏生寺弥助が、一冊の本を差し出した。

「しばらく前に、見知らぬ男が、ここの先生に見せてくれと、置いていった。気に入ったら、何冊でも書き写して、ほかにまわして欲しいそうだ」

『戊戌《ぼじゅつ》夢物語《ゆめものがたり》』という題名の写本だった。戊戌とは干支《えと》のひとつで、去年のことだ。

弥九郎は何だろうと本を開き、ぎょっとした。「モリソン」という文字が目に入ったのだ。

そのまま引き込まれるようにして、読み進み、愕然とした。

それは幕府の異国船対策への猛烈な批判だった。モリソン号来航の際の砲撃と、その後の対応を手厳しく諫め、打払令自体を撤廃すべしと主張している。

どこにも筆者名はない。誰が書いたかわかれば、手が後ろにまわるような内容だ。弥九郎は『戊戌夢物語』を開いたまま、弥助に聞いた。

「これを置いていった者の名を、聞かなかったか」

「聞いたが、名乗るほどの者ではないと言っていた。そいつも人からもらって、書き写したそうだ。うちの道場でも、もう読んで書き写した者もいる」

「なんだって？」

「俺は読んじゃいないが、なんでも、そうとう面白いらしいな」

弥九郎は動揺した。弥助の本嫌いは相変わらずだ。しかし練兵館では、弟子たちに読書を勧めており、それに目をつけた誰かが、こんな本を持ち込んだに違いなかった。

小岩が夕食の膳を運んで来たが、弥九郎は『戊戌夢物語』をつかんで立ち上がった。

「ちょっと本所まで行ってくる」

本所といえば江川邸のことだ。小岩は戸惑い顔で聞く。

「今からですか。お夕飯の後になされば」

膳の上には、いつになく皿小鉢が、たくさん載っていた。急な帰宅だったのに、小岩が心づくしの料理を揃えたらしい。

「すまぬ。急ぐのでな」

早足で玄関に向かうと、奥から歓之助の声が聞こえた。

「父上、待って」

また半紙の束を抱えて駆け出してくる。どうしても習字を見せたいらしい。

「わかった。帰ったら見る」

そう言い置いて、外に出た。背後で歓之助が泣き出すのが聞こえた。だが今は、子供の相手どころではなかった。

『戊戌夢物語』の筆者は、間違いなく蘭学者だ。江川に近い人物の可能性も高い。もしかしたら渡辺崋山かもしれなかった。

本所まで駆け通し、息を切らせて江川邸に駆け込んだ。そして江川に『戊戌夢物語』を差し出した。

「こんなものが、うちの道場に持ち込まれた」

すると驚いたことに、江川も同じ題名の写本を、取り出して見せたのだ。書体は違っており、別人が書き写したのは明らかだった。

江川は硬い表情で言う。

「ほかでも読んだという者がいる。かなり広まっているらしい。それほど内容に共感する者が多いということだ」

弥九郎は戸惑った。

「しかし、これほどの内容を書ける者は、ざらにはいない。もしや、渡辺さんではないか」

江川は黙り込んでしまった。やはり渡辺を疑っているらしい。弥九郎は確かめようと思った。

「今から渡辺さんに聞いてくる」

「今からか」

「このまま放ってはおけぬ」

「わかった。でも、もし渡辺さんではなかったら」

少し迷った様子だったが、改めて、きっぱりと言った。

「渡辺さんではないことが、はっきりしたら、その場で例の解説文を頼んで欲しい」

今度の海岸調査の報告書に添えるための、西洋の軍事事情の解説文のことだ。

「日を改めて、そなたに頼みに行ってもらうつもりだったが、早い方がよい」

「わかった」

弥九郎は『戊戌夢物語』に目を落とした。

「これを書いたのが、渡辺さんでなければ、いいのだが」

「そうだな。そうでないことを祈ろう」

すぐさま弥九郎は、桜田堀沿いの田原藩邸を訪ねた。夜も遅かったが、渡辺崋山は笑顔で迎えてくれた。

「海岸調査は、どうだった？」

「おかげさまで、なんとか終えました」

内田たちを紹介してもらったことに、改めて礼を言った。そして『戊戌夢物語』を、懐から取り出して見せた。

「これを、ご存じですか」

渡辺は納得顔でうなずいた。

「知っている」

「書いたのは誰です？」

「知らぬ」

弥九郎は率直に聞いた。

「よもや、渡辺さんでは、ありますまいな」

「もちろん違う。このようなものを書いたら、そなたたちに迷惑がかかることくらい、承知している」

どうやら嘘ではなさそうだった。弥九郎は、なおも様子を伺いつつ、別件を切り出した。

「もし、この本に、少しも関わっていなければ、お願いがあります」

「断じて関わってはおらぬ」

「ならば、西洋の軍事事情の解説文を、書いて欲しいのです。今度の調査報告に添えて、ご老中に差し出すつもりです」

すると渡辺は即座に承知した。

「喜んで書かせてもらう。それが日本を守るのはもとより、それを引き受けるということは、私が『戊戌夢物語』を書いていないことの、何よりの証拠だ」

もしも『戊戌夢物語』を書いた身であれば、老中に差し出す文書を書くなど、とんでもないことだ。そんなことが明らかになれば、江川も無事ではすまない。

弥九郎は渡辺を信じようと思った。

「ならば、お願いします。ただ西洋を讃えるような文章には、しないで頂きたい。反発されて、顧みられなくなります」

「わかっている。任せてくれ」

弥九郎は藩邸を辞し、三番町の練兵館に戻った。

帰り着いたのは深夜になっていた。それでも小岩は起きて待っていた。

「お帰りなさいませ。たいへんでしたね。お夕飯は、いかがなさいますか」

「ああ、まだだった。簡単なものでいいから、何かあるか」

「今、汁物を温めますので」

そして手際よく膳を揃えて出した。

「よかったら、お酒を少し、いかがですか。よく眠れましょう」

徳利を差し出す。弥九郎は膳の杯を取り上げて、酌を受けた。温かい酒が、胃の腑に染み渡る。

「美味いな。家で飲む酒は」

正直な感想だった。弥九郎は上背があり、鍛えた体は豪傑に見える。その実、外では気の張り通しだった。

「さっきは、すまなかったな。せっかくの夕飯を放り出して」

小岩は徳利を持ったまま微笑んだ。

「いいえ。今、こうして召し上がって頂けるのですし。それに、すまなかったと、ひとこと言っていただけるのは、ありがたいことです。仕事一途で、家族の気づかいなど、目に入らない殿方は、大勢おいでですのに」

同じように仕事一途でも、家族への感謝や、いたわりの気持ちのあるなしが、大事だという。

弥九郎は妻の言葉に、頭が下がる思いがした。そして、ふと気がついた。

「出がけに、歓之助が泣いていただろう。あれから、どうした？」

「しばらく泣いていましたが、よく言い聞かせました。父上は大事なお役目で出かけられるのだから、無理を言ってはならぬと」

「そうか。何か見せようとしていたな」

「新しい漢字を習ったので、見せたかったのでしょう。明日いちばんに、見て頂くのだと、枕元に置いて寝ています」

「今のうちに見て、明日、驚かしてやろう」

いたずら心が湧き、杯を膳に置くなり、立ち上がった。小岩も笑顔で手燭を持ち、子供部屋までついてくる。

兄弟で布団を並べて、穏やかな寝息を立てていた。手前が歓之助で掻巻《かいまき》にくるまって、こちらに顔を向けている。小岩の手燭の光で、あどけない寝顔が見えた。

よく見ると、ふっくらとした頬に、涙の跡があった。泣きながら寝入ったらしい。枕元に半紙の束が置いてある。いちばん上に書かれた文字は「父」だった。

太い文字で、力強く書かれている。この文字だからこそ、歓之助は見せたかったのだ。そう思うと、胸が絞めつけられる。

わずかな手間だったのだから、ちょっと見てやればよかったと悔いが湧く。そうすれば、こんなふうに泣き寝入りさせずにすんだのに。

その時、向こう側で寝ている新太郎が、はっきりと言った。

「父上、稽古を見て、くださ……」

語尾が怪しくなる。寝言だった。

たかが子供の寝言と思おうとしても、涙が込み上げそうになる。家族を顧みない自分なのに、家族は自分を待っていてくれるのだ。疲れ切った心と体に、息子たちの気持ちが染みる。

洟をすする気配を、背後の妻に気づかれそうで、冗談めかして言った。

「情けない父親で、子供たちに笑われるな」

どうしても声が潤んでしまう。小岩は夫の背中に、そっと手を当てた。

「いいえ、あなたが、こんなに優しい方だからこそ、子供たちは懐《なつ》いているのです」

妻の声も、涙でくぐもっていた。

第六章　執拗なる排斥

弥九郎は江川邸に日参して、江川と相談しつつ報告書をまとめ始めた。

数日後、道場で朝の素振りを終えてから出かけようとすると、町奉行所の同心がやって来た。

「この本を知っているか」

差し出したのは『戊戌夢物語』だった。著者を探索しているという。横柄な態度だったが、弥九郎は正直に答えた。

「私の留守の間に、見知らぬ者が置いていったようです」

そして持っていた一冊を差し出した。同心の目が光る。

「受け取ったのは誰だ？」

「仏生寺弥助という者が受け取りました」

「その者を出せ」

言われた通り、弥助を呼んでこさせると、同心は、あまりの大男ぶりに、ぎょっとした様子だった。それでも虚勢を張ってか、居丈高に聞く。

「その方、これを、どのように手に入れた？」

「どのようにって、知らん男が、勝手に置いていっただけだ」

「そのような怪しげな者から、書物など受け取って、よいと思っているのかッ」

「いや、別に、怪しげな奴じゃなかったし」

弥助は大きな図体に似合わず、口ごもりながら言い訳する。同心は、いよいよ居丈高になった。

「隠しごとをすると、縄をかけて、連れて行くぞッ」

弥九郎は見かねて口を挟んだ。

「この者は、私の郷里の出で、正直が取り柄のような男です」

「その方は、この道場の主でありながら、このような書物を置いていく者がいたことを、知らなかったのか」

ねちねちと絡まれたため、弥九郎は、勘定所の命令で海岸調査の旅に出ていた間に、本が持ち込まれたと話した。すると勘定所と聞いたとたんに、同心の態度が一変した。

「失礼つかまつった」

そして何度も頭を下げて出て行った。弥助は後ろ姿が遠のくと、地面に向かって唾を吐いた。

「なんでえ、偉そうにしやがって」

たしかに不愉快だったが、こんなふうに聞き込みにまわっているということは、大きな事件になりつつあるに違いなかった。

その日、田原藩邸から使いが来て、渡辺が依頼されたものを書き上げたから、取りに来て欲しいという。依頼してから六日しか経っておらず、あまりの速さに驚いて出かけた。

渡辺は数枚の地図と、分厚い文書を差し出した。地図は八枚あり、それぞれヨーロッパ各国の首都の地形を描いたものだった。

文書はヨーロッパと日本の海防比較論だった。ヨーロッパの首都は、どこも海から離れた内陸部にあり、江戸のように海沿いはない。これは海からの攻撃に備えてあるのだという。

しかし一読した印象では、ヨーロッパがいかに優れており、江戸湾の備えが、いかにお粗末かを、書き立てているも同然だった。

弥九郎は言葉を選びながら感想を伝えた。

「お願いした時に、説明が足らなかったかも知れませんが、もう少し婉曲な表現の方が、いいかと思います。これでは鳥居どのが通さないし、とてもご老中の元まで届きません」

それに首都の地図を八枚も出しても、よほど西洋に興味を持っていない限り、違いが理解できそうになかった。だいいち首都が内陸だから守りやすいと言われても、江戸を内陸部に動かすわけにはいかない。

「地図を添えるのであれば、むしろヨーロッパ全土の地図が一枚あれば、どこも海から遠いことが示せるでしょう」

しかし渡辺は不愉快そうに言い返した。

「ヨーロッパの地図など、目新しくもない。ほかにも、いくらでもあろう。だが、この八ヶ所の地図は、去年のオランダ船がもたらしたばかりで、まだ江戸には、これ以外に入ってきてはいないのだぞ」

渡辺は最先端の情報にこだわっていた。弥九郎は言葉を尽くした。

「蘭学を知る者には、珍しくはないかもしれませんが、世界地図さえ見たことがない者が多いのです」

「いいや、世界地図では意味がない。西洋諸国が自分たちの都を、どう外敵から守っているかを、私は地図と文章で示したいのだ」

それでも弥九郎も持論を曲げず、ほとんど口論になりかけたが、とうとう渡辺が呆れ顔で肩をすくめた。

「ならば地図は、そっちで新しいものに変えてもらってもいい。文章も江川どのにまかせる。

内容さえ変わらなければ、穏便な表現にしてかまわない」

放り出されたも同然だったが、弥九郎としては承知するしかなかった。

「わかりました。とにかく、これを預かっていきます」

そして地図と文書をたずさえて、本所の江川邸に向かった。だが案の定、江川も眉をひそめた。

「これでは鳥居どのはもとより、勘定所も通らぬな」

文章を直しているうちに四月に入り、ようやく内田たちが帰って来た。南房総と浦賀周辺は、完全に測量してきたという。これから製図に取りかかることになる。

その一方で鳥居からは、もう報告書を提出したとの連絡が入った。江川家でも別立てで出すのであれば急げという。江川は焦った。

「これは急がねばならぬ」

渡辺の西洋事情論はもとより、内田たちの地図も、まだまだ時間がかかる。とりあえず江川は、調査した海岸の状況だけをまとめ、四月十二日に鳥居に送った。

西洋事情の解説文と、地図類は後から提出すると但し書きをした。そのため内容は現状報告に留まり、特に鳥居も問題にはせず、勘定所に提出となった。

ただし渡辺の文書は、どうしても書き直せなかった。あまりに最先端で直しようがない。そのために弥九郎が、もういちど田原藩邸に出向いて、穏便な表現の文書を、改めて依頼した。渡辺は不服そうではあったが、切り替えも早い方であり、大幅な書き直しを承諾してくれた。

その後、書き上げた草稿に、さらに部分的な書き直しを頼み、結局、半月後に文書が完成した。清書の受け取りのために、弥九郎は田原藩邸に出向いた。

渡辺は書き直しに納得したはずだったが、まだ難しい顔をしていた。弥九郎は手渡された文書に目を通した。

「今度こそ、このまま勘定所に差し出せます。穏便な表現にして頂いて、本当に、ありがとうございました」

礼を言っても、まだ渡辺の表情は晴れない。行灯の光でも、顔色が悪いのが読み取れた。弥九郎は眉をひそめて聞いた。

「何か、ありましたか」

渡辺は重い口を開いた。

「実は、例の『戊戌夢物語』だが、どうやら高野長英が書いたもののようだ。いや、まちがいなく高野の著作だ」

一瞬で肌が粟立つ思いがした。高野長英といえば内田たちの師であり、特に渡辺とは昵懇《じっこん》の仲だ。弥九郎は会ったことはないものの、予想以上に身近な人物だった。

「奉行所では、私のことも怪しんでいる。何度も聞き込みが来ている」

弥九郎は、そこまで探索の手が伸びているのかと驚いた。渡辺は忠告した。

「そなたも江川も、この件には関わらぬ方がよい。このたびの文書も、私の名ではなく江川太郎左衛門の名前にすべきだ」

渡辺の名前は書き入れていないという。

「そなたも承知していようが、江川には、これから大きな役目が待っている。だから危ういことには、とにかく関わってはならぬ」

それは弥九郎が江川をかばう気持ちと同じだった。渡辺は、なおも言う。

「私と昔から親しかったことも秘しておこう。どこから足をすくわれるか、わからぬゆえ」

もし万が一、渡辺が捕縛されるようなことがあったら、今回、清書した文書も、提出を見合わせたほうがいいという。

弥九郎は怪訝に思った。

「でも渡辺さんは、とがめられることなど、してないのでしょう」

「していない。だが高野とは親しいゆえ、どんな言いがかりが待っているか、わからない」

老婆心のようにも思えたが、弥九郎は文書を懐に入れて言った。

「わかりました。そのように伝えます」

「そなたも帰り道には、じゅうぶん気をつけてくれ。岡っ引きに後をつけられるかもしれぬ」

田原藩邸の表門は桜田堀に面しており、左右両隣は大大名の広大な屋敷だ。弥九郎は念のため裏門から出た。

裏手には旗本屋敷が建ち並ぶ。裏門の高張提灯に照らされて、海鼠塀が長く続いているのが見通せた。

それが途切れる角に、人が潜んでいる気配がした。この種の感覚は、長年の稽古で研ぎ澄まされている。渡辺崋山を訪ねてくる者を、岡っ引きが見張っているに違いなかった。

このまま後をつけられたら、渡辺と練兵館、さらに江川との繋がりも明らかになる。そうなれば苦労して完成した文書が、使えなくなる危険がある。尾行されるわけにはいかなかった。

弥九郎は一瞬で考えをめぐらせた。ここから三番町の練兵館に帰るには、北に向かって程ない距離だ。

だが、その間は武家屋敷の海鼠塀が延々と続き、塀の上には忍び返しがしかけられている。逃げ込む場所がなく、尾行を振り切るのは難しい。

ならば城の南から東に向かい、日本橋から神田をまわって帰った方が、よさそうだった。城を中心に逆まわりで、完全に遠まわりになるが、その方が町家が多く、身を隠す場所もある。

ただ下手をすると、途中で町木戸が閉まる時間になる。木戸が閉まってしまうと、いちいち名乗らねばならず、なおさら面倒だ。だが、それを逆手に取って、尾行をまく機会もありそうな気がした。

弥九郎は何も気づかぬふりをして、南に向かって歩き出した。岡っ引きが潜んでいた角も、悠然と通り過ぎる。

やはり日頃の稽古の甲斐あって、夜目も効く。前を向いていても、角から奥まった暗闇に、岡っ引きの姿を認めた。手下もふたりいる。

そのまま歩き続けていると、小走りに角に近づく気配がする。尾行は、ふたりが鉄則だ。おそらく手下ひとりが、ここに残って、張り込みを続け、ふたりが弥九郎の跡をつけるに違いなかった。

城の南を大まわりし、数寄屋橋門外から日本橋に向かう。弥九郎は歩きながら、いちども振り返ることなく、背後の様子を完全に把握した。やはり尾行はふたり。岡っ引きと手下とで、距離を置いてついてくる。

刀は抜かず、素手でも倒す自信は充分にある。しかし相手が奉行所の岡っ引きだけに、気を失わせるだけでも、後で厄介なことになる。振り切るしかなかった。

日本橋の大通りに出てみると、もう店は、軒並み揚げ戸を下ろしていた。ただ酒屋など、何軒かは潜り戸だけを開けて、まだ商売を続けている。

そのために、まばらながらも人通りはあり、それぞれが下げている提灯や、二階家の町明かりで、通りは見通せる。

弥九郎は、はるか前に、自分と似たような背格好の男を見つけた。着物も黒っぽくて、よく似ている。背後の岡っ引きに気づかれないように気をつけながら、わずかに歩調を早め、少しずつ、その男に近づいていった。

しばらく前に、五つ半を告げる拍子木が鳴った。そろそろ夜の四つ、亥の刻の鐘が鳴り、鐘が鳴り終わったら、町木戸が閉まる時間だ。

日本橋は橋の手前に木戸がある。尾行をまくとしたら、あの木戸しかない。そう見越して歩き続けた。

橋のたもとの木戸が見えてきた。観音開きの扉の片方が、もう閉められており、木戸番が前に立っている。そろそろ亥の刻の鐘が、鳴り始める様子だ。

だれもが小走りになって、片方だけ開いた木戸に吸い込まれていく。こちらから向こうにいく者はいるが、向こうから、こちらに出てくる者は、ほとんどいない。皆、下町の住まいに帰るところなのだ。

弥九郎は、あえて立ち止まり、後ろを振り返った。尾行の気配に、なんとなく勘づいたように装ったのだ。そして背後を見まわして、どこにも目を止めず、ちょっと首を傾げてから、前に向き直った。

だが視界には、明らかに慌てた様子のふたり連れが入っていた。さっきから尾行してきた岡っ引きと、その手下だ。

弥九郎は、それまでと歩調を変えず、淡々と前に向かって歩き続けた。ふたりが警戒して、距離を空けるのが、背中の気配でわかった。思惑通りだ。

木戸まで、あと少しというところで、亥の刻の鐘が鳴り始めた。弥九郎と似た男が木戸の向こうに消えた。ほかの人影も木戸に吸い込まれていく。

まず捨て鐘が三つ鳴り、それから実際の刻の数だけ鳴る。それが終わるまで、木戸は閉まらない。弥九郎は悠々と歩いて木戸に近づいた。

さっきまで開いていた片方の扉は、人ひとり分だけ空けて、木戸番が閉めかけている。木戸の先は、丸い太鼓型の日本橋だ。弥九郎は扉の隙間に身を滑り込ませた。もう捨て鐘は終わり、その後に三回聞こえた。

蝶番《ちょうつがい》の音を立てて、扉が閉じ始めた。弥九郎は一か八かの勝負に出た。

扉の間をすり抜けるなり、別人のような動きに変わった。素早く脇に寄り、橋のたもとの柵を軽々と越えた。周囲は暗く、誰にも気づかれない。ただし柵の先には足場はなく、石垣の絶壁が堀の水面まで続いていた。

弥九郎は思い切って、柵の根元をつかみ、石垣沿いにぶら下がった。足の爪先を、石垣の石と石の隙間に入れて、かろうじて立つ。町明かりが川面に照り返し、わずかに橋の裏側が見えた。

四回目の鐘が聞こえ、扉は完全に閉じられた。その時、閉じた木戸の向こうから、怒鳴り声が聞こえた。

「早く明けろッ。何してやがる」

十手を出して、木戸番を叱りつけているらしい。木戸番が慌てて扉を開ける気配がした。

弥九郎は柵から片手を離し、石垣の表面を探って、わずかな隙間を見つけ、そこに指先をねじ込んだ。

もう片方の手も、同じようにして柵から離れた。そうして橋の下に移動した。しかし、いくら鍛えてあっても、手足の指先だけで体重を支えるのは、さすがに辛い。

頭上の橋板を通して、岡っ引きたちの足音がした。扉を開けさせるなり、飛び出してきた様子だ。そしてはるか先を行く弥九郎に似た男に気づいた。

「あれだッ。追いかけろッ」

さっきまでは弥九郎にだけ注目し、似たような男が先を歩いていたのには、気づかなかったのだ。ふたりがかりで一目散に追いかけ、どすどすという足音が遠のいていく。

日本橋は大型の橋で、全長は三十間近い。男は渡りきる前に、ふたりに捕まったらしい。

「待ちやがれッ」

向こう岸の近くから、岡っ引きの怒鳴り声が聞こえる。

「おまえ、渡辺崋山の一味だろうッ」

どたばたと縄をかける気配も伝わってくる。

弥九郎は、わずかに安堵し、なおも指先の力を頼りに、石垣を伝って水辺まで下がった。人違いだと気づけば、戻ってくる可能性もある。それまでに逃げ切らなければならない。

日本橋の橋の下には船着場がある。石垣沿いに浮き桟橋が設けられ、そこに何艘もの川船が、もやわれている。

弥九郎は浮き桟橋に、そっと降り立ち、一艘に乗り込むと、とも綱を外した。そして櫓をつかみ、力いっぱい桟橋を押した。船は音もなく、川の中央に出て行く。

弥九郎は船尾に立って、力まかせに櫓を漕いだ。両側を石垣で囲われた暗い水面を、かすかな水音を立てて進んでいく。ほどなく川は左に湾曲し、日本橋から見通せなくなり、ようやく胸をなで下ろした。

そして呉服橋の下で川船を乗り捨て、石垣をよじ登って、陸上に出た。

そこからは武家地に入り、何事もなかったかのように三番町まで歩いて、無事に練兵館まで帰りついた。

翌日は朝から江川の屋敷で、渡辺の清書に江川太郎左衛門の名前を書き入れ、添付する書類を整えた。昼過ぎには、いよいよ鳥居の屋敷に持っていかれるというところまで準備が整った。

だが、その直前に、弥助が練兵館から走ってきて、弥九郎に伝えた。

「渡辺さんが北町奉行所に捕まったそうだ」

練兵館は諸藩の藩士が集まるだけに、町の情報も早い。江川が驚いて聞いた。

「捕まった？『戊戌夢物語』の件か？」

「そうではなくて、なんでも南の果ての島に行こうとしたそうだ」

「南の果ての島？」

まったく見当もつかない話だった。

「何かの間違いだ」

江川家の奉公人に、密かに田原藩の上屋敷まで走らせたところ、門前に人だかりができており、やはり渡辺は縄をかけられて連行されたという。

江川は震える手で文書を握りしめ、天を仰いで慟哭した。

「駄目かッ。これも駄目になるのかッ」

何度も書き直し、ようやく提出という間際で、また横槍が入ったのだ。書き手の名を江川にしたところで、渡辺が文書を書いたことは、調べれば明らかになる。

夕方になると、いっそう驚くべき知らせが届いた。本岐道平も捕縛されたという。今度の海岸調査に、最後に加わった蘭医だ。

高野長英も逮捕されかかったが、家に踏み込まれる前に察知して、逃走したという。

僧侶や町人にも捕縛者が出た。彼らの罪状は、すべて南の島への渡航計画だった。その島とは小笠原島といい、八丈島の、はるか南に位置する無人島だ。高野長英と渡辺崋山が計画し、本岐や僧侶や町人たち六人が、渡海する計画だったという。

弥九郎は言葉に力を込めて、江川に言った。

「無人島の話など、聞いたことがない。渡辺さんは無実だ。かならず放免になる」

とはいえ、ここまで身近な人物が捕まったとなれば、江川も無関係ではいられない。下手をすれば、罪を着せられる危険もある。

弥九郎は、いざとなったら自分が罪を着て、縄にかかろうと覚悟を決めた。何が何でも、江川を連れて行かせないつもりだった。

翌日には、鳥居から手紙が届いて、例の西洋事情の解説書は、まだかと催促された。江川は怒りにまかせて、手紙を畳にたたきつけた。

「何もかも、鳥居が私を陥れるために、仕組んだことに違いない。鳥居は、渡辺さんの文書を、なんとしても提出させないつもりなのだッ」

さらに猛り立って言う。

「ならば出してやろうではないか。鳥居など通さず、明日にでも勘定所に持っていってやるッ」

弥九郎も一連の捕縛は、鳥居の工作ではないかと考え始めていた。だが、ここは江川を押し留めなければならない。

「待て。これは鳥居の罠だ」

今、ここで「外国事情書」を提出すれば、その縁で、江川も捕縛されるに違いなかった。しかし江川の腹は納まらない。

「出さなければ、鳥居の思う壺だッ」

弥九郎も声を荒立てた。

「だが出せば、なおさら鳥居の思う壺だ」

鳥居の最終的な目的は、渡辺崋山や高野長英ではなく、江川の失脚に違いなかった。渡辺や高野は放っておいても力はない。だが江川は幕臣で、しかも名だたる伊豆の代官だけに、幕府の政策に影響を持つ。

弥九郎は懸命に腹立ちを抑えて言った。

「鳥居としては西洋文化の流入を、何が何でも止めようという魂胆だ」

江川は頭を抱えた。

「ならば、どうしたらいいのだ」

「ここは堪忍だ。今すぐでなくても、西洋事情を訴える時は、かならず来る。今は、とにかく耐え忍ぶしかない」

結局、江川は唇を噛みしめながら、改めて西洋事情の解説を書き直した。それは渡辺が書いたものとは、まったく別物であり、内容も当たり障りなく、ごく短い文章になった。

しかし、その後、渡辺崋山の住まいを、奉行所に家捜しされ、江川の依頼に応じて書いた草稿が、すべて出てきてしまった。そうなると小笠原渡航などより、それが何よりの罪と見なされた。

江川も弥九郎も同罪として怪しまれ、北町奉行所に呼ばれた。そこで渡辺の住まいから出て来たという文書を見せられた。

「江川どのは、これを見たことがありましょう」

奉行が差し出した文章には、『慎機論《しんきろん》』という題名がついていた。紛れもなく渡辺が最初に弥九郎に渡したものであり、江川も目を通している。西洋を礼賛したも同然の内容だ。

江川が見たと認める直前に、弥九郎が奪い取り、中に目を通すふりをした。そして、うやうやしく奉行に差し戻した。

「これは当方では拝見しておりません。渡辺どのとのやり取りは、すべて私が使いしてきましたが、このようなものを、わが主人にも見せた覚えは、ございません」

弥九郎は江川をかばって、虚偽の証言を引き受けたのだ。

その後、渡辺自身が『慎機論』は、江川に見せていないと証言した。過激すぎると感じて、最初から見せなかったというのだ。おかげで江川は罪を免れた。

だが江川は帰宅後に嗚咽をもらした。

「渡辺さんに罪を着せてしまって、私は、それでいいのか」

渡辺に庇《かば》ってもらって、自分だけがお咎めなしという立場が、居たたまれないのだ。弥九郎は言葉を尽くして慰めた。

「渡辺さんの配慮を無駄にしないことが、何より渡辺さんの望みだ。これも、また堪忍のしどころだ」

練兵館にも、町奉行所の与力が取り調べに来た。しかし引き立てられるような証拠は、何も出てこなかった。

やがて事件の全貌が明らかになった。やはり発端は鳥居耀蔵だった。鳥居の部下が、町人たちの間に、小笠原島への渡航計画があるとかぎつけた。

渡航計画の首謀者が、本岐道平と見なされた。それを鳥居が、渡辺崋山や高野長英と関連づけて、事件に仕立てたのだ。

しかし詳しく調べてみれば、計画というほどのものではなく、町人たちは「そんな島があるのなら、行ってみたいものだ」と夢を語っていただけだった。小笠原が外国と位置づけられていることも、渡航が禁じられていることも知らなかった。

ただ、江戸中に評判になった事件を、奉行所としては冤罪とするわけにはいかず、町人四人が拷問により獄死した。

結局、本岐は、渡航計画には無関係ということが明らかになった。だが小型の大筒を作ったことがあり、それが罪に問われた。ただし判決は「鉄砲取り上げの上、押し込め」という軽いものだった。

高野長英は自首し、渡辺崋山共々、小笠原渡航には関わりなかったことが明らかになった。しかし『戊辰夢物語』などを書いたことが咎められ、永牢と決まった。

一方、渡辺崋山は『慎機論』の執筆が罪となり、国元で蟄居となり、年末になって、ひっそりと三河の渥美半島に帰っていった。

この事件は蛮社の獄と呼ばれた。まさしく江川も弥九郎も、からくも罪を着せられずにすんだのだ。


その翌年、天保十一（一八四〇）年の秋だった。久しぶりに赤井巌三が練兵館を訪ねて来た。弥九郎に初めて世界観を教えてくれた師だ。

もう髪は真っ白だが、やはり渡辺崋山と交流があり、そのために蛮社の獄で、奉行所の取り調べを受けたひとりだった。

奥座敷に通すと、赤井は声をひそめた。

「長崎から、内々に聞こえてきた話なのだが、清国でイギリスと戦争が起きたらしい」

「イギリスと戦争が？　理由は何です？」

「阿片《あへん》だ。イギリスが長年にわたって、阿片を清国に持ち込み、それを清国側が厳しく取り締まったことから、イギリスが逆恨みしたらしい」

日本は長崎で、オランダと清国とだけを相手に貿易をしてきたが、それと同じように清国の貿易も、かなり限定されていた。港は清国南部の広州一港で、西洋の相手国はイギリスやフランスなど、わずかだった。

イギリスは長年にわたって、清国から紅茶を輸入しており、自国内で茶を楽しむ習慣が広まると、大幅な輸入超過に陥った。

その対価にしたのが阿片だった。清王朝では阿片の輸入を禁じていたが、イギリス商人たちは、一部の清国人に阿片吸引の習慣があるのに着目した。

そしてインドを植民地として支配し始めると、そこで阿片を大々的に栽培して密輸し始めた。インド産の阿片は、またたくまに広まり、膨大な数の清国人を廃人にした。

今度は清国が輸入超過となり、密輸を厳しく取り締まって、阿片を破棄したところ、イギリスが艦隊を差し向けたのだという。

赤井は、さらに驚くべきことを言った。

「イギリスの軍船は、清国の船に圧勝したそうだ」

弥九郎は言葉を失った。予想できなかったことではない。

日本の船は帆柱一本だが、中国船は二本、三本と複数の帆柱を持っている。それでも一本の帆柱につき一枚の帆だ。西洋の船のように、何枚もの帆を操作して、複雑な動きができるわけではない。

まして蒸気船が海戦に加わったら、とうてい動きについていかれない。

複数の帆を持つ中国船ですら、そうなのだから、もしも日本がイギリスから戦争を仕掛けられたら、一枚帆の船では、まったくお手上げだ。

だが日本人の感覚では、合戦というものは、義のある方が勝つと決まっていた。結果から言えば、勝った方の義が正義とされてきたのだが、とにもかくにも日本人は、正義が勝つと信じている。

しかし阿片の密輸が原因の戦争など、どう考えてもイギリスに義はない。なのに現実にはイギリスが勝利してしまったのだ。

弥九郎は眉をひそめた。

「これで、いよいよ西洋が蛮勇の国であるという印象が広まって、さらに毛嫌いされるでしょう。ただ、西洋に対抗できる海防を、取り入れるという英断に踏み出す好機でもあるし、ここが正念場かもしれません」

赤井も深くうなずく。

「もし御公儀が西洋の力を認識すれば、渡辺どのや高野どのも、放免になるかもしれぬ」

「なんとしても、ご老中や若年寄衆には、西洋から目を逸らさずに、現実を見て頂きたい」

どっちに転ぶかは、予想がつかなかった。

だが、ほどなくして、今度は江川が意外な話を聞きつけてきた。

「高島秋帆という長崎の西洋砲術家のことを、聞いたことがあるか」

弥九郎は名前だけは知っている。武士ではなく長崎の町年寄ながら、親の代から私財を投じ、オランダから新型の大砲を輸入して、撃ち方を会得した人物だ。

「その高島秋帆が来年、江戸に来るそうだ。その際に、西洋砲術を披露させるらしい。御公儀が阿片戦争を重く見たのだ。その時は、われらも高島流に入門を願い出よう」

「本当かッ」

弥九郎の気持ちが一気にたぎる。阿片戦争の情報が、いい方向に向かったのだ。

江川も目を輝かせて説明する。

「高島秋帆どのは来年早々、オランダ商館長の江戸参府に同行して、やって来るそうだ」

長崎出島のオランダ商館長は、三、四年で交替し、新任者は長崎から江戸まで来て、将軍に謁見する。

その際、長崎の町年寄が同行する。長崎の町年寄は町人の身分ながら、実質的に貿易を取り仕切り、町を治める重い役目だ。来年が、その江戸参府の年であり、高島秋帆が来るというのだ。

高島はオランダ船がもたらした阿片戦争の情報を重く見て、西洋並みの砲備が必要であるという上申書を、幕府宛てに書いた。それを長崎奉行が仲介し、江戸の老中が読んで、江戸での砲術披露を求めたという。

「西洋砲術が認められれば、江戸湾の海防にも役立つ。大きな進歩だぞ」

江川は伝手を探して、長崎の高島のもとに入門希望を送り、弥九郎も高島の江戸参府を心待ちにした。

天保十二（一八四一）年二月七日、一行が江戸に到着し、日本橋室町の長崎屋に入った。長崎屋は薬種問屋だが、オランダ商館長の江戸参府のたびに、宿を提供している。

すぐさま江川は高島秋帆に会いに行き、江川自身と弥九郎を含めて、家臣十人の入門を願い出て受け入れられた。

高島は長崎の地役人など、四十人ほどの弟子たちを同行してきたが、ほかにも入門希望者が相次ぎ、来る砲術披露には、百人もが手伝いに出ることになった。

披露は五月九日、場所は青山と決まった。だが、あまりに評判になり、見物人が殺到しそうな気配となった。そのため江戸市中から離れ、板橋宿に近い徳丸原《とくまるがはら》に変更された。

四月十二日には幕府から事前稽古の許可が下り、それからは対馬藩の中屋敷内で、新しい弟子たちが稽古に入った。中屋敷は本所で、江川の屋敷から程ない距離だ。

江川は大張りきりで、弥九郎たちを引きつれて稽古に通った。中屋敷の庭の弓場が広げられ、鉄砲の稽古場が設けられていた。

高島は六十人もの新弟子たちの前に立った。恰幅がよく、穏やかな顔立ちで、砲術家といういかめしい印象はない。いかにも長崎の豪商といった雰囲気で、銃を手に取って説明する。

「これは火打ち銃という新式の鉄砲で、今までの火縄を用いるものとは、火をつける仕掛が違います」

従来の火縄銃は、麻縄の端に火をつけてから、的を狙い、引き金を引くと同時に、火蓋が開いて、砲身内の火薬に火がつく。

一方、新式銃は、引き金を引くと、金属がぶつかって、火打ち石のように火花を散らし、それが火薬に引火して、弾が発射する。

火縄銃は雨が降ると、火縄が濡れて使い物にならないが、火打ち銃は小雨程度なら、充分に用いることができるという。

長崎から来た弟子たちが、銃のかまえ方から教えてくれた。弥九郎たちは十人ずつ横並びで、銃口を的に向け、いっせいに発射した。盛大に白煙が上がる。

煙が流れてから的を調べてみると、十枚すべて、かすりもしていなかった。鉄砲など初めての者が、ほとんどだったが、火縄銃に馴れている者でも的を外し、首を傾げた。

「どうも今までの鉄砲と違って、火打ちの衝撃で、砲身が揺れるような気がする」

だが高島は鷹揚に笑った。

「徳丸原では、新式銃の仕掛を披露できれば、それでよいのだ」

銃の撃ち方のほかに、高島は長崎の弟子たちに命じて、歩き方を披露した。それは奇妙な光景だった。号令や笛を合図に、銃を肩にかついだ弟子たちが、等間隔に並ぶ。それからオランダ渡りの小太鼓の音に合わせて、足並みを揃えて進むのだ。

江川が高島に聞いた。

「このように歩くのに、何の意味があるのでしょうか」

高島は丁寧に答えた。

「西洋では兵たちの一致団結を、何より大事にします。そのために足並みを揃えて歩くのです。昔の合戦とは、まったく違います」

戦国時代の合戦は、ひとりひとりの手柄の積み重ねで、勝敗が決まった。足軽は槍を抱え、敵陣目指して全速力で突っ走り、一番槍を競い合う。騎馬武者は敵の武者と名乗り合い、一騎打ちで相手を倒す。

味方の負けが込んでくると見れば、足軽たちは逃げ始め、騎馬武者も撤退を命じる。逆に勝った者は敵の首を切り取り、自分の腰に、ぶら下げて持ち帰る。その数で褒美が決まるのだ。あくまでも個人戦が基本だった。

しかし西洋の戦争は、完全に団体戦だった。抜け駆けなど許されず、一番槍も敵の首の数も意味がない。

かつて赤井厳三が練兵館を命名した際にも、同じような話をしていた。ただ、それが足並み揃えて歩くことと、どう繋がるのかが、よくわからなかった。それでも高島に行進の稽古を命じられて、繰り返すうちに、次第に理解できた。

兵は号令で一糸乱れずに動き、次の号令で銃や大砲を撃つ。それを大将が意のままに扱ってこそ、集団として敵に勝てるのだ。

江川家の家臣たちは火打ち銃と、小型大砲の係に振り分けられたが、江川が、ぜひにと願い出て、弥九郎とふたりは銃と大砲の兼任となった。

大砲の実弾発射は、町中では無理であり、火薬の装填など手順だけを習った。大砲は、砲身が極端に短く、ずんぐりとしている。以前、西洋測量士の内田弥太郎がくれた絵と同じった。

「これはモルチール砲と申します。小さめの臼を斜め置きしたような形なので、私たちは臼砲《きゅうほう》とも呼んでいます。臼砲に用いるのが、このボンベン弾です」

ボンベン弾は鉄製で、中が空洞になっており、一部に丸い穴が空いていた。穴から火薬を注ぎ込み、中を一杯にするという。

次に高島は、小指ほどの大きさの信管という道具を、弥九郎たちに見せた。それは細い竹筒の中に、紙のこよりを差し込んだものだった。両側から、こよりの両端がはみ出している。

「こよりには燃えやすいように、硫黄を含ませてあります。ボンベン弾の火薬の中に、この信管を埋め込みます」

埋め込むと、こよりの片方の端がボンベン弾から出て、尻尾のように見える。それで砲弾の準備は完了だった。

それから高島は、懐から小さな箱を取り出した。手の平に載るほどの小箱で、中箱を引き出せる。その中から、太めの爪楊枝のような木片を出して見せた。

「オランダ渡りのマッチと申します」

そして木片の端を、小箱に擦りつけた。すると驚いたことに、木片に火がついていたのだ。だれもが息を呑む。江川がつぶやく。

「まやかしのようだな」

高島は平然と火を吹き消すと、手近な水桶の中に放り込んだ。そして小箱の中に入っていたマッチを取り出した。

「これを、ご覧なさい」

木片の片方に、小さな黒い固まりがついている。

「この固まりが硫黄です。これが箱に摺れて火がつくのです。このマッチと同じような仕掛で、発射用の火薬に火をつけます。それが導火線です」

導火線は細く割いた竹に、やはり硫黄がまぶしてあるという。大砲の根元には、ごく小さな孔が開いており、そこに導火線を差し込む。

「それから砲身の奥に、発射用の火薬を仕込みます」

毛織りものの袋に火薬を詰めて、臼のような砲身の奥に納めた。

「導火線と砲身の準備ができたら、ボンベン弾から出ているこよりの尻尾の両方に、それぞれ火をつけます。それから慌てずにボンベン弾を砲身に納めます」

高島はマッチで、火をつける仕草をしてから、ボンベン弾を砲身に押し込んだ。

「この時、気をつけなければならないのは、火のついたこよりを手前に向けることです。もし手が滑って、くるりと弾が回転して、火が奥に向いてしまったら大変です。袋に詰めた火薬に着火して、私の目の前から弾が飛び出します。私は生きてはいられません」

高島がおどけると、誰もが笑った。

「きちんと弾を納めたら、導火線が燃え進んで、砲身の中の火薬に着火するのを待ちます。ほんの短い間です」

導火線の火が、毛織物の中の火薬に燃え移って、中で爆発し、ボンベン弾を一気に押し出すという。

ボンベン弾が宙を飛んでいく間に、こよりは細竹の信管の中を燃え進み、敵陣に着弾する頃に、ちょうど大爆発を起こすという。

これまでの大砲は鉄の塊を撃ち出すだけで、敵陣で爆発したりしない。だがボンベン弾は、弾自体が炸裂し、細々になった鉄片が、周囲の兵に襲いかかるという。

かつて弥九郎は内田から理屈だけは聞いていたが、実物を見ると殺傷力が実感できた。江川も深くうなずく。

「すごい力だ。西洋の武力は、われらの想像よりも、はるかに優れているな」


武士は武芸を奨励されており、剣術でも槍術でも、それぞれの勝手に入門できる。ただし高島流の砲術は西洋のものだけに、江川は念のため、勘定所に高島流への入門を届け出た。

だが勘定所は難色を示した。西洋砲術自体が駄目なのではなく、長崎の町年寄といえども町人であり、旗本の江川が入門するのは、身分上、好ましくないというのだ。

そのため江川自身は遠慮せざるを得ず、弥九郎たち家臣だけの入門が認められた。

そして披露前々日、板橋宿近くの松月院という寺に、高島秋帆と新旧の弟子たち総勢百人あまりが集まった。

長崎の地役人や長崎奉行の家臣はもとより、薩摩藩、佐賀藩、水戸藩など、さまざまな藩から選ばれてきた者たちが、一堂に会した。

弥九郎は練兵館で馴れてはいるが、それぞれ国元から出るのが初めてという者も珍しくはなく、国言葉も異なり、打ち解けるのは難しそうだった。

松月院に入るなり、百人に真新しい着物が配られた。あざやかな空色の筒袖に、紺のたっつけ袴、同じ紺色の脚絆という揃いの着物だ。

胸元の合わせには、ボタンという西洋式の留め具がついていた。それにトンキョ帽という奇妙な被り物と、ランセルという革製の背負い嚢《のう》が、ひとつずつ支給された。ランセルには銃の弾丸や火薬を納めるという。

高島自身も同じ筒袖姿で言う。

「小袖では袖が邪魔になって、動きにくいものです。それで、こんな着物を作りました。西洋の兵隊たちは、皆、揃いの服装です」

戦国時代には、家中を朱塗りの甲冑などで統一し、集団の存在感を誇示した武将もいた。だが筒袖のような軽装では、商店のお仕着せのようだと、嫌がる者もいた。

とはいえ、しっかりした布地の着物であり、そのほかに銃やランセルや火薬など、すべて高島が自腹で用意していたことには、誰もが舌を巻いた。

その夜は松月院の本堂や庫裏《くり》に分かれて泊まり、翌日は朝から、行進と実弾発射の稽古だった。高島は着物は汚れてもいいから、今日から着るように命じた。

弥九郎以下九人は、新式銃を一丁ずつ携え、松月院の境内に並んだ。百人が揃いの筒袖姿というのは、さすがに壮観だった。

銃を肩に担いで隊列を組み、稽古してきた行進で寺の門から出て行った。車輪のついた台ごと大砲を引く者もいる。モルチール砲のほかに、もう一門、比較的、砲身の長い青銅砲も運ばれた。

門の外には、板橋の宿場から来た見物人たちが、大勢で待ちかまえており、歓声が上がった。

松月院は高台にあり、百人は太鼓の音に合わせ、足並みを揃えて、徳丸原まで坂を下っていく。

徳丸原は戸田川沿いの低地で、広大な草原が広がっていた。昔からの将軍家の鷹狩り場だ。周囲の村人たちは、馬を放牧したり、飼い葉を刈り取ったりはできるが、耕作は許されていない。

そんな草原の一隅に、すでに仮小屋が三棟、建てられていた。少し離れた場所に、銃の的が一列に並び、さらに離れた場所には、大砲の標的として旗が立てられていた。

実弾発射は、さすがに迫力があった。大砲の発射音は大地を揺るがし、銃の一斉射撃は耳をつんざく。実弾の稽古が終わると、高島が大声で激励した。

「その方たちは、この砲術で、それぞれが国を守っていくのだッ。いいなッ」

夕方、松月院に戻ると、夕食には、ひとり一合ずつの酒も出て、前夜とは打って変わって、たがいに打ち解けて話が交わされた。

弥九郎は感心した。練兵館のような剣術道場よりも、はるかに早く仲間意識が高まる。新しい砲術を身につけているという思いも大きいが、やはり同じ服装で、同じ釜の飯を食うという経験が、無意識のうちに結束につながるらしい。

お仕着せのようだと嫌がっていた者たちも、いつの間にか、まんざらでもなさそうな顔に変わっていた。

稽古の日は曇天だったが、翌五月九日の披露当日は、朝から雲ひとつない青空が広がった。前日同様、銃を担ぎ、大砲を引いて、寺の門から出ていった。またもや大勢の見物人が大歓声で見送った。

徳丸原は見渡す限り、緑の草地で、戸田川は空の色を映して青く、ゆったりと流れる。昨日、稽古をした場所の近くには、青と白の幔幕《まんまく》が張り巡らされていた。

その前に、たくさんの床机が並べられていた。大名や旗本たちの見物席だ。弥九郎たちは、幔幕の影で休むように命じられ、草地に腰をおろした。

やがて駕籠や馬で、大名たちが到着し、次々と床机に腰をおろす気配があった。江川も、その中にいるはずだった。

甲高い笛が鳴り響き、弥九郎たちは立ち上がって、稽古通り、一定間隔で並んだ。ふたたび笛と号令がかかり、小太鼓が打ち鳴らされ始めた。音に合わせて、先頭から足並み揃え、幔幕の外に出ていく。

予想通り、床机は満席だった。しかし弥九郎は、ぎょっとした。江川の近くに、鳥居耀蔵の顔があったのだ。あの西洋嫌いが、また文句をつけに来たのではないかと、嫌な予感がよぎる。

だが披露が始まってしまうと、それどころではなかった。まず長崎の弟子たちが、ひとりずつ銃で的を撃ち抜き、それから十人単位の一斉射撃に移った。弥九郎も江川家の家臣たちと並んで、的を狙った。

撃ち放つたびに、白煙があがり、風にたなびいて消えていく。見物の大名たちは、身を乗り出して見つめていた。

モルチール砲の発射は、なおさら圧巻だった。弥九郎は火薬の係として、定量の火薬を正確に計り、毛織物の袋に詰めて、砲身の奥に納めた。それから導火線とボンベン弾に、相次いで火をつけてから、手早く定位置に納めた。

ひと呼吸の後、すさまじい轟音が鳴り響き、ボンベン弾が、炎を尻尾のように引きずりながら、青空高く飛んでいく。見物席からは驚きの声があがった。

火薬の白煙の中で目を凝らすと、砲弾は大きな弧を描きながら、標的の旗に向かって落ちていく。そして着弾と同時に巨大な火花が、四方八方に飛び散り、爆発音が轟く。いっそうの驚愕の声が湧き起こった。

披露の終盤は、二門の大砲に、それぞれ五人ずつが張り付き、残りの九十人が銃を手にして、三十人ずつ三列に分かれて並んだ。

まず大砲二門が相次いで発射され、ボンベン弾が着弾して爆発するのを合図に、銃の前列三十人が一斉に引き金を引いた。発射するやいなや、すぐさま後ろの三十人と交替して、二度目の一斉射撃が続く。次の三十人も続き、三度目の発射を行う。

全員が撃ち終えた時には、すでに最初の三十人が弾を込めて前に出て、二巡目にあたる四回目を発射した。後続の五回目、六回目が放たれ、さらに三巡目も続く。七回、八回、九回目まで撃ち続けられて終わった。二百七十発もの弾丸が放たれたのだ。

従来の火縄銃では、ひとりの撃ち手が、ひとつの的を狙い、正確に撃ち抜くことを重視する。昔の合戦通り、あくまでも個人の腕を誇るのだ。これほど素早く交替することなど考えられなければ、これほど大量に弾を使うこともありえない。

二百七十発もの大射撃が終わったとたんに、弥九郎たちは、ふたたび大砲を発射させた。銃の連射の最中に、準備を終えていたのだ。

そしてボンベン弾の炸裂を見届けるなり、もういちど銃の連射が始まった。もはや一帯には白煙が垂れ込め、耳をつんざく発射音が、これでもかというほど絶え間なく続く。

全部で五百四十発もが放たれ、仕上げに大砲二門が三度目の火を放って、ようやく、すべての披露が終わった。

稽古では、これほどまで実弾は発射しなかった。そのため弥九郎自身も、周囲の仲間たちも、さすがの大迫力に興奮状態だった。見物席を振り返ると、大名や旗本たちは放心している。

その時、甲高い笛の音が鳴った。すばやく百人は銃を担いで隊列を組む。小太鼓が打ち鳴らされ、それに合わせて足並み揃えて、弥九郎たちは青白の幔幕の陰に戻った。

幔幕の外では、高島秋帆が大名たちに、今の披露を説明をしているのが聞こえた。それから弥九郎や主立った弟子たちが呼ばれて、幔幕の外に出た。高島が、ひとりずつ紹介し、弥九郎も頭を下げた。やはり鳥居耀蔵は面白くなさそうな顔をしている。

高島は大名や弥九郎たちを、ボンベン弾の着地点に案内した。標的の旗は、ずたずたになって倒れ、辺り一面には、大小の鉄塊が散らばっていた。爆発の衝撃で、ばらばらに飛び散った砲弾の破片だった。拾ってみると、どれも鋭く尖っている。

さらに着弾した地面は、掘ったように凹んでいた。高島が足元の土から、鉄塊をひとつ掘り出して見せた。

「かなり深くまで、地面に突き刺さっています。それほど爆発力が強いのです」

江川が弥九郎にささやいた。

「これが爆風に乗って、敵兵に襲いかかるのだから、いちどに何十人も死ぬのだろうな」

たいがいの武士は火縄銃ですら嫌う。撃ち手は安全な場所にいて、遠く離れた相手を倒すなど、卑怯だと考える。

一対一で、みずからの命を危険にさらす勇気を持ってこそ、相手の尊い命を奪うことが許される。それが武士のこだわりだ。

弥九郎自身、剣術家として、忸怩《じくじ》たる思いがないと言えば嘘になる。敵とはいえ、たった一発のボンベン弾で、何十人もの命を一瞬で奪っていいものか、容易に納得はできない。

それも、取り立てて難しい技術は不要で、毎日の素振りも、長年の鍛錬も要らない。

とはいえ西洋人には、武士のこだわりなど通用しない。現実にボンベン弾が使用され、味方が殺されるのであれば、こちらは、それを超える殺傷力を持たなければ、蹂躙されるしかないのだ。哀しいかな、その力は剣術にはない。

ボンベン弾の着地点から、見物席に戻る前に、鳥居耀蔵が立ち止まった。足元に銃の的が倒れている。それを見て、小馬鹿にしたように言った。

「あれほど弾を撃っておいて、たいして当たってはおらぬな」

十枚あった的のうち、ほとんどが銃撃の勢いで吹き飛ばされて、地面に落ちている。誰もが、自分の近くの的をのぞき込む。

弥九郎も自分の足元に落ちていた的を見た。板で作られた的は、全面が蜂の巣のように穴が空いてはいるが、的の中心近くに集中しているわけではない。

江川が別の一枚を見て言った。

「早々と吹っ飛んでしまったので、当たりようが、なかったのでしょう」

「そうであろうか」

鳥居は疑い深そうに、一枚だけ倒れずに残っていた的に近づいた。

「これを見よ。立っているものでも、さして当たってはおらぬわ」

どうだと言わんばかりに胸を張る。その背後で、しきりにうなずいている男たちがいた。幕府の鉄砲組の旗本らしい。従来の砲術家たちから見たら、西洋砲術は彼らを脅かす存在に違いなかった。

江川は、なおも言い返した。

「このたびは高島どのが江戸に着いてから、指南を受けた者が、半分以上です。稽古する時間が充分だったわけではありません」

弥九郎は、また言い合いになるのではと案じた。しかし高島秋帆が口を挟んだ。

「私は命中率は、そう気にしておりません」

鳥居は、むっとした様子で言う。

「それは聞き捨てならぬな。これほどまでに弾を無駄にして、かまわぬと申すか」

高島は軽く頭を下げた。

「そこまで気がまわりませんでした。これからは弟子たちに稽古させ、できるだけ無駄が出ぬように心がけましょう」

あまりに、あっさりと兜を脱がれて、鳥居は、なおさら眉をしかめた。だが高島は、かまわずに言う。

「実は西洋の戦争は、強力な大砲や軍船を造れるかどうかで、おおむね勝ち負けが決まってしまうのです」

撃ち手の技ではなく、いわば職人の技が勝負を握っているという。

「さらには、大砲や軍船を造るための費用があるかどうかも、勝ち負けに関わります。百姓が米を作り、商人が金を儲けることで、戦争を支えるのです」

弥九郎は内心、驚愕していた。これからの戦争は武士だけが戦うのではなく、職人や商人や百姓たちが働いてこそ、勝てるというのだ。

ふと富国強兵という言葉を思い出した。中国の古い言葉だ。高島の主張は、まさに国を富ませて、兵を強めることにほかならない。

しかし鳥居は憤慨した。

「何を申すか。百姓や町人を守るのが、武士の役目ではないか」

たしかに従来の考えでは、武士が下々を守るのであり、下々が武士を支えるなど、まったく逆の発想だった。

またもや高島は、あっさりと認める。

「まことに仰せの通りです。私が申しましたのは、西洋の事情でございます」

そうは言っても、軍備は西洋並みか、それを超えなければ、話にならない。そのために西洋式の軍備の取り入れが必要なのは、誰の目にも明らかだった。

その夜は酒の一斗樽が十数個も、松月院に持ち込まれ、盛大な酒宴となった。百人が同じ出で立ちで、にぎやかに酒を酌み交わす。今日の成功を、誰もが喜んでいた。

だが弥九郎としては、大騒ぎに乗り切れないものがあった。鳥居の存在が気がかりだった。また横槍が入れられれば、幕府が西洋砲術の取り入れに、二の足を踏みかねない。

厠に立つふりをして、外に出た。松の枝越しに夜空を見上げると、やや丸みを帯びた半月が浮かんでいる。まさに松月院の名前に相応しい夜だった。

境内の鐘撞台には、青銅製の釣鐘が下がっている。それを見て、ふと高岡の町を思い出した。弥九郎が十三歳から二年間、奉公に出た町であり、古くから鋳物業が盛んだ。

高岡の鋳物師《いもじ》たちは、繊細な装飾を施した釣鐘でも、細かい文字が刻まれたものでも、見事に鋳立てる。彼らならモルチール砲も、難なく造れそうな気がした。

もういちど月を見上げた時、背後から江川が声をかけてきた。

「こんなところで、何をしている？　何か気に入らぬことでも、あったか」

弥九郎は苦笑いで答えた。

「いや、月を眺めていたのだ。せっかくの松月院だしな」

「なるほど、悪くない月だ」

江川もかたわらに立ち、夜空を見上げて聞いた。

「鳥居のことが、気がかりか」

「そうだな。それと高島先生の意図を、どれだけの者が理解できるかだ」

弥九郎は百姓の出であり、商家に奉公に入り、そして今は武士として江川に仕えつつ、道場で剣術を教える。だからこそ、商人や百姓が武士を支えるという高島の説も、難なく受け入れられる。

「あれは富国強兵という意味だ」

「そんな言葉があったな。たしかに国を富ませてこそ、武力も強化できる」

「ただな」

弥九郎が言い淀むと、江川が促した。

「ただ？」

「高島先生の説は、侍の誇りを打ち砕くことになる。剣を振るうことが、意味をなさなくなるのだ。西洋砲術は、たいへんな威力を持ち、たしかに注目は浴びる。でも、その分、抵抗も大きいだろう」

昼間、鉄砲組の旗本たちは、鳥居よりもなお渋い顔をしていた。彼らは弾の命中率にこだわり、その技を磨くために、日々、鍛錬を怠らない。彼らが何世代もかけてきたものを、西洋砲術は、あっさりと否定してしまう。

それどころか武士の本分である剣術も、西洋砲術の前には意味をなさない。本当は戦国時代から、刀が銃に敵わないことは、わかっていたはずだった。そこから目を逸らすために、飛び道具は卑怯などと言って、卑しんできたのかもしれなかった。

江川が、しきりにうなずく。

「たしかに、そうだな」

「私自身、剣術と砲術を、どう折り合いをつければいいのか、まだ納得はできない」

「私も正直なところ、納得できていない」

弥九郎や江川ですら受け入れにくい感情を、すべての武士たちが、どう乗り越えていったらいいのか。弥九郎は剣術家だからこそ、その点が案じられた。

江川は腕組みをして、深い溜息をついた。

「あの後、鳥居が憤慨していた。高島先生が商人の分際で、砲術のような武術を教えるなど、身の程知らずだと」

弥九郎は、いかにも鳥居が言いそうなことだと思って言った。

「西洋砲術は、ただ単に技を身につければ、いいものではない。まずは頭を切り替えなければならない。だが鳥居のように、今までの価値観にしばられる者は、大勢いるだろう。いや、ほとんどが頭の切り替えなど、無理かもしれん」

「そうだな。まさに、その通りだ」

阿片戦争の情報が、幕府に刺激を与え、前に進んだと思ったのも束の間、武士としての感情という、思いがけない壁が立ちふさがっていた。

徳丸原から戻っても、江川の西洋砲術入門は、幕府が許さなかった。何度も催促するうちに、驚くべきことがわかった。

西洋砲術を伝授する弟子は、下曾根金三郎《しもそねきんさぶろう》という旗本に、とっくに決定したという。下曾根は、もともと渡辺崋山の弟子で、蛮社の獄では、江川同様、からくも関わりから免れた人物だった。

そのうえ幕府は西洋砲術を秘伝とし、下曾根以外への伝授を禁じてしまった。

江川は諦めきれず、老中に対して、入門許可を願い出続けた。どうしても江戸湾の海防に、西洋砲術を取り入れたかったのだ。その点を強調した結果、なんとか許可は得た。

しかし、すでに下曾根への伝授は終わっていた。またもや、すったもんだの挙げ句、ようやく江川への伝授が許された。

ただ、高島が長崎に帰る日が迫っており、慌ただしい稽古になった。それも弥九郎以下、徳丸原に参加した九人の家臣たちが、すでに知識を持っていたために、火薬の計量など、重要事項の確認のみで、江川は取り急ぎ免許皆伝となった。

江川は弥九郎に言った。

「高島先生が長崎に帰られる途中で、何日か韮山に滞在してもらい、もういちど稽古をつけてもらおう」

だが結局、それさえも不可能となった。高島が七月末に江戸を離れる直前に、長崎から持って来た大砲と銃を、幕府がすべて買い上げて、鉄砲組に与えてしまったのだ。

つまり高島の手から道具を取り上げた形だった。大砲も銃もなければ、稽古のしようがない。

それでも江川は、高島が東海道を通って長崎に向かう途中、韮山の代官屋敷に迎え入れた。弥九郎も韮山まで同行した。

その夜、高島は徳丸原以降の事情を語った。やはり鳥居耀蔵から横槍が入ったという。

「鳥居さまは西洋のものを無闇に嫌い、特に西洋砲術が広まるのは、なんとしても押し留めたいようです。私は秘伝にするつもりなど、少しもありませんでした。望む方がいれば、いくらでも、お教えしたかったのですが」

鳥居の江川に対する警戒は、今なお強く、断固、入門には反対したという。

高島は、そもそも自分が西洋砲術を始めた理由も話した。

「フェートン号という異国船が、長崎にやって来たのがきっかけでした」

それは三十三年前の文化五（一八〇八）年のことだった。毎年夏に、長崎に来るはずのオランダ船が、その年は来航が遅かった。オランダ船は長崎に莫大な富をもたらす。まれに来ない年もあり、町中が気をもんで待ちかねていた。

すると秋風が吹く頃になって、長崎湾の彼方に、西洋の大型帆船が一隻、ようやく姿を現した。長崎奉行所も出島のオランダ人も、そして町人たちも、大喜びで迎え入れた。

長崎湾には瓢箪のようなくびれがあり、その内側の湾を内目《うちめ》と呼び、外海に向かって大きく口を開けた外側の湾を、外目《そとめ》と呼ぶ。奉行所では迎えの御用船を出し、確認の旗合わせをすますと、外国船を外目まで引き入れて、錨を降ろさせた。

さらに出島のオランダ人ふたりと、奉行所の役人、通詞などが、向こうの船に乗り込もうとした時だった。

紅毛碧眼《こうもうへきがん》の船乗りたちが、いっせいに刀剣を抜き、銃を放ったのだ。さらに、ふたりのオランダ人の胸元に、短刀を突きつけて、船に引きずり込んだ。通詞が声を限りに叫んだ。

「これは、オランダ船では、ないッ」

船乗りたちの言葉が、オランダ語ではなかったのだ。日本人の通詞や役人たちは、それぞれ海に飛び込んで逃れた。

長崎では、交易相手であるオランダ船と中国船を外国船、それ以外の国の船を異国船と呼んで区別する。この船は、まぎれもなく異国船だった。

長崎の港の警備は、福岡藩と佐賀藩が隔年交替で務めており、当番年には千人もの藩士が長崎藩邸に滞在する。その年は佐賀藩の当番年だった。

だが佐賀藩では、今年はオランダ船の来航はないものと判断し、警備の藩士の大半を、無断で国元に帰してしまっていた。そのために、わずかな人数しか残っておらず、警備の藩船も数隻しか出せなかった。

すると夜になって、小舟が三艘、異国船から降ろされた。小舟と言っても、五十人も乗れようかという大きさで、オランダ人がバッテーラと呼ぶ船だ。乗り手たちは、手に手に銃を持っていた。そして悠々と櫂を漕いで、内目に侵入し、長崎の町に近づいた。

異国人たちは、あちこちの浜に上陸しては様子を探り、またバッテーラで移動した。そのために町中に恐怖が広がり、逃げ惑う人々で、一晩中、大混乱に陥った。

朝になると、三艘は本船に戻っていた。異国船はオランダ国旗ではなく、イギリスの旗を掲げたために、ようやく異国船はイギリスの軍船だと判明した。オランダ人の推測では、三百人は乗っているという。

イギリス船は、周囲を取り囲む佐賀の藩船に向かって、小旗つきの樽を投げた。拾うようにと手振りで示され、佐賀藩士たちが恐る恐る拾い上げると、中に手紙が入っていた。すぐに通詞が読んでみると、船はフェートン号といい、飲み水が足りないので、真水が欲しいという内容だった。人質に取られたオランダ人ふたりの署名もあった。

奉行所では佐賀藩を責め、国に帰った藩士千人を、即刻、戻すように命じ、ほかの九州諸藩にも出動を求めた。彼らが警備につくには日にちがかかり、それまではフェートン号の要求を飲まざるを得なかった。

さらに手紙が続き、要求は大量の食料や、生きた牛や山羊にまで広がった。積み込みが済み次第、人質のオランダ人は解放するという。

夕方になって、片方のオランダ人が解放されてきて、泣きながら訴えた。要求を飲まなければ、もうひとりは縛り首になり、さらにフェートン号が内目まで侵入して、長崎の町を焼き払うという。

奉行所が要求を飲み、食料を提供すると、悠々と出航していった。結局、千人の佐賀藩士たちも、ほかの藩も間に合わなかった。

フェートン号は最後に、もう一通、手紙を残していった。それには来航の理由が書かれていた。イギリスはオランダと戦争中であり、長崎にオランダ船が来ていないか、探しに来たのだという。

その後、さらに詳細がわかった。この時の戦争はナポレオン戦争といって、イギリスとフランスの間で戦われていた。オランダはフランスに負けて、フランスの属国になったために、おのずからイギリスとも敵対していた。遠いヨーロッパの戦争が、長崎にまで飛び火したのだ。

高島秋帆は江川と弥九郎の前で、記憶をたどりながら話した。

「私は十一歳でしたが、バッテーラが内目まで入ってきた夜の騒ぎは、今でも、よく覚えています。異国人が町に火をつけただの、どこかの浜で大暴れしているだのと、恐ろしい噂が広がったものです」

高島家は代々、出島の警備を担当しており、フェートン号事件当時は、秋帆の父が当主だった。

「あの時の父の覚悟も、相当なものでした。出島のオランダ人は武器を持っていません。なんとしても守り通すのが、自分の役目だと言っておりました。イギリス船が引き上げてくれたので、とりあえずは、ほっとしました」

フェートン号事件は当時の長崎奉行が、真っ先に腹を切ってしまったため、佐賀藩が警備の人員を国元に帰していたことが、すべての原因にされたという。

「でも、もし西洋の軍船が本気で攻めてきたら、警備が千人揃っていたところで、意味はないのです。大砲や船の性能自体に、あまりに大きな差があるのですから」

佐賀藩にしろ福岡藩にしろ、藩の財政が苦しく、通年で千人を滞在させることですら難しい。ましてて西洋に負けない軍備など、とうてい手が届かなかった。

「そのために父は、フェートン号事件の後、決意したのです。長崎の町も港も、自分たちの手で守ろうと」

高島家のような長崎の町年寄には、脇荷《わきに》という特権が認められている。個人的な品物を、オランダ船に発注することができるのだ。それを利用して、大砲や新型銃を少しずつ手に入れた。

その時の出島のオランダ人商館長が、もと軍人だったことから、扱い方などを教えてもらえた。

　商館長が交替し、高島家が秋帆に代替わりしても、砲術の研究は続けた。そして、とうとう西洋砲術指南として、弟子を取れるまでに至った。それは親子二代にわたる成果だった。

　すると田口《たぐち》加賀守《かがのかみ》喜行《よしゆき》という長崎奉行が、西洋砲術の価値を理解し、自分の家臣を三十人近く高島に入門させたのだ。

　奉行自身は数年で江戸に戻るが、代々、長崎で暮らす奉行所の役人がおり、彼らを地役人と呼ぶ。田口は地役人たちにも、西洋砲術の習得を勧めた。

　そうしているうちに阿片戦争の知らせが、清国から長崎に届いたのだ。高島秋帆は今こそ、幕府が西洋砲術を取り入れるべき好機と判断し、田口を介して、老中に上申書を提出した。それが功を奏して、徳丸原での披露が実現したのだった。

　高島秋帆は深い溜息をついた。

「ここまで来るのさえ、並ならぬ苦労でした。それでも、ようやく西洋砲術の威力が、江戸で認められたというのに、結局、西洋砲術は秘伝にされてしまいました。大砲は、あのまま鉄砲組の倉にしまい込まれて、江戸では日の目を見ることはないかもしれません」

　高島の大砲は、幕府鉄砲組頭の井上左太夫に下げ渡されたという。徳丸原で鳥居の後ろにいた旗本だ。戦国時代から続く砲術の家系で、西洋砲術を活用する意志など、なさそうだった。

　だが江川が言葉に力を込めて言った。

「いいえ、けっして倉にしまい込まれたままには、しておきません。かならずや取り戻します。そして江戸湾の守りに用います」

　そして高島が韮山を出発する際に、江川が忠告した。

「言わずもがなのことではありますが、贅沢と見られるようなことは、できるだけ、なさいませんように。つまらぬことで、やっかまれて、足をすくわれかねません」

江戸の幕臣たちは、おおむね金がなく、あくまでも質素に暮らしている。

特に江川は、自分が贅沢するくらいなら、領民たちの負担を減らしたいと考え、一年を通して丈夫な縞木綿の単衣《ひとえ》で通す。伊豆は比較的、温かいものの、真冬でも綿入れなど身につけず、手あぶりのひとつも用いない。

だが高島は身なりからして豪勢だった。徳丸原でこそ、皆と揃いの筒袖姿だったが、長崎への道中は、暑い季節にかかったために、いかにも涼しげな絽《ろ》の着物だ。財布や煙草入れは見事な総刺繍だし、西洋でも珍しいという懐中時計まで持っている。

江川は言葉を尽くした。

「西洋の文物への反発は、江戸に来られて、おわかりになったでしょう。贅沢に対する反発も、生半可なものではありません。どうか自重なさいますように」

「わかりました。ようやく開けかかった西洋砲術の扉が、そんなことで閉じてしまわぬよう、心がけましょう」

そう言って、高島は従者たちとともに、旅立っていった。弥九郎も江川も三島宿まで見送ったが、彼らが向かった西の空には、暗雲が垂れ込め、翌日からは夏の大嵐となった。

第七章　尊王攘夷

江戸に戻ってすぐのことだった。藤田東湖が練兵館に現れて、弥九郎に言った。

「水戸に行って頂けませんか」

それは以前から頼まれていた話だった。近々、水戸藩で、学問所と武芸の稽古場を兼ねた施設を開く。弘道館といって、藩主である水戸斉昭みずから、力を入れた藩校だった。その開所式に弥九郎を招きたいというのだ。

「特に剣術は、新しい流派を披露します。神道無念流と北辰一刀流を合わせたものです。それを見て頂きたいのです。それに殿が斎藤さんから、西洋砲術や江戸湾の巡回の話を、ぜひ、お聞きになりたいと仰せですし」

藤田自身は江戸詰であり、開所式には出られないという。だが、かつて撃剣館で、十人がかりのひとりになった豊田彦五郎が、今や豊田天功《てんこう》と名乗って、水戸藩で指折りの学者になっていた。

「来て頂けたら、豊田だけでなく、芹沢玄太《せりざわげんた》という若い奴も、お世話します。まだ十五歳で、神道無念流を修行中ですが、見どころのある奴です」

芹沢は水戸藩士の三男として生まれたが、下村という神官の家に養子に出たために、今の本名は下村嗣司だという。

「剣術が好きで、自分は神主など向かないと言って、実家の芹沢を名乗っているのです」

弥九郎は自分の若い頃と通じるものを感じ、会ってみたい気がした。

そして水戸行きに当たって、仏生寺弥助を同行することにした。弥助は剣の腕は抜群だが、いまだ読書を嫌い、剣術を身につける意味を理解しようとしない。弥助にとって武は、戈を止めるものではなく、みずから打ちかかって、敵を倒すものなのだ。

一方、水戸藩では文武両道を重んじる。弘道館も単なる学問所ではないし、武芸の稽古場でもない。弥九郎は、それを弥助に見せたいと考えたのだ。ほかにも従者を数人連れ、一行は江戸から水戸街道を北に向かった。

水戸の手前、長岡という宿場まで、若者が迎えに来ていた。藤田が話していた芹沢玄太だった。擦り切れた木綿の単衣姿だったが、目を輝かせて挨拶する。

「神道無念流を修行中です。斎藤先生と仏生寺先生に、お目にかかるのを、とても楽しみにしていました」

もともと神道無念流は北関東で始まり、弥九郎で四代目だが、三代目の時に二派に分かれた。江戸の練兵館とは別の派が、水戸では盛んだった。

弥助は会うのが楽しみだったと言われて、とたんに相好を崩した。

「水戸に着いたら、稽古をつけてやるぞ」

芹沢は、いっそう目を輝かせる。

「ぜひ、よろしく、お願いします。俺、強くなりたいんです」

芹沢の出迎えで、一行は和気《わき》藹々《あいあい》と進み、七月末に水戸城下に入った。八月一日の開所式間際の到着だった。

水戸は広大な関東平野の北東に位置し、豊かな田園の中に、こんもりとした小山があり、そこが水戸城だった。石垣や水をたたえた堀はなく、自然の地形を利用した山城だ。

弘道館は城の大手門前に新設されており、豊田彦五郎が満面の笑顔で現れた。

「よく来てくださいました。殿も心待ちにしておいでです。開所式の翌々日には、直々にお目通りの手筈になっています」

豊田は、撃剣館で十人がかりに加わった頃、まだ十六歳だったが、今や三十七歳だ。水戸城内には『大日本史《だいにほんし》』の編纂所が設けられており、その中心的な役割を担っている。

『大日本史』は神話時代から始まり、南北朝が統一されるまでを著した歴史書だ。水戸黄門光圀が着手し、専任の学者や藩士を置いて、代々継承され、すでに百八十年もの間、調査と執筆が続いている。完成には、なお四、五十年の歳月が見込まれており、前代未聞というべき膨大な書物だ。

開所式の準備に忙しい豊田に代わって、芹沢が、弘道館の中に設けられた宿舎に案内してくれた。

「弘道館の敷地は五万七千坪です。斎藤先生のお国は加賀藩領と伺っていますが、今まで日本一の藩校は、金沢の明倫館だったそうです。明倫館は一万七千坪足らずですが、ここは、その三倍以上もの広さがあります」

意気込んで説明する。そして正門の正面に位置する建物を示した。

「これが学校御殿です」

中に入ると、五十畳敷きの大広間があり、講堂として用いられるという。どこも真新しい木と青畳の香りに満ちていた。

学校御殿の北側には、鹿島神社や孔子廟が設けられ、南側は剣術や槍術、柔術などの道場が並んでいた。馬場や矢場のほかに、広大な広場が設けられ、各武術の野外演習場だという。まさに文武両道の藩校だった。

学校御殿の裏手に、教授方や学生のための宿舎も用意されていた。まだ誰も使っていない部屋が、弥九郎たちに供された。

すべて案内し終わると、芹沢は弥助に向かって頭を下げた。

「どうか、稽古をつけてください。真新しい道場を、勝手に使うわけにはいかないので、もしよかったら、ここの庭で」

弥助は鷹揚に答えた。

「俺は、どこでもかまわんぞ」

「それじゃ、今、防具と竹刀を持って来ます。先生の分も」

「俺は防具など要らん。竹刀があれば充分だ」

「わかりました。すぐ取ってきます」

芹沢は飛び跳ねるような足取りで走り去り、ほどなくして竹刀二本と防具を抱えて戻ってきた。手早く防具を身につける。

「よろしく、お願いします」

狭い庭で対峙し、一礼してから、剣先を合わせた。面の横金の隙間からも、緊張の面持ちが見えた。弥助が言う。

「まずは面の右、行くぞ」

芹沢が身構えた瞬間だった。弥助の剣先が、見事に面の右上を襲った。芹沢は打たれっぱなしだった。だが、すぐに気を取り直し、もういちど竹刀をかまえ直して言う。

「もう一本、お願いしますッ」

「ならば次は左だ」

今度は剣先が交わったと同時に、もう左の面が打たれていた。芹沢は棒立ちで、竹刀は宙を泳ぐばかりだ。それでも、また叫ぶ。

「もう一本、お願いしますッ」

「次、右」

すべて面で、右、左と交互に予告する。そして始まったと思ったとたんに、予告通り、見事に打ち据える。特に力いっぱい踏み込む気配もなく、軽々と面をたたくのだ。

芹沢は、まったく防げず、なぜなのかと小首を傾げつつも、何度でも挑み続ける。しかし、いくらやっても同じだった。芹沢は荒い息で肩を上下させながら言った。

「先生、次は、予告なしで、お願いします」

意識しすぎて打たれると考えたらしい。だが黙って竹刀を合わせても、結果は同じだった。弥助は右、左と交互に決めていく。芹沢は、さらに願い出た。

「先生、次は、ほかも狙ってください」

それでも変わらず、一瞬で籠手や胴に打ち込まれる。

弥助の予告打ちは、時に弥九郎でさえも防げない。右面と宣言されても、かすかに逆に来る気配があり、心が揺れた刹那に、予告通りに打ち込まれるのだ。その素早さは練兵館随一であり、動きを読み取れる者はいない。

芹沢では、とうてい無理だった。それでも、なおも諦めずに挑み続ける。さすがに弥助の方が、先に見切りをつけた。

「今日は、ここまでだ」

芹沢は竹刀を引き、深々と礼をしてから、息を弾ませつつ面を外した。腕の違いは心得ているはずなのに、いかにも悔しそうだ。

弥九郎は見かねて声をかけた。

「芹沢、おまえは筋はよさそうだ。根性もある。稽古を積めば、かならず強くなれるぞ。ただし文武両道を忘れずに、書物も読めよ」

するとと芹沢は、初めて笑顔を見せた。


翌日は好天に恵まれ、いよいよ開所式だった。学校御殿は障子も襖も、すべて取り外されて、柱と壁だけの素通しとなった。

弥九郎は弥助たちとは離れて、五十畳敷きの大広間に案内された。西側の広場に向かって、中央に壇がしつらえられて、そこが藩主である水戸斉昭の御座所だった。

驚いたことに、弥九郎は、そのすぐ近くの場所を勧められた。弥九郎の身分は、江川家の家臣でしかないが、練兵館は今や神道無念流の中心的存在だけに、上席を与えられたらしい。

さすがに御三家の当主と同席するのは、初めての経験であり、身の引き締まる思いがした。隣には豊田が着席した。

目の前の広大な広場には、塀際に紅白の幔幕が引きめぐらされ、その内側に、すでに大勢が詰めかけていた。弥助たちも、その中にいるはずだった。豊田が小声で説明した。

「今日は江戸詰以外のすべての藩士が、ここに集まります。明日からは、藩士子弟が毎日、三、四千人も、通ってきましょう。役目のある者は月に十日、役目のない者は毎日、登校と定められています」

とてつもない規模の藩校だった。

「砲術も、ここで？」

弥九郎の問いに、豊田は首を横に振った。

「砲術の射撃場は、お城の東に設けられています。殿は西洋砲術に、いたく期待しておいでで、調練の中心には大砲を据えています」

斉昭は追鳥狩《おいとりがり》と称し、騎馬武者三千、徒《かち》の兵二万という規模で、去年から大規模調練を行っているという。

徳丸原における高島秋帆の砲術披露にも、斉昭は九人の藩士を出した。九人は正式に免許皆伝になったわけではないが、あの時の知識をもとに、従来の砲術に工夫を加えているという。

大太鼓が打ち鳴らされ、広場に立っていた藩士たちが、地面に正座し、両手を前について平伏した。

弥九郎たちも大広間で、深々と頭を下げた。すると前の縁側に衣擦れの音がして、徳川斉昭が壇上に着座する気配がした。そしてよく通る声が響いた。

「面を上げよ」

数千人が、いっせいに上半身を起こすのは、壮観な眺めだった。

開所式は、まず教授方頭取による日本書紀神代巻の講義から始まった。縁側の端に座り、座敷にも広場にも聞こえるように、斜めに向いて、日本書紀を読む。しわぶきひとつ聞こえない。

それが終わると、槍術、剣術、居合の演武が順番に披露された。水戸藩の新しい剣術は水府《すいふ》流《りゅう》といい、たしかに神道無念流と北辰一刀流《ほくしんいっとうりゅう》の特徴を、それぞれ取り入れた流派だった。

最後に全員に赤飯の折り詰めが配られて、お開きとなった。

宿舎で、弥助が赤飯をかっ込みながら、不満げに言う。

「あんな演武だけか。わざわざ江戸から来たのだから、御前試合でもさせてもらいたいところだ」

弥九郎は箸を止めて、たしなめた。

「晴れの開所式に、勝ち負けがあってはならない。演武だけで充分だ」

その夕方も、芹沢が防具と竹刀を抱えて現れた。少し弥助と手合わせをしたところで、弥九郎が割って入った。

「私が稽古をつけよう」

弥助では、まったく昨日と変わらず、ただ芹沢が打たれる一方だったのだ。弥九郎は大きく上段にかまえて言った。

「遠慮なく、力いっぱい打ち込んでこい」

面なしで打たれたら、竹刀でも怪我をする。それでも手招きで誘った。

芹沢は、なかなか打ち込んで来られなかったが、腹を決めて裂帛の気合いとともに、胴を狙って、大きく踏み込んで来た。

弥九郎は、その出鼻を外さずに、籠手を打った。芹沢の剣先は、弥九郎の体に遠く及ばず、そのまま竹刀を取り落とした。

それを何度か繰り返してから、足裁きを指摘してやると、明らかに踏み込みがよくなった。だが剣先は弥九郎の体に触れない。

今度は芹沢の方が音を上げて、竹刀を引いた。

「ありがとうございましたッ」

弥九郎は、たしかに藤田の言う通り、見どころがあると感じた。水戸にも、こんな若者がいることが頼もしかった。

開所式翌日は、豊田と芹沢の案内で、大洗海岸に赴いた。外海だけに波は荒く、群青色の海が果てしなく続く。秋口ではあるが、まだまだ残暑が厳しく、海風が心地よかった。

豊田が岩場に立って、南方向を指さした。

「彼方に見えるのが銚子の犬吠埼です。そこまで、まっすぐ鹿島灘が伸びています」

延々と続く直線の海岸線だった。続いて豊田は逆方向を示した。

「すぐ北の那珂川《なかがわ》の河口に那珂湊があります。常陸の海は、さらに北へまっすぐに続きます」

これほどの長い海岸線を藩内に持つために、異国船の漂着が度重なり、斉昭は海防に熱心だった。

しかし弥九郎は、かねてより抱いていた不安を口にした。

「水戸さまは、これでよいとしても、ほかの藩が、まずいな」

練兵館には諸藩の藩士が集まるだけに、各地の情報も集まる。それによると関東で、水戸藩のように海防に熱心な藩は、ほかになかった。

特に犬吠埼から南の房総半島は、ほとんどが譜代大名か旗本の領地だ。譜代大名は、どこも一万石、二万石という小大名で、どんな大旗本でも数千石。海防に割く金はない。

そのうえ譜代大名は領地替えが多い。たとえ海防に着手したとしても、領地替えにあったら、せっかくの投資が無駄になる。異国船が来ると予測できても、何も手が打てないのは道理だった。

さらに弥九郎は故郷の加賀藩を思った。加賀百万石は日本一の大大名だけに、幕府から危険視されないよう、武張ったことには、いっさい手を染めない。その分、文化に力を入れている。それが代々継承されてきた家訓だ。

しかし加賀藩内には能登半島があり、海岸線の長さは、水戸藩の比ではない。それなのに家訓第一で、海防に力を入れる気配はないのだ。

弥九郎は岩場に立って、豊田に言った。

「海岸は続いている。ひとつの藩だけが海防に力を入れたところで、隣の藩の海岸に、異国船が近づき、そのまま上陸されたら、海防の意味がない」

　すると隣で聞いていた弥助が笑った。

「何を恐れることがあるものか。上陸してきたら、斬り捨てればよいだけのこと」

　弥九郎は首を横に振った。

「西洋の砲術を甘く見てはならない。砲弾自体が炸裂して、一気に大勢を倒すのだぞ」

　だが弥助は平然と言い放つ。

「いくら殺されようとも、こちらには、いくらでも侍がいる。日本中の侍たちが、命を捨てるつもりで海岸を守れば、異人など上陸できるものか」

　それは以前、鳥居耀蔵も口にしていた理屈だった。芹沢も目を輝かせて言う。

「そうです。命を惜しまない者こそ最強です。自分の命を捨ててかかる者に、かなう敵などいません」

　弥九郎は首を横に振った。

「なるほど、勇ましい理屈だ。だが隣の清国ほどの大国が、イギリスに負けたのだぞ。甘く見ていいはずがない」

　だが弥助も芹沢も不満顔だ。ただ豊田は深くうなずいた。

「明日、斎藤どのの意見を、どうか殿に、お聞かせください。殿も同じような考えを、お持ちですので」

　そして三日目は登城し、斉昭との直々の対面日だった。豊田が宿舎まで迎えに来て、一緒に弘道館前の橋を渡った。

　橋は空堀の谷に渡されている。山に深く切れ込みを入れたような谷で、まだまだ蝉の声が高い。橋を渡って、大手門をくぐると、そこからは二の丸の敷地だった。

さらに二の丸を突っ切って、もうひとつの橋を渡れば、本丸に至る。天守閣はないが、足元に広がる城下を、一望にできる高台だった。

本丸の崖際を一巡してから、二の丸に戻った。今は二の丸が御殿として用いられているのだ。玄関から入り、そのまま豊田とともに御座所に導かれた。

下座に座ると、まもなく御茶坊主が現れ、部屋の隅で両手を突いて言った。

「殿の御成でございます。お控えください」

弥九郎と豊田は並んで平伏した。一昨日の大広間への登場よりも、はるかに近くで衣擦れの音がして、目の前に座る気配があった。

「面を上げよ」

命じられた通りに上半身を起こした。斉昭は顔立ちがいいという噂だったが、予想以上だった。大きな目が、きりりと上がり気味で、いかにも負けん気が強そうでいて、品位を備えている。まさに大名顔だった。

豊田が弥九郎を紹介した。

「江戸で練兵館を開いている、斎藤弥九郎にございます」

斉昭は鷹揚にうなずいた。

「よく来てくれた。江戸湾の海岸調査や、西洋砲術の披露にも加わったそうだな。その話を聞きたい」

弥九郎は持参した江戸湾の略図を開き、江川や鳥居耀蔵たちとまわった海岸調査について、要領よく説明した。

江戸の海防は、湾口部の浦賀と房総半島の突端が要所になる。特に浦賀奉行所の与力や同心など下級幕臣には、意識の高い者がいるので、そこを拠点として大砲を備えた洋式の軍船を揃えるべきだと語った。

さらに弥九郎は身を乗り出して言った。

「ただし、これには二点、問題があります。ひとつは御公儀の中に、江戸の町だけを守ればいいと考える向きが、あまりに多いことです」

鳥居耀蔵のような守旧派は、とにかく異人を江戸に上陸させないようにと、その点ばかりに固執する。だから江戸湾口での撃退など頭にない。彼らにとっては江戸湾の内部を、どう固めるかが大事なのだ。

「もう一点の問題は、諸藩の動きが、ばらばらだということです」

水戸藩だけが先走ったところで、幕府や、ほかの藩が同調しなければ、意味がないということを、言葉を選びながら話した。

すると斉昭は深くうなずいた。

「その点は、私も案じている」

そして豊田に命じた。

「例の本を」

豊田はかたわらの塗り盆の上から、一冊の書物を取り上げて差し出した。斉昭は受け取りながら言った。

「これは会沢正志斎《あいざわせいしさい》という者が書いた『新論《しんろん》』という意見書だ。会沢は、この豊田や藤田の仲間だ」

水戸藩の学者で『大日本史』の編纂にも関わっているという。

「そなたは、尊王攘夷という言葉を知っているか」

斉昭の問いに、弥九郎は控えめに答えた。

「漢籍で読んだ記憶がございます」

中国の古典に出てくる言葉だった。皇帝を中心に結束して、中国領内に侵入しようとする異民族を、追い払おうという意味だ。

斉昭は『新論』に目を落として話した。

「もう十七年も前のことだが、わが領内の浜に、イギリスの鯨捕り船の者たちが、上陸したことがある。そのイギリス人の対応に出たのが会沢だ。その時の経験をもとに、異国人に対して、どうしたらいいのかを文章にしたのが、この『新論』だ」

そのまま弥九郎に差し出した。

「考え方としては、いわば尊王攘夷を、わが国に当てはめている。しかし、あまりに過激な内容なので、内々に回覧するのみに留めてきた。されど、これからの海防を考えれば、もはや、これしか対策はない。写本が何冊かあるゆえ、一冊、江戸に持ち帰って読むがよい」

弥九郎は、うやうやしく受け取った。斉昭は、さらに質問を続けた。

「そなたは剣術家でありながら、西洋砲術も手がけている。そこに心の迷いはないのか」

弥九郎は即答した。

「当初は、ございました」

徳丸原の砲術披露に参加した時には、たしかに迷いはあった。だが、それからずっと考えてきた。剣術が西洋砲術に太刀打ちできないという事実は、どうしても受け入れなければならないことなのだ。そして、ひとつの結論に達し、それを斉昭に伝えた。

「剣術も砲術も、どちらも武術だと考えれば、迷いは消えます」

「なるほど、たしかに、どちらも武術ではある」

斉昭は、まだ納得できない顔をしている。弥九郎には、その心情が理解できた。

剣術を身につける本来の目的は、真剣勝負に勝つことだ。自分の命を、敵の刃の前にさらし、たがいに正々堂々と戦う。敵の命を奪うには、自分も命を賭けなければならない。そのためには日頃の鍛錬が必要になる。

だが砲術は、自分は安全な場所にいて、ただ引き金を引くか、導火線に着火するだけで、大勢の命を奪ってしまう。それは武士にとって、卑怯な行為にほかならない。

練兵館の主として剣術を教える者が、そんな卑怯に手を染めていいのかという思いが、かつて弥九郎の中にあった。だが今は剣術と砲術は矛盾せず、当たり前のように両立するようになっている。

弥九郎は言葉を選びながら説明した。

「刀は武士の命だと申します。刀が自分の命を守ってくれるものだからでしょう。名刀を持つ者と、鈍《なまく》ら刀しか持たぬ者とが戦ったら、名刀を持つ者の方が有利です」

戦いの最中、鈍らな刀が折れてしまったら、いくら腕っ節が上だったところで、名刀の持ち主に殺されてしまう。

「正々堂々と言いつつも、名刀を持つか否かで差が生じます。ならば大砲や銃を持つかどうかで、勝敗が決まるのも、同じではないでしょうか。馬に乗るか否かも同様です。騎馬武者は足軽よりも、圧倒的に有利です」

それでも誰も、騎馬武者が卑怯だなどとは言わない。

「現実に西洋の者たちは、威力のある大砲を持っているのですから、今の私たちは、足軽が騎馬武者を追いかけるようなものです。とにかく、こちらも同じ武器を持つ。話は、そこからです」

弥九郎は神道無念流の心得にも言及した。

「西洋砲術のボンベン弾は、一発で大勢の敵を殺せます。でも私たちが西洋砲術を身につけるのは、何も敵を殺すためではない。武とは戈を止めるものです。武力を持っていることで、初めて対等な立場を得て、話し合いで戦いを止めることができるのです」

「なるほど」

斉昭は何度もうなずいた。

「そなたの申すような理屈を、誰もが承知した上で、備えに向かわねばならぬな。ただ闇雲に大砲を撃つのではなく、やはり理を知ることが大前提だ。だからこその文武両道だな」

「仰せの通りでございます」

「理とともに大事なのは心だ。剣術の根底には精神がある。それを身につけて、それから砲術だ。そうでなければ、あまりに危うい。ただ引き金を引くだけで尊い命を奪う安直さに馴れてしまったら、人としても国としても終わりだろう」

弥九郎は、なるほどと思った。今までは具体的に意識はしなかったが、剣術の精神性を砲術にも活かすことこそが大事だった。

斉昭は初めて笑顔を見せた。

「今まで文武両道と口にしつつも、そなたのような考えはなかった。今日は、意義のある話ができて、よかった」

弥九郎は、かしこまって答えた。

「いいえ、私は正直なところ、今日、申し上げたようなことを、今まで順序立てて考えたことは、ございませんでした。ただ殿の御前で、お話させて頂いているうちに、考えがまとまってきたのです」

「たがいに得るものがあって、何よりだった」

斉昭は満足そうに席を立った。

城から下がる道すがら、豊田が言った。

「殿の御前で話をさせて頂くと、思わぬ方向にまで広がって、自分でも驚くことがあります。殿には下の者の意見を引き出す力が、備わっておいでなのです」

弥九郎は、なるほどと思った。

「まさに名君だな」


江戸に帰ってから、弥九郎は『新論』を読んでみた。それは斉昭の言った通り、もともとは中国にあった尊王攘夷という考えを、日本に当てはめたものだが、驚くべき内容だった。

西洋人が日本を侵略しようとするならば、日本人は、ひとつにまとまって対抗する必要がある。ただ、それは幕府のもとではなく、天皇のもとで結束すべきだというのだ。

かつては徳川家も大名家のひとつだったが、抜きんでた力を持った結果、天皇から征夷大将軍の宣下《せんげ》を受けて、幕府を開くに至った。だから将軍家と大名家は、もとは対等であり、それぞれの領地は、今も別の国という意識で成り立っている。

それだけに、今さら徳川将軍家が、直接、大名領を支配するとなれば、大きな抵抗が避けられない。ならば将軍家に代わる存在として、天皇を頂点として仰ぎ、日本全体で、ひとつの国という共通認識を持とうというのだ。

そうして外敵に対抗すべきだというのが『新論』が説く尊王攘夷だった。いわば地方分権の幕藩体制を解体して、天皇中心の中央集権国家に作り直そうという理論だ。

たしかに過激な内容だった。渡辺崋山の『西洋事情』の初稿も、高野長英の『戊戌夢物語』も、過激さにおいては、とうてい『新論』に及ばない。弥九郎は、これは水戸藩が『大日本史』を編纂してきたからこそ、持つことができた思想だと感じた。

長い間、天皇は神道の頂点であり、あくまでも宗教的な存在で、長い間、政治的な力は持っていない。特に徳川家康が禁中並公家諸法度を制定して以来、天皇と政治の関わりは、完全に分断された。

天皇は神秘的な存在で、都の禁裏の奥深くで、ひっそりと暮らしており、特に政治や軍備からは、もっとも遠い場所にいる。

だが、幕府や諸藩という垣根を取り払って、ひとつの国としてまとまるためには、唯一無二の存在になりうる。これは今までにない画期的な発想だった。

弥九郎は興奮冷めやらぬまま、小石川の水戸藩江戸屋敷に駆けつけ、藤田東湖を訪ねた。そして藩邸内の御長屋で、懐から『新論』を取り出して言った。

「読ませてもらった。これは、とてつもない説だ」

「斎藤さんに一冊、お下げ渡し頂きたいと、殿にお願いしたのは、私です。きっと理解して頂けると信じていました」

藤田は弥九郎の目を見つめて言った。

「ご存知でしょうが、今も清国は阿片戦争に苦戦しています。もしも敗戦が決まれば、イギリスに領土を侵されるのは明らかです」

さらにインドや東南アジア諸国の状況も語った。

「天竺は長い間、内乱が続いており、そこにイギリスやフランスが漁夫の利を狙って介入して、もはや天竺は目茶苦茶です。南のバタビアは、ずいぶん前からオランダの属国です」

長崎に来るオランダ船は、オランダの植民地であるバタビアから来航する。

「ほかにも西洋人が、わが物顔で居座っている東洋の国は、いくらでもあります。日本も、そうなる危険は高いのです。なのに、そこから目を逸らす者が、あまりに多い」

現状では幕府や諸藩が、それぞれ軍船や大砲を所持している。まして水戸藩のように海岸防備に熱心な藩もあれば、手つかずの藩もあり、足並みはばらばらだ。

それを改め、日本という国家の単位で、海軍や陸軍を持つべき時期が、もう来ているのだと、藤田は力説した。

「でも幕府には、それだけの力がない。だから天皇を中心にした日本という、新しい括りに改めるべきなんです」

そのうえでイギリスやフランスと対峙すれば、見下されて領土を侵される憂いは減り、友好関係を築くことができるという。

「わかった。尊王攘夷は天皇の名をかたって、異人を斬り殺せと言う意味ではなく、天皇を中心に結束して、異人に侵略されぬ日本を作るということだな」

藤田は目を輝かせた。

「斎藤さん、その通りです」

弥九郎は仏生寺弥助の言葉を思い出した。

「弥助は、日本中の侍たちが命を捨てるつもりで海岸を守れば、異人など上陸できないと信じている。鳥居耀蔵も似たようなことを言った。だが充分な武力を持っていれば、そんなことをする必要はないのだ。備えがあることを示すだけで、もう異人たちは上陸できなくなる」

まさに武が戈を止めることになる。藤田は『新論』を両手でつかんで言った。

「この書は、練兵館で、これぞと思う弟子が現れたら、どうか遠慮なく見せて頂きたいのです。写本を作ってもらってもかまいません」

弥九郎は承諾した。そして話が一段落ついた時、藤田の母親が茶を出してくれた。

「お話のお邪魔してもと思いまして、お茶が遅くなりましたが」

以前、藤田が母親について話していたことを弥九郎は思い出した。

「たしか水戸の町与力の家の出と、伺いましたが」

だからこそ藤田は、大坂奉行所の与力だった大塩平八郎の気持ちが、わかるという話だった。

すると母親は恥ずかしそうに言った。

「余計なことを、お耳に入れまして」

三十六歳の藤田の母親だけに、老いてはいるが、上品で優しげな雰囲気だった。そんな母を、藤田も慈《いつく》しむような目で見て言う。

「母は、お梅というんです。水戸は梅の木が多くて、水戸女らしい名前でしょう」

「そう言えば、弘道館の庭にも、梅の木が多かった。花の時期は、特に偕楽園《かいらくえん》の梅が見事だと聞いた」

「私は江戸詰が長くて、もう何年も、国元の梅の花を見ていません」

水戸藩主には参勤交代がなく、基本的に江戸在府の身だ。斉昭の側近である藤田も、滅多に水戸には帰れないという。

「いっそ女房や子供たちを呼び寄せようとしたことも、あったのですが、弘道館もできたことだし」

やはり水戸で教育を受けさせたいという。

「ただ女手がないと不自由なので、母に来てもらっているのです。こんな年になって、母子ふたり暮らしです」

藤田は照れくさそうに笑う。弥九郎も微笑んだ。

「まあ、いくつになっても、母上と気兼ねなく暮らすのは、悪くはなかろう」

「でも、なにせ古い建物で」

以前、訪ねた時でも、かなりくたびれた長屋だったが、また一段と古びていた。しかし、お梅が目の前で片手を振った。

「いいえ、雨露が防げるだけでも、ありがたいことです。贅沢を言ったら、罰《ばち》が当たります」

弥九郎は何の孝行もできないうちに、母を亡くした。それだけに少し羨ましい気がした。

「いい母上さまだ。孝行しろよ」

そう言い残して、水戸藩邸を後にした。


江戸に戻って、ホッとしたのも束の間、嫌な知らせが飛び込んできた。勘定奉行の田口喜行が失脚したという。

田口は、つい先頃まで長崎奉行をしていたが、江戸に戻って勘定奉行になったばかりだった。長崎にいた頃に、高島秋帆の西洋砲術を知り、自分の家臣を大勢、入門させた。徳丸原での披露に参加した百人のうち、三十人までもが田口の家臣だった。

まして高島に江戸で砲術披露させようと、幕府に働きかけたのは、ほかでもない田口だった。その労が認められて、いよいよ幕府の要職である勘定奉行の座についたのに、それが突然、職を追われたというのだ。

弥九郎が驚いて、江川の屋敷に駆けつけると、案の定、江川は眉をくもらせていた。

「田口どのの失脚は、鳥居の画策だ」

またしても鳥居耀蔵だった。長崎奉行当時、商人から賄賂を受け取り、私腹を肥やしたというのが失脚の理由だという。弥九郎は腹が立ってきた。

「長崎奉行の実入りがいいのは、周知のことだろう」

長崎奉行は長崎貿易に便宜を図ることで、商人たちから謝礼を受け取る。そのために旗本なら誰でもなりたがる役目だ。けっして褒められたことではないが、もはや習慣的なもので、今さら失脚の理由にされるなど、考えられない。

江川は硬い表情で言う。

「そこが鳥居の鳥居たる所以《ゆえん》だ。なんとしても西洋のものを排除しようとする」

弥九郎は、ふと気づいた。

「高島秋帆どのの銃砲借用の件は、どうなっている?」

江川は深い溜息をついた。

「とっくに勘定所に借用願いを出しているが、まだ許可は下りない。この調子では、すんなり引き渡されそうにない」

「こじれるようなら、私が動こう」

弥九郎としては、やはり江川の手助けが、自分に与えられた何よりの使命に思えた。

そうしているうちに、さらに衝撃的な知らせが、もたらされた。渡辺崋山の死だった。国元で、みずから腹を切って死んだという。

弥九郎は慟哭した。

「なぜだッ」

蛮社の獄により、国元の田原で謹慎処分となって、まもなく二年が経とうとしていた。ほとぼりも冷めつつあり、そろそろ江川が老中に、免罪を働きかけようと考えていた矢先だった。

「なぜ、みずから死ななければ、ならなかったのだ」

弥九郎は田原藩の江戸屋敷に駆けつけ、顔見知りの藩士に聞きまわった。その結果、おぼろげながら事情がわかった。

渡辺は田原藩江戸藩邸での生まれ育ちだったが、幼い頃は父親が病気がちで、暮らし向きは厳しかった。

ただ画才に恵まれていたため、少年の頃から、内職として灯籠に絵などを描いていた。本格的に絵を習いたくても、謝礼が払えずに破門されたり、苦労を重ねた。

それでも高名な絵師に才能を見出され、入門を許されたのだ。その後、西洋絵画の影響も受けて、江戸の文人画家として愛され、蛮社の獄の前には、かなりな高値で作品が売れるようになっていた。

渡辺が国元で謹慎に入り、それが長くなると、江戸に残った絵の弟子たちが、師の暮らしぶりを案じるようになった。そしてひとりが三河の田原まで出向いて、江戸で絵の販売会を開こうと持ちかけた。

渡辺の手元には、謹慎中の手すさびとして描きためた絵があり、これを快く弟子に預けた。経済的な苦労を強いている家族にも、申し訳ないという思いがあったらしい。

江戸では、渡辺の絵が久しぶりに売り出されるというので、同好の者たちの間で評判になった。そして販売会の当日は、同情心も加わって、今までにない高値で、どの絵も引き取られた。

この売り上げは、そのまま田原の渡辺家に、もたらされた。渡辺は積もった借金を返済し、久しぶりに家族にも笑顔が戻った。

しかし、これを妬む者がおり、根も葉もない噂を流した。謹慎の身でありながら絵を売るなど、幕府が問題視しており、藩が叱責を受けるというのだ。

渡辺は、これを耳にし、これ以上、藩に迷惑がかからないようにと、みずから腹を切ったという。

弥九郎は愕然としながらも、その話を江川に伝えた。すると大きな目から涙をこぼした。

「何もして差し上げられなかった。渡辺さんに罪を押しつけて、私は何もできなかった」

蛮社の獄の時に、渡辺は江川には無関係だと言い張って、ひとりで罪をかぶった。これから、なんとしても海防を実現して欲しいという、渡辺の意志は承知している。

しかし江川のみならず、弥九郎自身にも後ろめたさは残った。挙げ句に自害とは、あまりに痛ましい結末だった。

弥九郎は江川に言った。

「渡辺さんは豪放磊落に見えて、細やかな気配りができる人だった。それだけに神経の細いところも、あったのかもしれん」

謹慎は想像以上につらいものだと聞く。人と会うことを制限され、世捨て人のように暮らすのだ。まして海防が深刻化する時代に、何の情報も届かず、ただ焦るばかりで、日々を過ごすことになる。

謹慎中に病を得て、亡くなる者は少なくない。生きていく気力が失われてしまうのだ。渡辺は鋭敏な人柄だっただけに、気鬱に陥ることもあったのかもしれなかった。

そんな時に、絵だけが心の慰めだったのだろう。外に出ることが許されない座敷で、庭の四季折々の変化を慈しみ、それを白い紙に写し取っていたのだ。

そうして一枚、また一枚と描きためた絵が、思いがけなく金になることがわかった。自分が描いた絵が、人に喜んでもらえるのは、久しぶりの大きな喜びだったに違いない。

しかし、それが一転、責め立てられることになった。喜びが大きかっただけに、谷底に突き落とされる思いがしたのだろう。藩への迷惑を気に病んだのはもとより、その衝撃ゆえに、生き続けることができなかったのだ。

あれほどの見識のある人物は、もう現れない。それだけに惜しまれて、悔やまれてならなかった。

「渡辺さん、なぜ、生き続けてくれなかったんですか」

弥九郎も自分の膝を握りしめて落涙した。


渡辺崋山が国元で腹を切ったのは、天保十二（一八四一）年の十月のことだった。

一方、高島秋帆のものだった銃砲の借り受けは、なかなか進まず、その後、何度も催促した挙げ句、なんとか年末には許可が下りた。

銃砲は幕府が買い上げた後、鉄砲組に下げ渡されていた。大砲は、昔から大筒を担当する井上《いの》左太夫《うえさだゆう》のもとに、銃は田付四郎兵衛《たつきしろべえ》のところにあるという。

どちらも戦国時代に鉄砲や大筒を使って戦い、徳川家康に召し抱えられた旗本だ。それぞれ数百石取りで、配下に百人程度の与力と同心を従えている。

井上左太夫の屋敷は赤坂だった。さっそく引き渡しを求めに出かけてみると、対応に出てきた家臣が、いかにも横柄に言う。

「殿は、お留守だ。だいいち、そのような大砲など、こちらにはない」

弥九郎は腹が立ったものの、何とかこらえた。

「来ていないはずはない。間違いなく、届いているはずだ」

しかし家臣は白を切るばかりだ。

「来ておらぬものは、来ておらぬ」

弥九郎は、らちが明かないと判断し、相手を睨《ね》めまわしてから、口調を変えた。

「実は俺はな、三番町で練兵館という道場を開いているんだ。弟子たちも大勢いてな。その中のひとりが、ここの門に大砲が入っていくのを、見たと申すのだ」

さらに大股で一歩前に出て凄んだ。

「あんたは何か？　うちの弟子が、嘘をついたとでも？」

そんな者はいない。だが剣の使い手だと名乗ることで威圧したのだ。案の定、相手は震え上がった。

「そ、そうか。それは妙だな。本当に、ここには、ないのだ。嘘は言わぬ」

弥九郎は刀の柄に手を載せて聞いた。

「ならば、どこにある？」

相手は、いよいよ慌てた。

「こ、ここにはないが、もしかしたら、お稽古場の方に、届いたのかもしれぬ。ああ、きっとそうだ。お稽古場だ」

「稽古場とは、どこだ？」

「品川だ。御殿山の山裾だ」

「まことだな」

「まことだ。間違いない。そっちにある」

「もし、そっちになかったら、また来るからな。覚悟しておけよ」

さらに脅しつけて、北風の中、すぐに品川に向かった。

品川付近の東海道は、海沿いに北から南へと延びており、宿場も南北に長い。そのすぐ西側に、こんもりとした小山がある。それが御殿山だ。

宿場で聞くと、大筒の稽古場の場所は、すぐにわかった。だが名ばかりの稽古場で、宿場では大筒が発射される音など、聞いたことがないという。

とにかく行ってみたところ、広大な敷地が竹矢来で囲まれ、冬枯れの時期ながらも、中の草地は、きれいに刈り込まれていた。

建物は門脇の番小屋と、倉が数棟あるだけだった。特に屋敷はなく、同心が三人と、草刈りの下働きしかいなかった。草刈りだけが、彼らの仕事らしい。

弥九郎は今度は最初から、同心たちを脅しにかかった。

「何が何でも、大砲を引き渡してもらう」

すると同心たちは震え上がり、半泣きで答えた。

「でも、殿さまから伺ってもいないのに、勝手に、お渡しするわけには」

それも道理だった。とりあえず倉を開けさせて、モルチール砲があることだけは確認した。倉の奥に押し込まれていたが、台車や砲弾といった付属品がなかった。

「台車は？」

弥九郎の問いに、同心たちは首を傾げる。彼らは預かっているだけで、実際に使う気配は皆無だ。付属品の有無もわかっていない。

その日は引き上げ、翌早朝、ふたたび赤坂の屋敷に出向くと、もう井上左太夫は出かけたという。

「ならば、帰られるまで待たせてもらう」

しかし夕方になっても、井上は帰ってこない。居留守を使っているのは明らかだった。弥九郎は居丈高に家臣たちに聞いた。

「いつなら、会える？」

「あ、明日か、明後日か。い、いや、もしやしたら」

「明日だなッ」

「あ、明日です」

翌日は日の出前から、練兵館の屈強の弟子たちを同行した。特に仏生寺弥助など強面の弟子を選んで、連れて行った。

「今日という今日は、会えるまで帰らんぞ。夜になっても門前に居座るからな。野宿など、俺たちは、いっこうにかまわん」

弟子たちに裏門も見張らせ、井上が出入りできないようにした。すると、さすがに座敷に案内され、井上が出てきた。

でっぷりと太って動きも緩慢であり、とうてい武術家には見えない。それでも弥九郎の脅しには、さすがに乗らなかった。

「あの大砲は、わが家中で拝領したものだ。手放すわけにはいかぬ」

勘定所から話は通っているはずなのに、そんなものは知らないと突っぱねる。あまりの頑固さに打つ手がなく、さすがに、その日も引き下がらざるを得なかった。

そして江川から、改めて勘定所に話をつけてもらうことにした。その間に、弥九郎は、もうひとりの鉄砲方、田付四郎兵衛を訪ねた。大砲は井上だが、火打ち銃は田付のところにあると聞いていた。

屋敷は駒込で、加賀藩の抱屋敷の前だった。弥九郎が江戸に出てきたばかりの頃、加賀藩を頼って、仕事を探しに来たこともある界隈《かいわい》だ。

こちらも難関だろうと覚悟していたが、意外なことに好意的だった。田付四郎兵衛本人は幼少で、その代わり、同姓で後見人の伯父が、対応に出てきて言った。

「話は聞いている。お渡ししよう。ただし一、二丁は、今しばらく、こちらに残してもらえぬか。同じものを、今、家中で試作しているのだ」

戦国時代、田付流の砲術は、オランダ渡りの銃を用いていたという。もはや西洋では、火打ち銃の時代に入っていることも承知しており、以前から輸入を老中に願い出ていたが、許可されなかったという。

「高島どのの西洋砲術は、なかなかたいしたものだ。ぜひ火打ち銃は、わが流派にも取り入れたいと思っている」

銃を一、二丁残す件は、改めて勘定所に話を通した。

それから井上のもとには、まだなお数回、弥九郎が足を運んだ。あちこちに聞き合わせた結果、台車などの付属品は、江戸城内の鉄砲倉にあることがわかった。

そうこうしているうちに年が天保十三（一八四二）年に改まり、五月になって、ようやく引き渡しと決着がついた。

だが、その後も、箱根の関を通るための書面に難癖をつけられたり、嫌がらせは山ほどあった。頑強な西洋嫌いの壁の前には、ただただ忍耐であり、実際の輸送は延び延びになって、とうとう十月になってしまった。

江川は先に韮山に帰り、弥九郎が銃砲を運ぶことになった。引き渡し当日は、また仏生寺弥助以下、屈強の弟子たちを引き連れて出かけた。荷運びの男たちが、空の荷車を引いて後に続く。

まず駒込の田付家まで赴いて、火打ち銃三十丁を荷車に載せた。それから城内の鉄砲倉で台車を受け取り、その足で品川の井上の稽古場に出向き、モルチール砲を台車に載せて、そのまま品川の宿場に一泊した。

翌日からは幟旗を立てて、東海道を西に向かった。井桁に十六花弁の菊という、江川家の紋所の旗だ。

箱根の急坂も、重い荷車を押して登った。関所では、あれほど出発前に書面に難癖をつけられたのが嘘のように、滞りなく通れた。

関所を抜けると、重厚な門の向こうに、見慣れた姿があった。江川が家臣たちを従えて、待ちかまえていたのだ。

江川が満面の笑みで叫ぶ。

「おおい、待っていたぞおッ」

一行は笑顔で出会い、肩をたたき合った。そこから軽い足取りで三島まで下り、さらに韮山へと荷車と台車を引いていった。

そして、ようやく代官屋敷の屋敷門をくぐったところで、弥九郎は大役を果たしたことに、心から安堵した。

江川は、いかにも嬉しそうに、モルチール砲の青銅の肌をさすった。

「これで心おきなく、西洋砲術の稽古ができるぞ」

韮山は伊豆半島の付け根、狩野川沿いの平地の果てに位置する。東、南、西は、ぐるりと伊豆の山並みが取り囲み、北に向かって開ける地形だ。

見渡す限り、稲刈りがすんだ田園が広がり、その遙か先には、富士がそびえる。そして森を背負うようにして、銅板葺き屋根の屋敷があった。それが代々続く江川太郎左衛門の代官屋敷だ。

屋敷には大勢の若者たちがいて、弥九郎にきびきびと挨拶する。江川が説明した。

「伊豆の農家から集めた次男や三男で、農兵と呼んでいる」

江川家の家禄は数百俵に過ぎず、家臣の数が少ない。大規模な調練には、とても間に合わない。そのために農家から志願者を募ったのだという。

　農家では田畑は、いずれ長男のものになり、次男三男は一生、妻帯もできず、実家の厄介者扱いで、生きていかねばならない。

　それが農兵になれば、手当はわずかでも、武士になれる機会であり、大勢が応じたのだ。

　弥九郎は翌朝から、素振りをさせてみた。全員、声を揃えて「えいッ」と裂帛の気合いとともに、木刀を振り下ろし、それを繰り返す。

　だが、まだ腰が定まっていない。弥九郎は木刀の持ち方から教えた。若者たちの間を歩いて、ひとりずつ姿勢を直して歩く。

　彼らは嬉々として木刀を握っていた。侍の象徴である剣術を習えることが、嬉しくてならないのだ。

　素振りが終わると、江川に頼まれた。

「農兵たちに、武は戈を止めるという話を、聞かせてやって欲しい」

　弥九郎は承諾し、屋敷の広間に若者たちを正座させ、よく通る声で話した。

「私は、そなたたちと同じく、百姓の出だ」

　だれもが驚いた顔をしている。

「でも侍になりたくて、侍になった。そなたたちにも夢ではない」

　そして十五歳で、富山から江戸に向かった時の話をした。途中の山中で、有り金を巻き上げられ、泣いたことも話した。

「その時の惨めさを繰り返さないために、私は剣術を始めた。つまり人としての誇りを守るために、剣術を身につけたのだ」

　弥九郎はかたわらに置いた大刀をつかんだ。そして腰を浮かし、片足を前に踏み出して、右手で鞘から抜いた。農兵たちがたじろぐ中、あえて自慢げに言った。

「見よ。美しいであろう」

抜き身は銀色に輝いている。農兵たちは、しきりにうなずく。弥九郎は、ゆっくりと鞘に戻し、さらに鞘ごと、農兵たちに見せた。

「これは名刀というわけではないし、拵《こしら》えも特に凝ってはいない。それでも刀は美しく作られている。何故だか、わかるか」

一同は首を傾げている。弥九郎は頬を緩めた。

「刀が見せる武器だからだ。腰に差して、あえて見せることに意義がある。西洋にはピストールといって、懐に隠し持つ小型の銃がある。不意打ちを食らわすのだろう。だが、われらの武器は、あえて見せつける。それは持っていることを示すことで、一目、置かれるからだ。つまり持っているだけで、ある程度は攻撃を避けられるのだ」

それが戈を止める武であると説明した。

「刀は抜かずして攻撃をかわすのが、もっともよい。大砲も銃も、自在に使える力を持ちながらも、火を吹かぬのが、もっともよいのだ」

武器を持てば使いたくなるのが人情だが、それは武器本来の目的から外れる。

「このことを承知した上で、農兵を務めてもらいたい。世の中のことを知るために、おおいに書物も読んでもらいたい。わかったか」

そう話を締めくくると、全員が深くうなずいた。江川は満足そうに言う。

「いい話を聞かせてもらった。さすがに水戸さまにも、お目通りを許されただけのことはある。わが家臣にしておくには、もったいないほどだ」

翌日は江戸から持って来た銃を、農兵たちに配り、調練を開始した。行進から始めて、太鼓や笛の音で、いっせいに行動するように、命令を徹底させた。

江川は若い農兵たちの姿に目を細めた。

「奴らが銃の扱いに馴れたら、猪狩りでもしようかと思っている。実戦さながらの稽古にしたいのだ」

すると弥助が名乗りを上げた。

「ぜひ俺にやらせて欲しい。猟なら、若い頃から馴れている」

かつて山で猟に携わった経験があり、そのために銃の命中率が高く、農兵たちから憧れの目で見られて、気分をよくしていた。

稽古を繰り返すうちに、農兵たちが景気のいい唄を口ずさみ始めた。

「富士の白雪ゃ、のーえ、富士の白雪ゃ、のーえ、それ、富士のさいさい。白雪ゃ、朝日で溶ける」

のーえとは農兵のことだ。富士山の冠雪は、夏になれば溶ける。もしかしたら農兵など、溶けて流れてしまうほど、はかないものかもしれないと、自嘲気味に唄うのだ。

弥九郎は農兵を見ていて、長男の新太郎も、ここで修業させようと決めた。

「息子を、こちらに送るゆえ、西洋砲術を仕込んでもらいたい」

新太郎は十五歳になっている。江川は即座に引き受けた。

「わかった。誰か江戸屋敷から、こちらに戻る際に、連れてこさせてくれ」

そして弥九郎は江戸への帰り際に『新論』の写しを手渡した。

「読んでみて欲しい。今までにない説だ」

幕府代官という立場を考えると、不適切な書かもしれなかったが、江川なら理解すると確信していた。江川は何か感じ取ったらしく、神妙な顔で受け取った。

「わかった。心して読ませてもらう」

猪狩りをすると言い張る弥助は、韮山に残していくことにした。書物を読もうとしない弥助に、江川が何か影響を与えてくれそうな気がしたのだ。

だが出発直前に、またもや驚くべき知らせが、長崎から届いた。高島秋帆が捕まったというのだ。渡辺崋山の自刃に、勝るとも劣らない衝撃だった。

幕府から謀反の疑いをかけられ、長崎奉行所が捕縛したという。だが高島に謀反など、微塵にも考えられない。

江川は吐き捨てるように言う。

「どうやら今度も、鳥居の差し金だ」

高島秋帆が鳥居に罪を着せられ、そのせいで西洋砲術が後退するなど、あってはならないことだった。

弥九郎は急いで江戸に戻り、すぐさま捕縛の理由を探った。その結果、おおまかな事情が明らかになった。

鳥居は去年、長崎奉行だった田口喜行を失脚させたのに続いて、江戸の南町奉行も同様に追い込み、代わりに自身が南町奉行の座についた。それから、さらに長崎にまで手を伸ばして、とうとう高島秋帆を陥《おとし》れたのだ。

長崎は坂の多い町で、高島家は特に急坂の途中に屋敷を持っており、そのために見上げるような石垣の擁壁《ようへい》がそびえているという。それが城砦のようで、町人の分際でけしからぬと難癖をつけられたのだ。

また邸内の倉には、相当数の銃砲が収められていた。砲術家である限り、当然なのだが、それも籠城準備と見なされたという。

くわえて密貿易の疑いもかけられた。長崎の町年寄は、脇荷という特権が認められている。個人的に欲しいものがあれば、一般の貿易品とは別に、オランダ船や中国船に発注ができるのだ。それによって高島は、オランダ製の銃砲を手に入れたのだが、その特権を密貿易呼ばわりされたのだった。

ほどなくして高島秋帆は、息子や奉公人たちとともに、長崎から江戸まで連行されてきた。そのまま小伝馬町の牢屋敷に収監されると聞いて、弥九郎は、ひと言でも励ましたいと、小伝馬町に駆けつけた。

だが、とうてい声などかけられなかった。西洋砲術の披露によって、江戸中に名の知れ渡った秋帆だけに、とてつもない見物人が押しかけて、近づくことさえできない。

たとえ近づけたとしても、声をかけられる雰囲気ではなかった。一行は全員、手首を繋がれ、月代《さかやき》も無精髭も伸びて、完全に罪人扱いで護送されてきたのだ。

徳丸原での調練の指導者と、同じ人物とは思えないほど、尾羽打ち枯らしていた。高島本人の感情としても、弥九郎のような弟子に、そんな姿を見られたくはないはずだった。

弥九郎は悔しさで唇を噛んだ。秋帆は親の代から長い年月をかけて、西洋砲術の研究を重ね、ようやく日の目を見たのだ。西洋砲術は、これからの日本に必ず必要なものなのに、あたら罪を着せてしまって、どうするのか。

すぐさま弥九郎も江川も、釈放のために奔走した。だが鳥居みずから町奉行として高島の尋問に当たっており、幕府内は、その顔色を伺う者ばかりで、誰も耳を貸そうとしない。悔しさと焦りは、高まるばかりだった。

第八章　小五郎入門

弘化四（一八四七）年春、二十歳になった長男、新太郎に、弥九郎は旅を勧めた。すでに十五歳の時に、韮山で西洋砲術の修業をさせたが、今度は本格的な剣術修業の諸国行脚だった。

新太郎は江戸生まれの江戸育ちだけに、諸国の百姓たちが、どんなふうに暮らしているのかを知らないし、藩ごとに、どんな違いがあるのかも知らない。親としては、ひとりで長い旅を経験し、未知のことを見聞きして、成長して欲しかった。

旅は二年になるか三年になるか、あるいは五年も六年も帰らないかもしれない。もしかしたら途中で事故にでも遭って、この旅立ちが今生の別れにならないとも限らない。

出発の日が迫るにつれ、小岩が、あれこれと準備を始めた。特に病気が心配らしく、富山の置き薬の箱の中から、次々と薬を取り出す。粉薬は一回分ずつ、丸薬は十粒ずつ、小さく切った油紙で包み、米を煮詰めて作った糊で、端を少し止める。

それから細筆を持ち、端正な文字で「はらいた」「ねつ」などと書き入れた。出来上がった小さな包みを、新太郎に見せて、くどくどと言う。

「これは、お腹が痛くなった時。こっちが熱。寒気がすると思ったら、早めに飲みなさい。それから生水は飲んではいけませんよ。土地が変わると、お水に当たりますからね。かならず湯冷ましになさい」

夜は遅くまで、一心に針仕事をする。背中を丸めて、新太郎の手甲や脚絆まで縫っていた。

弥九郎が廊下に立っているのも気づかない。

薄暗い行灯の元での細かい仕事は、目に悪い。だが昼間は、弟子たちの食事の世話を始め、金銭の受け取りや支払いなどで、一日中、高麗鼠《こまねずみ》のように働いており、どうしても針仕事は夜になってしまうのだ。

思い返せば、初めて小岩を女として意識したのも、行灯の明かりの中だった。岡田十松の初七日、十人がかりの後、弥九郎が自分の傷の手当てをしていた時だ。

あの時は弥九郎二十三、小岩は十八歳だったのが、今は、たがいに白髪が目立つようになった。

ふと幼い頃の母の姿を思い出した。そういえば弥九郎が十三歳で、高岡の油商に奉公に出る前に、あれこれと薬を用意して持たせてくれたものだ。

当時は、母のお節介が少しわずらわしかったが、今になってわかる。どれほど息子の身が心配だったのかが。

小岩が洟をすする音がした。風邪でも引いたかと思ったが、もういちど同じ音がした。気がつけば丸めた背中が、小刻みに震えている。泣いているらしい。

黙って立ち去ろうかと思いつつ、やはり声をかけた。

「何も心配はない。新太郎も、もう大人だ」

小岩は驚いた顔で振り返った。案の定、目の縁が赤い。弥九郎は言葉を続けた。

「あいつだって剣の腕は確かだ。自分の身を守るくらいは充分にできる。何も案ずることはない」

すると小岩は急いで針刺に針を戻し、潤んだ声で言った。

「みっともないところを、お見せしてしまって」

小袖の袂で目元を拭う。

「でも、新太郎の身を案じているわけでは、ないのです」

袂を目から離して、また洟をすすった。

「案じているわけではなく、少し寂しくなっただけなのです。こうして世話を焼いてやれるのも、あと、わずかかと思うと」

「帰ってきたら、また世話を焼かせるさ」

「いいえ」

首を横に振った。

「元気に帰ってきたら、今度は、お嫁さんを貰います。そうしたら、もう、あの子は」

言葉尻を潤ませ、袂を顔に押しつけた。

「あの子は小さい頃、体が弱くて、熱ばかり出して、一晩中、枕元で看病したことも、何度もあったけれど」

くぐもった声で、途切れ途切れに言う。

「でも、こうして、ひとりで旅に出られるほど、立派になったのですから、母親が泣くことなど、何もないはずなのに」

弥九郎は息子の体が弱かったことなど、すっかり忘れていた。

そう言われれば、昔は弟子たちの稽古に疲れ果てて、練兵館から別建ての住まいに戻ってくると、幼い新太郎が額に濡れ手拭いを載せて、床についていることがあった。

あの頃は道場をやっていくのに精一杯で、家族に気を配る余裕などなかった。だから、また熱を出したかと思うだけだった。だが小岩は一晩中、寝ずに看病していたのだ。

それほどまでに世話をした息子が、自分の手から離れて行ってしまうのが、母親としては寂しいらしい。弥九郎は慰めを口にした。

「まだ歓之助がいる。まだまだ手はかかるさ」

「でも、いつかは歓之助だって、親離れしましょう」

「その時は、俺が爺になって、世話をかける」

するとお岩は泣き笑いの顔になった。

「息子の後は、あなたですか」

「そうだ。よろしく頼む」

夫婦で笑って、ようやく涙は止んだ。

弥九郎は、ふと故郷の父を思い出した。母のお磯は、練兵館を開いた年に亡くなったが、父は今も脇ノ谷内の集落で健在だ。自分が家を飛び出した時、父は四十を少し越えたところだったが、今はもう七十代半ばになっているはずだった。

あの頃、なぜ父が、あれほど不機嫌だったのかが、今になってわかる。餓死者が出るか、一揆が起きるかという凶作で、家族を守るために無我夢中だったのだ。

当時の弥九郎は、そんなことには気がまわらず、正月早々、腹を立てて、家を飛び出した。ただただ自分の望みを、押し通すために。

跡取り息子に出て行かれて、父は、どれほど失望しただろうか。母は、どれほど哀しく、寂しく、心配だったことか。そして息子の身を案じるあまり、なけなしの二朱銀を二枚、弥助に届けさせたのだ。

息子を旅に出すことになって、昔の両親の気持ちを改めて思い知る。子が大事でない親などいない。そう思うと、目頭が熱くなった。

「俺も年だな。涙もろくなった」

照れ笑いで言うと、小岩の目からも、ふたたび涙があふれた。

そして出発の朝、弥九郎は息子に言った。

「越中を通ることがあったら、仏生寺村を訪ねてみよ。そなたの祖父が、いまだ健在のはずだ」

そして初めて父の名を、新太郎に教えた。

「斎藤新助というのが、そなたの祖父の名だ。脇ノ谷内という集落で聞けば、すぐに家はわかる」

新太郎は感慨深げに言った。

「私と歓之助の名前は、お祖父さまの名前から、一文字ずつ頂いたのですね」

「その通りだ」

新助の新を新太郎に、助を歓之助につけたのだった。ただ父との確執が、長く心に滞っており、名前の由来は、今まで子供たちには話さなかった。

「きっと行きます。行って、お祖父さまに父上と母上のことを、よくよく伝えてきます」

そう言って新太郎は家を後にした。

弥九郎五十歳、小岩は四十五歳で見送った。門人たちも総出で見送り、新太郎は元気に手を振って、意気揚々と去っていく。

遠ざかる息子の背中を見つめながら、小岩が小声で言う。

「親の寂しさなど、思いもよらないのでしょうね」

弥九郎も小声で答えた。

「まあ、それでよいのだ。若い頃は、前だけ見て進んでいけば」

翌弘化五(一八四八)年二月末に、元号が嘉永と改められた。これまでの元号は、火災や地震といった大きな災害の後に改められ、厄払いの意味が多かった。だが今度は、天皇の代替わりによる改元だった。

先の仁孝天皇が崩御し、十六歳の新天皇の時代が始まったのだ。この若き天皇のもとで、尊王攘夷が実現するかもしれないと、弥九郎は心中、少なからず期待を抱いた。

元号が変ってほどなく、江川が数冊の蘭書を、弥九郎に見せた。

一冊は築城の解説書だった。特に海上の台場の図面が、弥九郎の目を引いた。真上から見た図が何種類も描かれており、どれも六角や多角の星形だ。

江川が尖った角を指さした。

「この尖端に、それぞれ大砲を据えるのだ。角が尖っているから、攻撃できる角度が広くなる。それに隣の角と連携して、効率よく敵を攻撃できるのだ」

海岸の浅瀬を埋め立てて、海上の台場を造ってもいいし、陸上の城郭も星形にして、周囲に堀を築けば守りやすいという。

江川は別の本を開いた。今度は奇妙な図が載っていた。

「これは反射炉といって、新型炉の断面図だ。この中で火を焚いて、高温で鉄を溶かす。そして大型の鉄製大砲を鋳立てる」

弥九郎は本を手に取って聞いた。

「一種の鋳物か」

「そうだ」

鋳物と言えば、高岡の商家で奉公していた頃を思い出す。西洋砲術のモルチール砲を初めて見た時にも、高岡の鋳物師たちなら、従来のこしき炉を用いて、造れそうな気がした。

だが反射炉は、こしき炉とは、まったく様子が違った。もっと、ずっと大がかりで、複雑な構造だ。

弥九郎は図面を見ながら聞いた。

「なぜ反射炉という?」

「ここを見てくれ」

江川は炉の断面の中ほどを指さした。

「ここが炭を焚く場所だが、上が丸天井になっている。その脇に、鉄を入れる場所がある。丸天井に熱が当たり、それが反射して、鉄に当たって溶けるのだ」

こしき炉では鉄と炭を混ぜて溶かす。そのために炭の成分が鉄に取り入れられて、固くて、もろい鉄ができてしまうという。

「鉄の鍋釜なら、それでもいいが、大砲は刀のように、しなやかで強い鉄でなければ、発射の爆発に耐えられない」

だから鉄と炭が触れ合わない反射炉が、大砲づくりには必要になるという。

「炉全体の大きさは、どれくらいだ?」

「煙を出す塔があるので、高さは八間から九間くらいだ」

火の見櫓や時の鐘の櫓と、同じくらいの高さになる。二階家の窓からでも、見上げるほどになり、こしき炉とは比べものにならない大きさだった。

「石造りか」

「いいや。煉瓦というものだ。清国でも建物を造るのに使われている。その中でも、長い時間、火にさらされても溶けぬ煉瓦を、積んで造るらしい」

江川は力強く言う。

「これを伊豆で造りたい。西洋の軍船や台場には、今やモルチール砲のような小さな青銅砲ではなく、鉄の大型砲が据えられているそうだ。相手が持っているのなら、われらも持たねばならぬ」

「火に強い煉瓦というのは、どうする？」

「それも国元で焼く。白い粘土を使うそうだ」

「白い粘土？」

「焼き物を焼く窯があるだろう。あれが白い粘土でできている。伊豆の山中でも採れる粘土だ」

耐火煉瓦自体も、その窯で焼くという。

「本気か」

「ああ、本気だ」

弥九郎は江川の決意に舌を巻いた。煉瓦というものさえ見たこともないのに、そんな巨大な炉を造るなど、とてつもない話だった。

「ただな」

江川が眉をしかめた。

「金がない。蘭書の和訳はできるし、火に強い煉瓦も、焼けぬことはないだろう。だが、これだけの大きさの炉だ。とほうもない数の煉瓦になるし、炭も鉄も天井知らずに必要になる」

「御公儀に願い出ればよかろう。鳥居耀蔵も、お払い箱になったことだし」

あれから鳥居は老中との確執が原因で、とうとう失脚に至った。人を陥れるために掘った穴に、自分が落ちた形だった。今は江戸から追われ、四国の丸亀藩に罪人として預けられている。

江川は渋い顔で答えた。

「ご老中には、もう内々に打診しているのだが、鳥居がいなくなっても、まだ西洋嫌いの風潮は根強いのだ」

ましてで天保の改革以来、できるだけ出て行く金を抑えようというのが、幕府の基本方針だ。そんな中で、西洋の炉を真似て造るなど、とうてい費用は出せないという。

江川は蘭書を見つめて言う。

「だが、どうしても必要なのだ。海岸に台場を造り、反射炉で造った鉄製大砲を据えつけ、さらに蒸気じかけの軍船を持ってこそ、異国から軽んじられずにすむ。いったん見くびられたら、国を侵される」

結局、阿片戦争は清国側の完敗に終わり、香港が実質的にイギリスのものになった。それに対する危機意識は、幕府の中にもあるはずなのに、具体的な海防策は進まなかった。

鳥居との確執を抱えつつ、あれほど頑張った江戸湾の海防調査の結果も、たいして顧みられなかった。砲台場も旧式なままだし、軍船の必要性など一顧だにされなかった。

しかし江川がやりたいと言うのであれば、弥九郎は徹頭徹尾、手足になるだけだった。

「わかった。俺にできることがあれば、また何でも言ってくれ。手助けは惜しまない」


修業の旅に出た新太郎からは、ときおり手紙が届く。奥州路から日本海側に出て、越後から越中に至って、また一通、届いた。

それによると、やはり脇ノ谷内を訪れたという。小さな村だったが、初めて会う親類たちが、大歓迎してくれたという。

斎藤家は、弥九郎が出て行ってから生まれた弟、三九郎が継いでいた。新太郎の祖父に当たる新助は、もう七十八で、髷は小さく真っ白だったが、矍鑠《かくしゃく》としていたという。

弥九郎は練兵館を始める際に、いちどだけ父に手紙を書き送ったことがあった。その古い手紙を、新助は、まだ持っているという。

新太郎は墓参りにも、連れて行ってもらったという。菩提寺には、織田信長に敗れて帰農したという遠い先祖から始まって、代々の墓が並び、新太郎は、それぞれに手を合わせた。

また寺では人別帳を見せてもらった。そこには天保元年に、弥九郎が小岩と一緒になったことが記されていた。新太郎が三歳になった年だ。新助は人づてに息子の結婚を知り、菩提寺に届け出ていたのだ。

新助は新太郎を愛しげに見たという。

「おまえは由緒正しき武将の末裔だ。おまえの父親が家を飛び出していった時には、わしも腹を立てたものだが、こんなに立派な孫の顔を見せてもらったのだから、もう何も言うことはない」

新太郎は少し戸惑って答えた。

「でも、せっかくのお墓があるのに、私には墓守もできなくて、それが申し訳なくて」

「よい。おまえも弥九郎も、この村には収まりきらない男に育った。ただし、どこにいても、ここに先祖の墓があることは、覚えておいてくれ。わしも近いうちに、ここに眠る」

新太郎は祖父と父の葛藤が、過去のものになったと実感したという。

弥九郎は手紙を妻に手渡した。小岩は、すぐに目を通し、感慨深げに言った。

「義父上さまは、私たちのことを、ずいぶん前から認めてくださっていたのですね」

弥九郎は長男だけに、菩提寺の人別帳に届けない限り、小岩は内妻という立場だった。それでもいいつもりで一緒になったものの、ずっと前から正式な夫婦になっていたのは思いがけないことだった。

小岩は、しきりに目元を拭う。

弥九郎は家を飛び出して以来、初めて望郷の念を抱いた。まぶたを閉じると、故郷の山並みや、集落の雪景色が、ありありと浮かぶ。

若い頃は、村に埋もれるのが嫌で、ただただ町に出て出世したい一心だった。それが、これほど懐かしく振り返ることがあろうとは、自分でも驚くほどだった。

できることなら生まれ育った家に、一度でいいから帰ってみたい。妹たちにも会いたいし、何より、老いた父が斎藤家の古い墓所に眠る前に、会って詫びが言いたかった。

だが金銭的な余裕がない。新太郎の路銀は、すべて蓄えで賄えたわけではない。借金もしており、今は返済で手一杯で、自分が旅に出るなど、とうてい無理だった。

父への申し訳なさで、思わず涙がこみ上げる。様子を察した小岩が言った。

「義父上さまは、新太郎の顔をごらんになって、もう何も言うことはないと仰せなのですから、あなたの気持ちは充分に、おわかりですよ」

くぐもった声で聞いた。

「そうだろうか」

「たとえ離れていても、親子ではありませんか」

「そうだな。親子だ」

親子だからこそ、小岩の入籍のことも、きちんと取り計らってくれていたのだ。

弥九郎は、しきりに目を瞬《しばた》いて涙を乾かした。


嘉永二（一八四九）年の初夏になると、江川が韮山から江戸に出て来た。そして弥九郎に異国船騒ぎの話をした。

「この間、下田の港に、一隻の異国船が入って来て、そのまま居座った」

下田は伊豆半島の南端近くの良港だ。入港は閏《うるう》四月十二日だったという。

江川は韮山で知らせを受け、蘭学に通じた家臣などを連れて、西伊豆の浜に出て、そこから船で下田まで急行した。

錦織の陣羽織と袴を身につけ、家臣たちにも金襴の衣装を着せて、異国船に乗り込み、相手方の大将と会ったという。

江川は日頃から並外れた倹約家だけに、弥九郎は不思議に思って聞いた。

「よく、そんな金襴の着物など持っていたな」

江川は笑って答えた。

「いつかは異国人が来るかもしれぬと思って、用意していたのだ。言葉が通じないのだから、相手も身なりで、こちらの地位を判断するしかないだろう」

異国船上には、かろうじてオランダ語がわかる者がいたが、なかなか話が通じなかったという。

「向こうが、わからないふりをしたのかもしれぬが」

それでも大将の名前はマセソン、船名はマリーナ号、イギリスの船だと判明した。とにかく港から出て行ってくれと伝えると、マセソンは意外に素直に船を出航させた。

「そのマリーナ号は、何のために、やって来たんだ？」

弥九郎の問いに、江川は眉をひそめた。

「どうやら港の深さを、測っていったらしい」

江川が駆けつけるまでに二日あり、その間に下田港の水深を測ってしまったという。

「後でわかったことだが、マリーナ号は、浦賀にも寄ったそうだ」

下田に現れる前に、浦賀沖に現れ、ここでも港内の水深を測っていったという。今度は弥九郎が眉をひそめた。

「港の深さを測ったということは、次は、もっと大型の船を寄越すつもりなのだろう」

「その通りだ。それに浦賀や長崎では、ここ数年、異国船の来航が相次いでいる」

今までは、なんとか穏便に退去させてきたが、いつまでも同じようにできるとは限らない。大きな影が、ひたひたと近づいてきている気配がある。それでもなお幕府は、海防に踏み出そうとはしなかった。


この年の夏の終わりに、新太郎が江戸に帰って来た。奥州路から九州まで足を伸ばし、二年間の旅になった。

小岩は毎日、神棚に手を合わせて、息子の無事を祈っていただけに、嬉し涙で迎えた。

「よくぞ元気で、帰ってきてくれました」

すでに二十二歳になり、甘かった顔立ちには精悍さが加わっていた。

「もっと旅を続けたかったのですが、実は長州から新弟子を連れて来たので」

新太郎は今年四月から五月にかけて、九州北部をまわってから、六月に長州に足を向けたという。

どこでも新太郎にかなう者はいなかったが、特に長州藩の家老が神道無念流の強さに脱帽し、自分の家臣五人の入門を申し出た。そのために新太郎は、いったん旅を中断し、彼らを連れて江戸に戻ってきたのだ。

積もる土産話があり、小岩は脇ノ谷内の様子を聞いて、ふたたび涙を流した。

話を聴き終えてから、夜、弥九郎は硯で墨を磨《す》った。会いに行かれないのなら、せめて父に手紙を書こうと思ったのだ。だが、いざ文章を考えると、筆が止まる。

金がないから会いに行けないというのも、いかにも情けない。それに父の年齢を考えれば、今、行かなければ、今生で会う機会はない。それを伝えるのは、むしろ酷に思えた。

あれこれ迷った挙げ句、ただ入籍の礼と、いずれ会いに行きたいとだけ書いた。だが、あまりに素っ気なさ過ぎて気に入らない。

その時、新太郎が廊下から声をかけた。

「父上、今、よろしいですか。少し、お聞かせしたいことが」

「おお、かまわん。入れ」

弥九郎は書きかけの手紙を、急いで文箱にしまった。新太郎は部屋に入ってくると、声を低めて言った。

「実は、長崎に行った時に、聞いたのですが」

今年の三月、長崎で異国船騒ぎがあったという。

「それが今までの異国船とは違うのです」

弥九郎は身を乗り出した。

「どういうことだ？　詳しく話せ」

新太郎は居住まいを正してから話した。

「そもそもの発端は蝦夷地です。去年、江差という港町の近くに、十五人の異国人が、小舟で上陸したのが始まりだったそうです」

彼らはラゴダ号というアメリカの捕鯨船の船員たちで、江差沖で船が難破したという。

「乗員の半数が死に、残りの十五人が、かろうじて陸まで、小舟で漕ぎ寄せたそうです」

蝦夷地を支配する松前藩は、小屋を建てて、彼らを収容した。しかし海の荒くれ男たちで大人しくしておらず、内輪もめの末に脱走を図る者が出た。そのために松前藩では監禁せざるを得なくなった。

その後、十五人は海路、長崎に送られた。だが長崎でも脱走する者が出て、いよいよ監禁は厳しくなった。すると、ついに内輪もめから自殺者が出たのだった。

一方、長崎奉行所では、彼らを、その年のオランダ船に乗せてもらうつもりだったが、十五人も乗せる余裕がなかったために、翌年に来航する船に載せてもらいたいと頼んだ。

オランダ船はバタビアに帰り、自殺者まで出た話を、アメリカ側に伝えた。すると彼らの引き取りのために、プレブル号というアメリカの軍船が、長崎に来航したという。

「松前藩も長崎奉行所も、彼らを助けたつもりでしたが、奴らもプレブル号も、監禁されたことを根に持って、礼ひとつ言わずに帰って行ったそうです」

弥九郎は眉をひそめた。

「それは恨みを買ったな」

翌日、すぐに江川の屋敷に急ぎ、その話を伝えた。プレブル号が長崎に来たのは三月。下田にマリーナ号が来て、江川が対応したのは、その翌々月になる。

相次ぐ異国船騒ぎに、江川は不安を隠さなかった。

「異国船は増えるばかりだし、もめ事も頻発している。大事になる前に、なんとか反射炉を建てて、大型の鉄製大砲を造りたい」

そして江川は、佐賀藩主の鍋島直正と、情報交換を始めた。佐賀藩ではフェートン号事件の反省から、海防策に真剣に取り組み、反射炉建設計画を進めているという。

念のため江戸での会談は避け、目立たないように、佐賀藩の参勤交代の途中で、東海道の三島宿で会った。その結果、意気投合し、今後、双方で建設を目指し、たがいに協力を約束したという。

嘉永四（一八五一）年になると、珍しく故郷から手紙が届いた。斎藤家を継いだ弟の三九郎の筆だった。弥九郎は嫌な予感がして、急いで手紙を開いた。

それは父の死の知らせだった。新助は新太郎が来た頃には元気だったが、その後、急に弱り始め、最後は寝たきりになって、息を引き取ったという。

起き上がれなくなってからは、昔、弥九郎から来た手紙を持って来させ、それを開いて読み返すことが、唯一の楽しみだったという。

弥九郎は胸を突かれる思いがした。昔の手紙といえば、練兵館を始めた頃、もう二十五年も前に出したものだ。

新太郎が村を訪ねた際に、その手紙が、まだあるとは聞いたが、よもや、そこまで大事にしてくれていたとは思いもよらなかった。

弥九郎は文箱を開いた。そこには書きかけの手紙が入っていた。あの時、気に入らなくて、出さなかったものだ。

二十五年も前の手紙を大事にしていたのなら、もし、この手紙が届いていれば、どれほど喜んでもらえたことか。なぜ出さなかったのかと後悔が湧く。

あの時は、できることなら直接、会って、自分の口で詫びたかったのだ。だから手紙は出さなかった。だが、それは言い訳にすぎない。

二十五年前の手紙など、もうぼろぼろに違いない。あの強気だった父が寝たきりになって、そんな手紙を何度も読み返していたとは。遠くに去った息子を、それほど思ってくれていたとは。

その姿を思うと哀れであり、ありがたくもあり、申し訳なかったという気持ちで、また涙した。

翌嘉永五（一八五二）年、新太郎が、もういちど長州に出かけた。そして帰ってきた時には、また新しい弟子を六人、連れてきた。

前は長州藩の家老の家臣、つまり陪臣《ばいしん》であったが、今度は直参《じきさん》の長州藩士たちだ。まして藩の金で、江戸に修業に出してもらう公費留学生だった。

新太郎が後ろにいたひとりを手招きした。

「こいつは実家が医者で金持ちなので、藩で金は出してもらえなかったのですが、見どころのある奴です」

上背があり、甘い顔立ちだが、目が輝いている。弥九郎は練兵館で、大勢の若者を見てきたが、今までにない雰囲気を放っていた。姿形こそ違うが、どことなく藤田東湖の若い頃を思わせる。

若者は頭を下げた。

「桂小五郎と申します」

歳は二十歳で、どうしても練兵館で修業したくて、藩から三年間の暇をもらい、自費で出て来たという。

その後、桂は、たちまち剣の腕を上げていった。持って生まれた才もあったが、加えて並々ならぬ努力家だった。読書を勧めると、書庫の本を、片端から読みあさった。

弥九郎の経験談も聞きたがった。特に江戸湾の海防調査や、蛮社の獄の経緯、西洋砲術などには、熱心に耳をそばだてた。

しだいに弥九郎の話を聞くだけでなく、自分の身の上を語るようにもなった。

桂の父親は、もともと瀬戸内海に近い村で、町医者の次男として生まれ育ったという。長じてから萩に出て、医者の修業をしている時に、和田という長州藩医に見込まれて、入り婿になった。妻との間には、娘がふたり生まれ、長女に婿養子を迎えた。和田家では二代続いての婿養子だった。

その後、和田は妻に先立たれて後妻を迎え、ようやく男児が生まれた。これが小五郎だった。ただ、すでに家は姉婿が継いでおり、小五郎は次男として育てられた。

和田家の近所に、桂という百五十石取の藩士がいたが、若くして病に倒れた。まだ子供もいなかったことから、八歳の小五郎が養子に迎えられ、桂小五郎と名乗る身となった。ただし末期養子だったために、家禄は九十石に減らされてしまった。

ほどなくして桂の妻も病没。養父母が揃って亡くなり、ひとりになってしまった小五郎は、実家に引き取られた。

実家では実の母だけでなく、姉夫婦にも可愛がられて育った。ただ実父は、こう言って厳しく躾《しつ》けたという。

「もともと父は町医者の出だ。それでも努力が認められて、この家に入った。おまえも人一倍、努力せよ。そうしなければ、生涯、九十石の微禄から這い上がれぬぞ」

そこで父の言葉に従い、一心に学問や武芸に励んだ。その結果、今度の江戸行きには、実家の和田家で費用を負担してくれたという。

弥九郎は桂を見込んで、『新論』の写本を手渡した。

「これを読んでみるといい」

すると翌朝、稽古前に弥九郎のもとに駆けつけた。そして興奮気味に言った。

「読ませて頂きました。すごい説だと思いました。今まで考えつかない道筋です」

天皇を頂点に立て、その下に、すべての日本人が、ひとつにまとまれと『新論』は説く。その画期的な理論に、桂は感動していた。

「この本を読ませたい者がいます。吉田寅次郎《よしだとらじろう》といって、同じ長州から江戸に出て、西洋砲術西洋砲術を修めた者です」

長州藩の兵学者の息子で、松陰《しょういん》という雅号を使っているという。阿片戦争の結果を知って、これからは従来の兵学でなく、西洋砲術だと確信し、江戸に出てきて、佐久間象山《さくましょうざん》に入門したという。

弥九郎は佐久間の名前を聞いて、少し警戒した。佐久間象山は江川の西洋砲術の弟子であり、免許皆伝を得ていた。しかし師を師とも思わない不遜な人柄のため、江川とは不仲だった。

弥九郎は桂に言った。

「そなたが読ませたいというくらいだから、優れた者なのだろう。だが読ませる前に、その吉田とやらを、いちど連れてこぬか」

水戸斉昭が過激だと判断したほどの内容だけに、見ず知らずの者に、読ませるわけにはいかなかった。

ほどなくして桂は吉田松陰を、練兵館に連れてきた。吉田は師の佐久間象山には似ず、礼儀正しい若者だった。

吉田は旅が好きで、佐久間象山に入門する前に、九州各地を歩いたという。

「まもなく奥州にも出かけるつもりです」

さらに吉田は驚くべきことを言った。

「いずれは外国にも、行ってみたいと思っています」

「外国に?」

「そうです。敵に勝つには、まず敵を知る。それが兵学の基本です」

弥九郎は、これはただ者ではないと思った。そして快く『新論』を差し出した。

「読んでみるがいい。桂が、そなたに読ませたいと申していた。私も読ませたいと思う」

吉田は押し頂いて聞いた。

「今、ここで読ませて頂いても、よろしいでしょうか」

持ち帰って写本などしないという意味だった。弥九郎はうなずいた。

「そなたなら持ち帰ってもかまわぬが、ここで読みたければ、そうするがいい」

吉田は夕方までかかって、最後まで読み切った。やはり興奮気味に言う。

「素晴らしかったです」

そして自分の考えを加えた。

「帝の下で、日本人がひとつになるのであれば、身分は帝と、それ以外の日本人という、ふたつだけになるでしょう。武士も百姓もなくすべきです」

武士や商人、百姓といった身分差を廃し、平等な万民が、天皇ひとりのみを敬うべきだという。これまた、とてつもない考えだった。

吉田は当然といった様子で続けた。

「商人や百姓にも優れた者は、いくらでもいます。反対に武士でも愚か者は、もっと大勢います。それでいて生まれ育ちにしばられるのは、世の中のためになりません」

それは百姓の出である弥九郎自身が、誰よりも痛感していたことだ。そして吉田に『新論』を読ませたのは、間違いではなかったと確信して申し出た。

「奥州に行くに当たって、訪ねる先が決まっておらぬなら、紹介状を書こう。この道場で修業した者たちが、あちこちにいる。うちの新太郎が諸国行脚した際にも、紹介状を持って行かせた。きっと役に立つ」

吉田は目を輝かせて答えた。

「ぜひ、お願いします」

「さすがに、外国にまで通用する紹介状は書けぬがな」

弥九郎の冗談に、吉田も桂も笑った。

吉田が奥州に旅立った後、弥九郎は桂を、江川と藤田に引き合わせた。ふたりとも、桂の可能性を見抜いた。特に藤田は、気軽に水戸藩邸に遊びに来るようにと誘い、桂は水戸藩士たちと交わるようになった。

最初に『新論』を読んだ時、弥九郎は、尊王攘夷など実現は遠いと感じた。だが吉田や桂のように、優れた若者たちに接した結果、彼らなら成し遂げてくれるかもしれないと、期待を抱くようになっていた。

第九章　黒船来航

翌嘉永六（一八五三）年六月四日、江戸在勤中の江川から、大至急、屋敷に来てくれと連絡があった。

弥九郎が桂を伴って、本所に駆けつけると、江川は血相を変えていた。

「とうとう恐れていたことが起きた」

異国船数隻が浦賀にやって来て、居座っているという。

「今から浦賀に行くから、一緒に来てくれッ」

弥九郎と桂は、そのままの足で、江川に同行した。一行は東海道を神奈川宿まで進み、そこから三浦半島を南下した。

浦賀の手前、馬堀海岸から最後の山に入り、その峠に達した時に、視界が大きく開けた。江川が持参の望遠鏡をのぞいて、つぶやいた。

「あれだ」

細長い港の沖合に、四隻の異国船が浮かんでいた。入り江の突端には、砲台場がある。それを警戒しているようで、港の中にまでは入ってはいなかった。

夕暮れ前に浦賀の町に入ると、もう何度も異国船来航を経験しているせいで、人々は意外にも落ち着いていた。

漁師船は、いつもと変わらず、四隻のそばを通って港に戻ってくる。わざわざ見物のために船を出す者さえいる。

細長い入り江の西側、山を背負うようにして奉行所がある。さすがに役人たちは険しい表情で、役所の内外を足早に出入りしていた。

かつて弥九郎が江川の従者として、江戸湾の検分に来たのは、もう十四年も前だ。その時、世話をしてくれた与力の中島三郎助が現れ、日焼けした細面に緊張感を漂わせて話した。

「黒船が現れたのは昨日の朝です。四隻ともアメリカの軍艦で、大将はペリーというそうです。私が御用船で近づいて、交渉したいなら長崎に行けと伝えたのですが、まったく聞き入れません」

中島は、もはや軍船という言葉は使わなかった。それは古来の水軍の船を表し、洋式の戦闘用の船は、軍艦と呼ぶという。

ペリーは大統領からの国書を、幕府高官に手渡すまで出航しないと主張していた。

「時間がかかるようなら、四隻で江戸に向かうと言っています。今までの異国船とは、まったく態度が違って強硬です」

どう対応すべきか、すでに江戸城に伺いを立てており、返事が戻るのを待っている状況だった。

中島は時間を遣り繰りして、奉行所の御用船を出して、江川一行を黒船の近くまで案内してくれた。四隻に近づくと、中島は一隻ずつ指を差して説明した。

「あの二隻には水掻きがあるので、蒸気仕掛けの船です」

ちょうど水車のような水掻きの輪を、両舷につけている。あと二隻は、蒸気機関を持たない帆船で、蒸気船に曳かれて来たという。

さらに近づくと、船腹が真っ黒な崖のようにそそり立ってそびえていた。そのために軍艦を黒船とも呼ぶという。

江川が下田で乗り込んだマリーナ号よりも、はるかに巨大船だという。

弥九郎は異国船は初めてで、さすがに、その威容には驚かされた。若い桂は目を見張り、言葉もない。

黒船を見上げている間に、外海に千石船が現れて、普段通りに入港していった。大坂から荷を満載してきた船だという。

千石船は日本では最大級の船だが、四隻は比べものにならないほど巨大だった。舳先から船尾までの長さだけでも、千石船の二倍半以上はある。

中島は憂い顔で言った。

「もしも黒船に港を封鎖されたら、大坂からの荷が、いっさい江戸に入らなくなります。米も届かなくなり、江戸中が飢えかねません」

想像以上に重大な危機だった。江川が悔しそうに言う。

「アメリカの国書は、誰かが黒船に乗り込んで、受け取ることになろうな」

中島も唇をかんだ。

「十四年前に、皆さんが海岸調査をされた時に、西洋並みの船を造り始めていれば、今になって黒船に脅されずにすんだのですが」

弥九郎も、黒船の脅しに屈することはもとより、幕府が十四年もの歳月を、無為に過ごしたことの方が悔しかった。その間に、蛮社の獄や高島秋帆の捕縛などの悲劇があり、ただただ幕府内の無理解との戦いだった。

船着場に戻ると、町の雰囲気が一変していた。奉行所から警戒命令が出て、実弾発射の噂も流れ、人々が慌て始めたのだ。荷物をまとめ、年寄りや子供の手を引いて、山に逃げる者もいる。

一方で江戸から続々と人が集まり始めていた。蘭学者や砲術家、役人などだ。奉行所の門前で、幕府のやり方を声高に非難している者がいた。佐久間象山だった。見れば従者として吉田松陰を連れていた。

江川は、いかにも不愉快そうに黙ったまま、彼らを尻目に奉行所に入った。象山との確執は、かなり根深いらしい。弥九郎と桂は、吉田に目くばせをして、江川に続いた。

その後、黒船は載せていた端艇を降ろし、武装した兵を乗せて、浦賀湾内にまで侵入して、あちこちの水深を測った。奉行所の御用船では、それさえも阻止できなかった。

そうしているうちに、ようやく江戸城からの早馬が駆けてきた。とりあえずペリー一行を上陸させて、アメリカ大統領からの国書を受け取れという指示だった。

弥九郎も江川も部外者ながら、猛烈に反対した。国書を受け取るにしても、黒船の艦上ですませるべきだった。だが江戸に迫るという脅しの前に、江戸城では、まったくペリーの言いなりだった。

浦賀奉行所では、三浦半島の南端に近い久里浜に、突貫工事で応接所を建てた。国書の受け取りは六月九日と決まった。

当日、ペリーは七、八隻の端艇を次々と降ろし、百人近い兵を上陸させた。端艇にも小型砲が積載され、兵も剣付銃を携えていた。圧倒的な武力の差を、見せつけるための上陸だった。

国書の返事は、来年、聞きに来るという。

受け取りが終わった後も、ペリーは四隻の黒船を北上させ、江戸湾口の水深をくまなく測ってから出航していった。かならず来るぞという圧力だった。

　ペリーが退去してすぐに、江川に対して、二度目の江戸湾と周辺の海岸調査の命令が下った。これに弥九郎は桂小五郎を連れて参加した。六月半ばから七月半ばにかけて、急いで海岸を踏破し、江川は七月中に報告書を提出した。

　報告書の内容は、もはや十四年前のように遠慮する必要はなく、思うままに提案を記した。洋式軍艦を揃えて艦隊を組織し、その乗員を育てて、海軍を創設する。さらには海外渡航や留学の必要性まで説いた。

　江戸湾に関しては、浦賀水道の浅い海中を埋め立てて小島を造り、台場を設ける。さらに相模湾沿いや房総半島の先にも強力な台場を建設する。これらの台場と軍艦を連携させて、江戸湾口の備えを確実にしようという提案だった。

　補足的に、品川沖や隅田川の河口など、いわゆる江戸前の浅瀬を埋め立てて、台場を設ける案も出しておいた。

　八月に入ってすぐ、江川は江戸屋敷に弥九郎を呼ぶと、疲れ切った顔で告げた。

「江戸前に、ずらりと小島を造って、大砲を据えろとの仰せだ」

　弥九郎は耳を疑った。

「江戸前？　浦賀水道は？」

　老中や若年寄、勘定奉行などに諮《はか》ったところ、思わぬ方向に進んでしまったのだという。

「浦賀水道では水深が深くて、埋め立てに時間がかかる。とにかく一年後にペリーがやって来るのだから、その前に何とかしろという話なのだ」

「ならば浦賀奉行所に、洋式の軍艦を備えればいいではないか。アメリカが黒船で来るなら、こっちも黒船を持てばすむ」

　当座はオランダから軍艦を買い入れるしかないが、浦賀では中島三郎助以下、洋式軍艦の建造に前向きで、許可が下りさえすれば、すぐにでも取りかかれると話していた。

だが江川は珍しく歯切れが悪い。

「浦賀には、すぐに洋式造船を始めさせるそうだ。それはそれとして、江戸の町を守るために、なんとしても江戸前に台場を造れという。私は反対したが、御老中や若年寄の満場一致で決められた。もう変えられぬ」

今までとは打って変わった即決ぶりだった。さらに江川は説明を続けた。

「それに軍艦を造るにしろ、その乗り手を育てるにしろ、来年までには間に合わぬ。とにかく江戸前の台場が先で、ほかは何もかも、それからということになったのだ」

弥九郎は、まったく納得できなかった。

「しかし小島を、いくつも造るとなれば、そうとうな金がかかるぞ」

かつて海岸防備の話が持ち上がった際に、何かというと立ちふさがったのが資金不足だった。何をするにも、幕府には金がないと撥ねられたのだ。

「その点は、御用金として江戸の商人たちに出させるそうだ。来年、ペリーが来る時に、江戸の町に攻め込まれたら、商人とて無事では済まぬ。だから、いくらでも出すというのだ」

「だが、いったん黒船が江戸湾に入ってしまったら、どこからだって上陸できる。そこから江戸まで軍勢を進められたら、品川沖に台場があったところで意味がない」

江川はくどいと言わんばかりに、声を荒立てた。

「私も反対したと申しただろうッ。江戸中の侍が死を恐れずに、次々と襲いかかれば、異国の軍勢など水際で撃退できると、ご老中も若年寄も思い込んでいるのだッ」

鳥居耀蔵や仏生寺弥助の考えと、まるで変わっていない。弥九郎は思わず舌打ちした。

「どうせ、お偉方は、卑怯な飛び道具に頼る異国人など、取るに足らぬというのだろう」

江川も苛立たしげに答えた。

「その通りだ」

精神論や感情論で押されたら、反対のしようがない。弥九郎は幕閣の頭の固さに呆れつつも、江川の苦しい立場を理解した。

「わかった。文句を言っても始まらない。で、俺は何をしたらいい？」

「台場の工事が始まったら、普請場を見まわってもらいたい。これから急いで計画を立てるが、台場はひとつではないし、私だけではまわり切れぬゆえ」

無為に過ごした十四年を取り戻すかのように、幕府の海防策は、堰を切って動き始めた。

同時に江川は、高島秋帆の釈放を、老中に強く求めた。台場建設に欠かせない人物だと訴えたのだ。

あれから高島は罪人として、岡部藩に身柄を預けられた。中山道の深谷宿の先で、江戸から程ない距離だ。

江川は釈放が近いと確信し、すぐに長崎から高島の妻、お香を呼び寄せた。

お香は八月初めに江戸に到着し、本所の江川家に入った。高島の釈放が知らされたのは、まさに、その当日だった。

江戸から岡部まで知らせが走り、それから秋帆が出発するとして、二、三日中には江戸に戻ってくる。本所の屋敷中が浮足立った。

八月六日、弥九郎は、中山道の最初の宿場である板橋まで迎えに出た。かつて高島が砲術を披露した徳丸原に、もっとも近い町だ。江川は台場建設の準備で、どうしても登城しなければならず、迎えは無理だった。

板橋宿の茶店で待っていると、もうひとつ先の蕨《わらび》宿から、まもなく到着との知らせが来た。

弥九郎は板橋の町外れに立って、待ち構えた。すると街道の先から、数人の岡部藩士に守られて、高島が現れた。その姿に、思わず息を呑んだ。

岡部藩の扱いは丁重で、西洋砲術の指南もしていると聞いていた。それでも十三年にも及ぶ長い年月は、以前の威風堂々とした姿を、まったく様変わりさせていた。

髷は真っ白で、ふくよかだった頬は、すっかりこそげ落ち、目の下も頬もたるみ切っている。まだ還暦前のはずだが、もはや老人そのものだった。

弥九郎は驚きと悲しみ、そして釈放の喜びの入り混じった感情を抑え、一行に近づいて、深々と頭を下げた。

「先生、お久しぶりでございます。よく、お帰りになりました」

するると高島は、昔と変わらぬ穏やかな笑顔を見せた。

「斎藤どのか。よく来てくれました。もう二度と、お目にかかれないものと覚悟していましたが」

「先生も、よく、ご無事で」

弥九郎は涙をこらえて言った。

「先生の西洋砲術が、どれほど正しかったかに、ようやく誰もが気づいたのです。黒船が来て、ようやく」

高島は哀しげに微笑んだ。その表情に長かった無念が表れていた。

簡単な挨拶だけで、そのまま本所に向かった。

弥九郎は岡部藩の一行を先導して、江川家の門をくぐった。到着を知らせてあったわけでもないのに、玄関前には、江川の家族や奉公人たちが、総出で待っていた。

真ん中には、お香が心配そうに立っていた。そして夫に駆け寄り、小さな声で言った。

「おかえりなさいませ」

たちまち声が潤む。

「かならずや、お帰りになると信じて、待っておりました」

高島は深くうなずくばかりだ。涙をこらえて、言葉が出ないのだ。

夫婦は十三年もの長き歳月を、遠く離れ離れで耐え忍んだ。それも無実の罪を着せられたがゆえに。それが、ようやく晴れて再会に至ったのだ。年月の重さの前に、周囲の誰もが言葉を失った。

夕方になって、江川が城から騎馬で駆け戻り、高島の前に平伏した。

「高島先生、もっと早く、何とかして差し上げたかったのですが」

高島は微笑んで首を横に振った。

「いえ、こうして戻ってこられただけで、充分です。江川どのにお世話いただいたおかげです」

そして、お香に目をやった。

「まして長崎から愚妻まで呼んでいただいて。ご配慮、心から傷み入ります」

お香は、また泣いていた。夫婦の涙は尽きることがなかった。


翌日から、すぐに台場建設の相談をした。江川は、まず佐賀藩主の鍋島直正から得た情報を、高島に見せた。

佐賀藩では昔から長崎港の警備に当たっており、ペリー来航前に長崎湾口の小島に台場を完成させていた。

さらに台場普請と併行して、反射炉も完成させた。そして大型の鉄製大砲を鋳立てて、すでに五十門近くを台場に配備したという。

　高島は満足そうにうなずいた。

「とうとう、できましたか。さすがは鍋島さまです。きっと、やってくださると信じていました」

　佐賀藩には西洋砲術の弟子が特に多く、砲台場も、もともと高島の助言でできたものだった。

　江川は別の図面も開いて見せた。

「これも見て頂きたい」

　それは去年、江川が普請に関わった、小田原藩の洋式台場だった。

　三名の小田原藩士が、韮山で西洋砲術に入門し、それを機に台場建設が始まったのだ。相模湾沿いの直線的な砂浜に、三つの半月が飛び出すような形で、ペリー来航の七ヶ月前に完成させていた。

　高島は、この図面も興味深そうに見入った。

「たいしたものです。江川どのは、私が、お教えしたことを、はるかに超えておいでだ」

「いいえ、私は何もしていません。佐賀藩や小田原藩の手柄です」

　佐賀藩は三十七万石の外様大名であり、小田原藩は十一万石の譜代大名だ。どちらも幕府よりも、ずっと組織が小さいだけに、藩主の判断ひとつで、先進的なことに着手しやすかったのだ。

　高島が遠慮がちに助言した。

「江戸前のお台場は、海中の埋め立てになるので、佐賀の技が使えましょう。いちど誰かに見に行かせるとよいと思います」

　その助言に従って、すぐに江川家から数名の家臣が、佐賀と長崎に出張した。

江川は高島の意見を聞きながら、江戸前の砲台場計画を作った。埋め立てる台場の数は十一ヶ所とした。

軍艦を数隻、配備すれば、もっと少なくてすむ。しかし幕閣の頭には、とにかく来年夏のペリー来航に、間に合わせることしかなかった。

ただ十一個の小島を、横一列に並べるのではなく、品川から隅田川河口の深川まで、前後二列を互い違いにして稲妻形に配置することにした。その方が強行突破されにくい。

前列品川寄りから第一、第二、第三台場と名づけ、その三つを最初に着工することになった。続いて、品川寄りの後列、第四から第六までに着手する。その六ヶ所が完成してから、深川寄りの五ヶ所に移る計画だった。

深川寄りは遠浅なため、西洋の船は侵入しにくい。平底の和船と違い、喫水線から下に隠れている部分が深いので、遠浅の海は座礁しやすいのだ。それに比べて品川寄りは深くなっているため、黒船に備えるには、まず品川寄りの手当てが先決だった。

台場に備える鉄製大砲は、幕府が佐賀藩に五十門、発注した。佐賀の反射炉で鋳立てて、できたものから船で運んでくることになった。

組織としては勘定奉行の配下に、御台場御普請御用掛が設けられた。現場の管理は江川家の家臣だけでは、とうてい手が足りない。そのために五十人ほどの旗本が、補佐を命じられることになったのだ。

ところが、この人選が手間取った。来年の夏までに完成させるとなると、かなり厳しい作業になる。まして、すでに秋風が吹き始めており、冬場の海の仕事など、誰もやりたがらないのだ。江川は吐き捨てるように、弥九郎につぶやいた。

「まったく旗本ってやつは、誰も彼も、楽することばかり考えおって」

とにかく任命まで待っていられないので、先に入札をして、実際の工事を請け負う者を決めてしまうことにした。

その結果、幕府の作事方御用を努めてきた大工の棟梁をはじめ、品川の名主など五組が落札した。すぐさま彼らは人足の手配に入った。

弥九郎は練兵館を息子たちに任せ、桂小五郎を連れて、台場建設に専念した。江川は勘定方とのやり取りにかかり切りになるため、それに代わって、全体の現場監督を務めることになった。


資材の発注は、ようやく人選が決まった旗本たちの仕事となった。海底に杭を打ち込むために、まず大量の材木が必要で、これは八王子近辺の御用林などから、切り出すことにした。

石材は、小田原から伊豆にかけての海岸沿いから調達する。その辺りの石は、かつて徳川家康が江戸城の石垣を造った時にも使われた。埋め立ての土砂は、品川の西にそびえる御殿山の、山裾を切り崩して使うことになった。

膨大な数の人足たちの宿舎として、高輪から品川にかけての寺を借り受けた。手間賃を高くしただけに、人足たちは一気に集まった。

弥九郎は人足たちを境内に集め、大声で活を入れた。

「いいかッ。これは江戸の町を守るための御普請だッ。みんな、心してかかれよッ」

「おうッ」

だれもが目を輝かせ、拳を振り上げて、大声で応じた。

八月二十五日に第一から第三までの台場が着工した。ペリー来航が六月初めで、それから三ヶ月足らずの着工であり、幕府の事業としては驚異的な速さだった。

だが始まってみると、旗本たちの段取りが悪かった。期日通りに材木が届かなかったり、届いていても、それを埋め立て場所まで運ぶ船が揃っていなかったりする。

人足たちは、やることがないために、すぐに博打に興じる者が出始めた。気づけば、やくざ者たちが人足の宿舎に入り込んで、賭場を開帳していた。

弥九郎は踏み込んで、大声で怒鳴った。

「おめえら、何してやがるッ。こんなことをさせるために、手間賃を出してるんじゃねえんだぞッ」

胴元のやくざ者たちが、短刀を抜いて襲ってくるところを、弥九郎は素手で応じ、あっという間に三人を悶絶させた。残った者は目を見張り、震え出している。

「わかっているだろうが、博打は御法度だ」

弥九郎が凄味を効かせて言うと、誰もが真っ青になって何度もうなずく。なるほど、この役目は、自分にしか務まらないなと、弥九郎は改めて自覚した。

それから気を取り直して、御用部屋に出向くと、準備担当の旗本たちが、呑気に茶を飲んだり、煙草を吹かしたりしていた。腹が立ったが、怒りを抑えて聞いた。

「何をしているんです？　資材が届かないってのに」

旗本たちは鼻先で笑うだけで、相変わらず茶を飲んでいる。彼らには直参という誇りがあるが、弥九郎は江川の家臣に過ぎず、陪臣の立場だ。朝比奈《あさひな》権左衛門《ごんざえもん》という旗本が、開き直って言った。

「何と聞かれても、届かぬものは仕方ない。われらは、きちんと注文は致した」

さらに朝比奈は細い眉をしかめた。

「何も、われらは好きこのんで、このような御用を承ったわけではない」

弥九郎は思わず声を荒立てた。

「好きだろうが、嫌いだろうが、とにかくやることになったんだろうッ。期日通りに届かんのなら、自分で走っていってでも、催促するもんだッ」

だが旗本たちは顔を見合わせて、肩をすくめるばかりだ。

腹の虫が収まらないまま、御用部屋から出ると、植木利兵衛という北品川の名主が、弥九郎を待ちかまえていた。落札した請負人のひとりだ。

「杭が揃わなくても、大きな石は届いているので、先に沈めてはどうでしょうか。明日が大潮ですし」

大潮は月半ばの満月と、月末の新月に起きる。一日二回の引き潮と満ち潮の差が、もっとも大きい日だ。ちょうど明日の昼前、巳《み》の刻が最大の引き潮になるという。

「浅瀬の底が海面から透けて見えるほど、浅くなります。その機を逃さず、しっかり巨石を沈めれば、満ち潮になっても流されないと思うのです」

とにかく杭がなくても、やってみる価値はあるという。

「江川さまが立てられた計画は、長崎の埋め立てを、参考にされたと伺っています。あちらでは島と島の間の狭いところを埋め立てたために、潮の流れが速かったようですが、この辺りは、さほどではありません」

長崎の埋め立てとは、佐賀藩が行った砲台場整備のひとつだ。長脇湾口の小島に、新たに大砲を据えるために、別の大きな島との間を埋め立てて、陸続きにしたのだ。

狭い海域だったために、潮の流れが速かったが、広大な江戸湾では満ち引きが、ゆっくりしている。だから大きな岩ならば、杭打ちは後になっても、流されないはずだという。

「それに漁師たちが言うには、ここしばらくは、いい天気が続きそうですし」

北品川の名主は漁師たちも従えており、海や天候に詳しい。信用できる話だった。それに明日の大潮を逃したら、次は半月後だ。弥九郎は即断した。

「わかった。ならば明日、やってみよう」

しかし旗本たちが猛反対した。またもや朝比奈が小馬鹿にしたように言う。

「杭打ちから始めるというのが、もともとの計画だ。勝手はできぬ。ご命令にないことをして、石が流れたら、どうするのだ」

弥九郎は言い返した。

「何のための現場だ？　状況に応じて、やり方を変えていくものだろう。とにかく、品川の海に詳しい者が言うのだから、まずは、やってみればいい」

しかし朝比奈はかたくなだった。

「いや、そのような不確かなことをして、失敗でもしたら、私は責任を持てぬぞ」

「わかった。ならば俺が責任を取る」

「腹でも切ると言うのか。そなたが腹を切ったところで、誰も喜ばぬ。それよりも江川どのの許可を得るのであれば、進めてもよい」

とにかく言われた通りのことをしていれば、責任は全うできると考えているのだ。一か八かの勝負などということは、彼らの頭の片隅にもない。弥九郎は腹立たしい思いを、懸命にこらえて言った。

「許可は今夜にでも取る。まちがいなく許可は下りるから、明日、巨石を沈められるように準備しておけ」

朝比奈は細い眉を上げ、呆れ顔で言う。

「準備しておけだと？　誰に物を言っているつもりだ？」

弥九郎は、いよいよ腹の中が煮えくりかえっていたが、なんとか言い直した。

「すぐに準備を始めてもらいたい。三つの台場で、いっせいにやって欲しい」

御用部屋を出て、すぐに人足たちの宿舎をまわろうとすると、それまで背後に控えていた桂小五郎が言った。

「人足たちへは、私が知らせます。どうか先生は、江川さまのお屋敷へ」

今まで弥九郎のかたわらで、旗本とのやりとりを見ていて、さすがに放ってはおけないと判断したのだ。

桂は甘い顔立ちだけに、荒くれ者揃いの人足たちに見くびられないか、弥九郎としては不安もあったが、時間もないだけに任せることにした。

夜遅くに本所の江川を訪ね、すぐに許可を得て、そのまま品川に取って返した。戻ってみると、桂が寝ずに待っていた。

「巨石を選んで、浜まで運ばせてあります。明日の朝一番から、船に載せられます」

予想以上に準備ができていた。

夜明けとともに動き始めた。そして日が高くなる前に、船は三ヶ所の海上に巨石を運んだ。海をのぞくと、かなり浅くなっており、砂地の海底まで透けて見えた。大潮ならではのことだった。

巨石に綱をかけまわし、人足たちが力を合わせて、海底に沈めた。潮が満ちてきて、海底が見えなくなるまで、できる限りの石を沈め続けた。

一日中、天気に恵まれ、海は静かだった。日没までに作業を終えて、品川に戻ると、運のいいことに、八王子から材木が届いていた。

その夜は浜で大きな焚き火をして、その明かりで、丸太の片端を斧で削って尖らせた。朝までかかって、すべてを杭に仕立てた。

翌日も朝から好天が続いた。大潮ほどではないが、まだ干満の差は大きい。昼前が最大の引き潮であり、弥九郎は、その前後を見計らって杭を運ばせた。

昨日、沈めた石は、三ヶ所とも、もとの位置に留まっており、ひとつも流されていなかった。判断は正しかったのだ。

少し不安げだった人足たちが、大歓声をあげて喜ぶ。弥九郎は、これこそが働く喜びだと感じた。もはや博打にうつつを抜かす者はない。

海底の巨石の周囲に、びっしりと太い杭を打ち込んでいく。潮が満ちてくる前には、予定通りの杭打ちが終わった。

翌日からは、ひとまわり外側にも、もう一周、杭の列を作り、その間にも石を沈める。それを繰り返して、埋め立ての範囲を広げていくのだ。着々と作業は進んだ。

九月を迎えると、江川以下、旗本五十四人が、御台場御普請御用掛を正式に拝命した。

さらに翌日、朝比奈は入札に不正があったと騒ぎ始めた。請負人の植木利兵衛が袖の下を使ったというのだ。

しかし、よく調べてみれば、中元を贈っただけのことだった。それでも朝比奈は言い立てる。

「不正は不正だ。見逃しにはできぬ」

弥九郎は、さすがに腹立ちを抑えられずに怒鳴った。

「ならば、どうしろと言うのだッ。今さら入札のやり直しでもしろってのか。のんびりしてられる普請じゃ、ねえんだぞッ」

もはや言葉遣いなど、気を使っていられなかった。だが朝比奈も負けない。

「どれほどわずかでも、不正を見逃すわけには行かぬ。とりあえず利兵衛は外せ」

ほかの旗本たちを味方につけ、どうしても許さないと息巻く。弥九郎も引き下がらなかった。

「いや、駄目だ。今、変わったら、また人足集めから始めなきゃならん。このまま進めればいい」

「また、そなたが責任を取るとでも申すのか」

「その通りだッ」

「それは通らぬ話だ。とにかく、ご老中に、お伺いを立てよう」

「勝手にしろッ」

弥九郎は捨て台詞を吐いた。桂が心配顔で言う。

「ここで外すと、利兵衛は大損で、ほかの組にも、よくないでしょう。このまま続けさせた方が効率もいいし、江川さまに相談してみては、どうでしょうか」

弥九郎としては些細なことで、いちいち江川を煩わすのは気が引けたが、屋敷まで出向いて相談した。すると江川は溜息をついた。

「旗本というのは、一事が万事、そうなのだ。些細なことを言い立てる。上から命令がなければ何もしようとしないし、決して一か八かの勝負には出ない。挙げ句の果てに、責任は取れぬの一点張りだ」

弥九郎も不満をぶちまけた。

「一か八かも大事だ。それで上手くいった時の喜びこそ、働き甲斐ってもんだろう。旗本たちのやり方じゃ、下で働く者も、やる気が出ない」

結局、江川が老中に話をつけ、入札のやり直しは行われなかった。

その後も朝比奈は、文句の言い通しで、清濁併せ呑むということが皆無だった。しかも自分の段取りの悪さは棚に上げ、人足たちを責め立てる。

「利兵衛の集めた人足は、ちょっと目を離すと、すぐに怠ける。とんでもない奴らだ」

だが現実には、運ぶための船が足りなかったり、逆に船が溜まっているのに、人足たちがいなかったりで、無駄が多すぎた。そんなことが続くと、せっかく盛り上がった気運が、どうしても引いてしまうのだ。

それに秋が深まって、日毎に寒さが強まる。海辺の仕事は辛くなる時期だった。人足たちは当初の勢いを失い、朝も寝坊する者が、どんどん増えていく。

作業は遅れる一方だった。これでは来年夏のペリー来航までに、とうてい完成しそうになかった。

弥九郎は算盤を弾き直した。この調子で来夏までに完成させるとすると、人足を大幅に増やさねばならず、日当の総額が、とんでもない額になる。

現場は一時、桂に任せ、見積を携えて、江川に掛け合いに行った。

「これほどの金がかかるのなら、その一部を褒美にまわしてはもらえぬか。台場ごとに競わせて、早く出来たところから、褒美の金を出したいのだ」

今、進めている三ヶ所で、褒美を出して競わせようという案だった。

「二番手には一番手の半額を出したい。そうして、やる気を続けさせるんだ」

そんな手段を、何かの書物で読んだ記憶があったのだ。江川は即答した。

「わかった。やってみろ。賞金は勘定方に頼んでおく」

台場ごとに水深などの条件は違うが、難しい場所は予算も多く配分しており、請け負った組が、人足の人数を増やせばすむ。

賞金が出るとわかると、人足たちの目の色が変わった。

弥九郎は、もう一点、江川に頼んだ。

「海辺で空砲を撃たせてもらいたい。高島先生に出て頂いて、朝の仕事始めと正午、それから昼飯の後と最後に日没にも、それぞれ一発ずつだ。そうすれば、人足たちが、いっせいに仕事を始められるし、終わりもはっきりする。気合いが入ると思う」

今は昼飯の後、だらだらと茶を飲んだり、煙草を吸ったりしがちだ。だが大砲の轟音を海上に響かせれば、さっさと仕事を始められるはずだった。

江川の手配で、空砲の件も、すぐに実現できた。大砲を据えるために、築地近くの海岸沿いを、幕府から貸し与えられた。砲術の稽古にも使ってかまわないという。

弥九郎は高島に指導を頼み、練兵館の弟子たちを交代で出して、一日四回、空砲を放った。

効果は絶大だった。砲音が早朝の海に響き渡る。それを合図に人足たちは仕事を始め、正午の砲音で握り飯を取り出して頰張り、また次の轟音で仕事に戻るようになった。

三つの普請場は、いよいよ競い合って、作業を進めた。計画通りの広さまで埋め立てが広がり、青い海面に、ひとつ、またひとつと、小島が現れた。

小島を四角形に形づくり、周囲に石垣を積んでいく。石垣の上には土塁を築き、盆のように縁を盛り上げる。そして土塁の内側に大砲を並べるのだ。

佐賀からは、反射炉で鋳立てたばかりの鉄製大砲が、千石船に載せられて、次々に届き始めた。

弥九郎は届く端から、完成前の台場に据えた。これも、まだ早いと旗本たちの反対に遭ったが、とにかく形を見せて、人足たちのやる気を盛り上げたかった。

第四から第六までの後半の計画もできて、改めて入札が行われた。この調子ならば、ペリー来航までには、充分な防御ができそうだった。

第一から第三まで、三ヶ所とも僅差で作業が進んでおり、最高潮の気運で、嘉永七（一八五四）年の正月を迎えた。どの組も正月休みも返上で、作業を続けていた。

すると江川は弥九郎に、また別の話を持ちかけた。

「台場は、うまく進み始めたし、そなたには川口に行ってもらいたい」

川口は江戸の北に位置し、将軍が日光に向かう際の御成街道沿いで、荒川を越えてすぐの町だ。鋳物業が盛んなことで知られている。

「大砲を鋳立てられるような、腕のいい職人を探して欲しいのだ」

昔、弥九郎が働いていた高岡は銅の鋳物だが、川口は江戸に近いために、鍋釜など鉄製の生活用品を、主に製造していた。

だが弥九郎は意味が呑み込めなかった。

「どういう意味だ？　大砲は佐賀から届くのだろう」

「佐賀だけに任せてはおけぬと、勘定方が、うるさいのだ。高島先生もいるのだから、江戸でも造れるはずだという」

「韮山の反射炉は、どうなっている？」

「御公儀から費用が出て、着工することになった。だが、その完成も待てぬというのだ。それに、これからの大砲造りを考えれば、あちこちで始めた方がいい」

「川口にも反射炉を造るというのか」

「そうではない。従来のこしき炉を何基も揃えて、いちどに大量の金属を溶かして、大砲を造るのだ」

「でも、こしき炉では、鍋釜並のもろい鉄しかできないのだろう？　だからこそ反射炉が必要だったんじゃないのか」

「その通りだ。だから鉄の大型砲でなくていい。大型の青銅砲や、鉄の小型砲を鋳立てるのだ」

「なんで今さら、そんなものを？」

すると江川は突然、怒り出した。

「もちろん私だって今さらと思うし、勘定方に、嫌というほど訴えてきた。だが聞く耳を持たんのだ。とにかく江戸でも大砲を造れの一点張りだ」

弥九郎は、ようやく合点した。幕府としては佐賀藩に先を越されてばかりでは、面目が立たない。そのために形ばかりでもいいから、江戸で大砲を造りたいに違いなかった。

思わず深い溜息が出た。

「わかった。とにかく職人を探しに行ってくる」

江川も溜息をついて、力なく答えた。

「頼む」

たとえ矛盾していようとも、老中や勘定方の決定は絶対であり、江川は、それを撥ねつける立場にはない。

そして、そんなつらい立場の江川を支えることこそが、自分に与えられた役目なのだ。それは充分に承知しているものの、幕府の中にいるからこその限界があり、それを事あるごとに思い知らされて、心底、情けなく思う。

ともあれ弥九郎は桂を連れて、川口に出かけることにした。

だが、その矢先の一月半ば過ぎ、江戸中に緊張が走った。ペリーの黒船艦隊が、ふたたび浦賀に現れたのだ。

夏に来航予定だと聞いていたが、通訳の間違いでもあったのか、半年も早い。艦隊の数も四隻から七隻に増えていた。

弥九郎は川口行きを取りやめ、不安がる人足たちをなだめた。

「もう大砲は据えてある。黒船が来るようなことがあったら、われらが大砲で撃退する。高島先生もおいでだ。だから、いつも通り、仕事に精を出せ」

　江川は浦賀に急行することになった。弥九郎は練兵館の弟子たちを従え、高島を補佐して、砲手として完成前の台場に入ることにした。

　江川が御用船で浦賀に向かう際、弥九郎は桂の身柄を託した。

「こいつは荒くれ者の人足たちにも一目置かれている。従者として、浦賀に連れて行ってもらえないか」

　江川は快諾したが、桂は驚いて首を横に振った。

「いいえ、先生が、ここに留まられるのなら、私も」

　弥九郎は許さなかった。

「いや、もういちど黒船を見てこい。おまえは、これから世に出る男だ。黒船とのやり取りは、きっと、おまえの役に立つ」

　いよいよ桂は慌てた。

「でも先生は」

「俺は、あと三年で還暦だ。黒船が、ここまで来たら、命を捨ててでも通さぬ。江戸の町の楯になる。それが俺に相応しい役目だ」

　弥九郎が乗船を促すと、ようやく桂は乗り込んだ。御用船が帆を張って、品川の浜から離れていく。その間も人足たちの作業は続いていた。

　弥九郎は新しい時代の到来を感じた。昨年六月にペリーが置いていった国書は、開国勧告だった。来航は予想より早かったが、それに応じるべき時が、とうとう来たのだった。

　弥九郎は仏生寺弥助をはじめ、練兵館の弟子たちを率いて、三ヶ所の台場についた。

高島を指導者として仰いではいるが、もはやかつての気迫は失われており、実際の采配は弥九郎だった。

仏生寺弥助は鉄製大砲の前で、自信満々に言う。

「これで手柄を挙げれば、きっと俺たちは旗本だ。がんがん大砲をぶっ放して、異人の首を揚げてやろうぜッ」

弥九郎はたしなめた。

「不用意なことを言うな。大砲は据えてあることに、まず意味がある。充分な威力のある砲口を向けていれば、敵も、こちらの射程距離には近づかない。そうなれば、こちらから大砲を撃ちかけることもない。まさに武は戈を止めるの言葉通りだ」

そうは言いつつも、もしペリーの殺害が必要になれば、弥九郎は誰よりも先に、黒船に斬り込む覚悟だった。

幕府は、海岸近くに領地や屋敷を持っている藩には、最寄りの海岸の守備を命じた。また内陸の藩には、三浦半島や房総半島の浜辺を、それぞれ振り分けて守らせた。

まさに江戸中の武士に、アメリカ人の上陸を阻止させる計画だった。しかし諸藩が配備に着いた直後に、けっして、こちらから攻撃してはならないという命令が下された。

弥九郎は、まずいなと感じた。あらかじめ攻撃を禁じてから、配備を命じるべきだった。諸藩の守りにつくのは、砲術をかじったような下級藩士たちだ。彼らは弥助同様、これを機に手柄を立てて、出世しようと息巻いている。

気運が盛り上がるのはいいが、下手をすると、一戦しなければ、気がすまなくなる。この後、戦わずして、ペリーの開国要求に応じれば、大きな不満を残すに違いなかった。

一月二十四日になると、黒船が一隻、悠々と江戸湾深くまで入って来た。江戸の町では半鐘が打ち鳴らされて、海岸近くから人々が避難し始めた。

だが、よく見ると、浦賀の御用船が先導していた。御用船も黒船も、こちらの射程距離には入らず、神奈川宿の沖合に停止した。

その後、いったん江川が江戸城に戻り、事情が知らされた。幕府は当初、昨年と同じく浦賀近辺に、ペリー一行を上陸させて交渉しようと考えた。しかしペリーは江戸前まで進むと言って譲らなかったという。

仕方なく御用船が、ヴァンダリア号という帆船一隻を、江戸湾の奥まで案内したのだ。ただヴァンダリア号は、こちらの台場と大砲に気づいて、江戸前という主張を引っ込めた。そして上陸地は、神奈川宿近くの漁村、横浜村で決着したという。

二十七日の上陸当日になると、六隻の黒船艦隊が、揃って神奈川沖に現れた。またもや江戸では半鐘が打ち鳴らされ、避難する者が町にあふれた。

さらに六隻は神奈川沖で、百発近い空砲を放った。この日が初代アメリカ大統領の誕生日であり、あらかじめ祝砲を撃つと知らされてはいた。だが、あれほどの数を撃つとは、誰も予想しなかった。

まさしく挑発であり、もし、こちらが恐怖に駆られて、実弾でも発射すれば、たちどころに猛反撃に出られるのは明らかだった。

横浜村に大急ぎで応接所が建てられ、ペリー側の代表が、三百名近いアメリカ兵を伴って上陸した。そして幕府の応接掛との間で、交渉が始まった。

交渉は一ヶ月にわたり、三月三日に至って、日米和親条約が調印された。下田と箱館の二港に、アメリカ船の入港を認め、水と薪を提供するという内容だった。下田は、江川が、ぜひ伊豆にと申し出て、それが通ったのだ。

条約締結によって、黒船艦隊は神奈川沖を離れ、下田に向かった。開港場を実際に見てから、条約の詳細を決めるためだった。

その知らせを台場で聞き、高島秋帆が言った。

「たった三つの台場で、まして完成もしていなかった。それでも江戸の町を守ったことを、われらは誇ってよいと思う」

だが仏生寺弥助は不満顔だった。一ヶ月以上、大砲に取りついていながら、一発も発射することなく終わってしまったのが、気に入らないのだ。

「敵は百発も撃ったんだぞ。敵にやられ放題で、こっちは指をくわえて見てるだけかッ」

弥九郎はたしなめた。

「百発といっても、ただの空砲だ。だいいち黒船は敵ではない。それに挑発に乗ってはならないことは、剣術でも、わかりきったことだろう」

木刀で対峙した時の、弥助の挑発は神業に近い。かすかに隙を見せて、相手を呼び込み、すかさず打つのだ。

しかし弥助は口をとがらす。

「剣術と砲術は違うだろう」

「いや、同じだ。挑発して、後で圧倒できるという自信があるからこそ、黒船は挑発するのだ」

「じゃ、何か？　この台場よりも、黒船の方が上だとでも言うのか」

「残念ながら、その通りだ。剣術でも下手な者ほど、相手と自分の力量を見極められない」

弥助は言い返せなくなって口を閉ざしたが、まだまだ不満そうだ。

江戸湾沿いには、諸藩の下級武士が大勢、守備についている。それが弥助と同じ不満を抱いているのは、明らかだった。

四月に入ると、下田から驚くべき知らせが届いた。三月末に吉田松陰が密航を企て、黒船に小舟で漕ぎ寄せたが、断られて自首したという。

これに連座したとして、四月六日、佐久間象山も捕縛され、小伝馬町の牢屋敷に収監された。佐久間が密航を激励する漢詩を書き、それを吉田が持っていたという。

なんという無茶をするのかと、弥九郎は歯がみした。慌てて密航などしなくても、時期を待てば、正式に留学する機会は、かならず来るはずだった。まして象山が激励するなど、言語道断だった。

かつて吉田が奥州旅行に出かける際に、弥九郎は紹介状を書いてやった。桂と同じように見どころのある若者だったが、去年、浦賀でも姿を見かけた。あの時、たしかに吉田は、佐久間象山と一緒だった。

梅雨明けになって、ようやく桂が下田から戻り、品川の宿舎に現れた。黒船再来航の一部始終を見てきたという。

「何にも代え難いものを見せて頂き、とても勉強になりました。ありがとうございました」

桂は深々と頭を下げる。弥九郎は聞いた。

「おまえは吉田の密航計画を知っていたか」

桂は正直に答えた。

「内々に聞いてはおりました」

「なぜ、止めなかった？」

「止めても、聞きませんでしたので」

思わず声が高まる。

「あれほどの若者を罪人にしてしまって、これからの日本を、どうするのだッ」

渡辺崋山も高島秋帆も足をすくわれた。どれほど優秀な者でも、罪人になってしまっては、何もできなくなる。高島秋帆は釈放されたとはいえ、無為に過ごした十三年間は、取り戻せないのだ。

「桂、おまえは、けっして無茶はするな。無茶をすれば、道が閉ざされる」

桂は神妙な様子で、うなずいた。

「江川さまからも同じように言われました」

「そうか。江川も心得ている。どれほど慎重にすべきかを」

蛮社の獄でも高島捕縛の際にも、からくも江川は連座を逃れてきた。だからこそ、あの向こう気の強かった男が、慎重に行動するようになったのだ。

「桂、おまえを江川のもとに行かせてよかった。これからも、いろいろな先達から学べ。練兵館だけが学びの場ではない。いずれは外国にも行って学んでこい。いつか、かならず機会は来る」

弥九郎は桂こそは、大きな世界に飛び立たせたかった。

まだペリー艦隊が日本にいた三月から四月の間に、第四から第七までの後半が着工した。七月には、前列の第一から第三までが、とうとう出来上がった。

真っ先に完成したのが第二台場で、勘定方では予定通り褒美を出し、二番手の第三台場にも、最後になった第一台場の人足たちにも、激励金を出した。

第一台場が二万六千坪。第二と第三が二万坪弱という広さだった。

その一方で、弥九郎は桂を伴い、ようやく川口に出かけた。

荒川の渡し舟の船着場には、ひっきりなしに荷船が出入りしていた。

入船からは鉄材や銅材が下ろされ、荷が空になると、今度は、むしろにくるまれた鍋釜が載せられて出てゆく。材料も製品も重いために、船の浮力を活かして江戸に運ばれていた。川縁には砂を採る男たちの姿もあった。鋳物には鋳型の材料として、川砂が欠かせない。舟運と川砂が、この町に鋳物業を根づかせた要素だった。

鋳物の技法は、弥九郎が若い頃、高岡で見たものと、基本的に同じだった。

鋳物師の作業場を何軒かまわって、若くて腕のいい職人を探し出し、協力を頼んだ。幕府の大砲鋳造というと、誰もが目を輝かせた。

「任せてください。今までのやり方じゃ、もろい鉄しかできないけれど、使う鉄材を変えたり、いろいろ工夫すれば、ちゃんとした鉄の大砲ができると思います」

若い職人の前向きな言葉を聞いて、弥九郎は心強かった。幕府の面目だけで始まる大砲鋳造ではあるが、この調子なら、いい結果を生みそうな気がした。

そうして職人の目星をつけてから江戸に戻り、韮山に報告の手紙を送った。

すると江川は久しぶりに、本所の屋敷に戻ってきた。桂を連れて浦賀に急行して以来、下田に出かけたり、韮山に戻ったりと、飛びまわり続けている。

反射炉も下田で着工したものの、ペリー艦隊の来航の際に、思いがけないことが起きたという。上陸したアメリカ兵が、許可された範囲を越えて歩きまわり、反射炉の普請場まで押し入ってしまったのだ。

江川は苦い顔で言った。

「反射炉は下田に設けるべきではなかった」

下田なら、川口同様、鉄材も完成した大砲も、船で運べる。だが軍事機密だけに、開港場ではまずいというのだ。

「だが、どうする？　今さら場所を変えるのか？」

弥九郎が聞くと、力なくうなずいた。

「仕方ない。韮山の屋敷の近くに、場所を移した。もう建て直しを始めている」

ふと気がつくと、江川は頬がこけ、目の下も黒ずんでいた。

「大丈夫か。疲れてるんじゃないのか。無理はするな」

弥九郎が案じると、笑顔を見せた。

「まあ、そう若くもないから、少しは、へたばりもするが、せっかく堂々と働ける時が来たんだ。今が頑張り時だ」

かつて初めて海岸調査に出た際、江川は浦賀で熱を出した。子供の頃は、そう丈夫ではなかったとも聞く。それだけに心配だったが、江川でなければ、片付かないことが山積みだった。

江川は元気を装って言う。

「それより江戸での大砲鋳造の件だが、川口の鋳物師たちが、やる気になっているのなら、早急に場所を決めねばならん」

「川口では、いかんのか」

「江戸市中でというのが、ご老中や勘定所の意向だ」

やはり幕府の大砲製造を、江戸市中で誇示したがっているのだという。

「今、場所を探しているが、おそらく学問所の馬場を使うことになるだろう」

湯島の昌平黌に、広い馬場が併設されている。

学問所の学長である林大学頭は、ペリーの応接掛を務め、日米和親条約を調印した幕府全権だ。かつて大塩平八郎から金を借りていた大学頭の息子にあたる。

外国事情に関しては、誰よりも通じている。砲備の重要性も認識しており、土地の提供には応じるだろうという。

「まあ、例によって反対する者はいる。学問所の敷地に、職人が出入りするなど、とんでもないというのだ。だが、そんな意見に付き合っていたら、何ひとつ決まらない」

ほどなくして江川は、老中に掛け合い、湯島の馬場の引き渡しを決めてきた。

さっそく弥九郎は、もういちど川口に赴いて、職人たちを湯島に連れてきた。そして高島を交え、現場で作業場建設の相談に入った。

一方、江川は反射炉の建設のために、韮山に帰った。しかし、すぐに勘定所から呼び出しを受け、江戸にとんぼ返りを余儀なくされて登城した。

その晩、弥九郎は本所の屋敷に呼ばれた。行ってみると、江川は今までになく消耗しきった顔をしていた。

「また何か悪い知らせか」

弥九郎が聞くと、江川は目を伏せた。

「台場建設は」

ひと息ついてから、苦しげに続けた。

「中止せよとの仰せだ」

まさに寝耳に水の話だった。

「中止？　なぜだ？　何もかも、うまくいっている。どこに中止する理由がある？」

「金がないというのが、表向きの理由だ」

「金？　金ならある」

台場建設の費用は、江戸中の商人たちから百万両の献金が集まった。その中で今までに使ったのは七十五万両だ。当初は無駄も出たが、今では人足たちも馴れたし、あと二十五万両で、残りの台場は、すべて完成できる見込みだった。

しかし江川は力なく首を横に振った。

「だから金は表向きの話だ。本当の理由は、もう不要だと申す者が、あまりに多いのだ」

「不要？」

「ペリーが来て、もう和親条約が結ばれた。だから台場など要らぬと」

「なんだとォ」

弥九郎は思わず声を荒立てた。

「条約が結ばれたからこそ、備えがなくてはならないはずだ。それを要らぬだと？」

ペリー来航の要求は、もともと貿易の開始だった。だが林大学頭ら応接掛が交渉した結果、貿易の開始は退け、薪と水の提供だけの和親条約に留めたのだ。

それだけの主張ができた後ろ盾として、品川沖の三つの台場の存在があったことは疑いなかった。

今後も貿易開始の要求は続く。ましてアメリカに続いて、各国が艦隊を送ってくる可能性も高い。すでにロシア軍艦が長崎に来ているし、阿片戦争で清国に勝利したイギリス艦隊が、来航するのは時間の問題だ。

さらに弥九郎の声が高まる。

「諸外国の軍艦が来航する際に、強力な備えがなければ、見くびられて、あっという間に国を侵されるぞ」

江川は、なおさら苦しげに言う。

「その通りだ。だが、それを理解せぬ者が、あまりに多い」

口調こそ抑えてはいるが、拳を力いっぱい握りしめている。幕府内の不理解には、誰よりも腹を立てているのだ。

弥九郎は常に江川のなだめ役だったが、さすがに今度ばかりは、黙って引き下がるわけにはいかなかった。

「これだけは、ご老中や勘定方に伝えてもらいたい。今、台場建設を中止したら、献金をした商人たちが黙っていないぞ。いったん不満の声が出れば、海岸の備えに出た諸藩の下級侍たちの不満も、一気に噴き出す。味方だったはずの者たちが、敵にまわるんだからな。下々を見くびったら、取り返しのつかないことになるぞ」

「そうだ。まさに、その通りだ」

江川は深くうなずいた。

「わかった。もういちど登城して、それは伝えよう」

疲れ切った体に鞭打つようにして、翌日も登城し、建設続行を訴えたが、やはり決定は覆らなかった。

結局、第五と第六台場は、工事を続行させて、完成させることになった。第四と第七は建設が遅れていることもあり、中止が決定。その代わり御殿山下の浜辺に、陸上の台場を設けることになった。

一方、深川寄りの四つの台場は、まったくの手つかずで終わった。深川沖は遠浅で、もともと不要だったとまで言われた。ならば最初から省いておくべきだった。結局、完成する台場は六つ。当初の案の半分だった。

弥九郎は肩を落とし、江川に向かって正直な気持ちを口にした。

「もしかしたら御公儀は、もう駄目かもしれんな」

幕府という組織の限界を感じていた。尊王攘夷という言葉がよみがえる。幕府も藩もなくして、天皇の下に、すべての日本人が一致団結する。その時期は、そう遠くない気がした。

しかし江川は首を横に振った。

「私は御公儀を見限れない。先祖代々、将軍家の旗本を務めてきた。この重大時期だからこそ、全力を尽くして恩義に報いたい」

弥九郎は江川の血筋のよさと、百姓の出である自分との違いを、初めて痛感した。

以来、続行が決まった第五と第六台場、それに新設の御殿山台場の建設に、弥九郎は力を注いだ。それぞれに土が盛られ、完成も見えてきた。

だが案の定、献金した商人たちから、猛烈な不満が噴き出した。半分しか造らない台場など、最初から要らなかったのではないかという。商人は利にさとい。なけなしの金をはたいたのに、どうしてくれるとばかり、狂歌や落首が町にあふれた。

その不満は、すぐに諸藩の下級武士たちに伝播した。なぜ一戦もせずに、ペリーの言いなりになったのかと、幕府への非難が一気に高まる。彼らは、すっかり戦う気になっていただけに、納得ができなかったのだ。

不穏な空気が漂う中、湯島での大砲鋳造は順調に進んでいた。馬場跡に作業場が建てられ、こしき炉が何基も設けられた。

高島秋帆が若い鋳物師たちを指導して、鋳立てを始めた。複数の炉を同時稼働させ、いちどに大量の金属を溶かして、大型の青銅砲や、小型の鉄製大砲が造られていった。

台場以外にも、いくらでも大砲は求められていた。

寒さも本格化した十一月四日の朝だった。ちょうど前日から、桂を連絡のために練兵館に帰しており、弥九郎は御殿山台場の普請場にいた。

ふいに足の裏から突き上げられるような感触があった。

「お、地震か？」

次の瞬間、とてつもない揺れが起きた。ようやく立っているという状態が、これでもかと続く。長い地震だった。

なんとか揺れが弱まると、背後にいた北品川の名主、植木利兵衛が叫んだ。

「津波が来るぞッ。みんな、山に逃げろッ」

品川は海岸沿いだけに、地震の後の津波の怖さは、誰もが承知している。利兵衛は弥九郎にも、大声で手招きした。

「旦那も早く、御殿山にッ」

だが弥九郎は自分だけ逃げる気にはなれなかった。第五と第六の台場には、大勢の人足たちがいる。戸惑う弥九郎に、利兵衛が、なおも怒鳴る。

「旦那、津波は、みんな勝手に逃げるしかねえんです。旦那が津波で持ってかれたら、この普請はしまいだ。どうか一緒に逃げてくれッ」

弥九郎は海を振り返りながらも、御殿山の高台に向かって走り出した。街道を横切る際に、老婆が座り込んでいる。腰を抜かしたらしい。かたわらで幼児が泣いている。

すぐに、しゃがんで老婆に背中を向けた。

「婆さん、おぶってやる」

「私より、ま、孫を」

「孫も任せろ。とにかく、あんたが先だ」

老婆は蚊の泣くような声で礼を言いながら、肩に両手をかけて、背中に乗った。弥九郎は立ち上がると、幼児も片腕で抱き上げて、また駆け出した。

宿場の裏山に当たる御殿山の坂を登る。品川中から人々が殺到した。道のない林間でも、誰もが恐怖に顔を引きつらせてよじ登ってくる。

高台にたどり着き、ようやく老婆と子供を地面に下ろした。老婆は拝むようにして何度も礼を言う。

海を振り返ると、船という船が沖に向かって進んでいた。岸辺にいては、陸に打ち上げられる。沖で波をやり過ごす方が安全だった。

眼下に青い海が広がり、そのただ中に、五つの台場が浮かんでいる。第一から第三までは完成しているが、第五と第六は、まだ周囲に土塁が築かれていない。津波に襲われたら防ぎようがない。

いったん潮位が下がり、遠浅の海底が、信じがたいほどの広範囲で、あらわになった。

それから、いつになく大きな波が、沖から押し寄せるのが見えた。海が横一直線に盛り上がり、その線が、こちらに向かって刻々と移動してくる。

沖に逃げた船が波に乗り上げ、大きく揺れた。大きな帆掛船も、手漕ぎの小舟も、木の葉のように揺れ、次々と転覆する。

津波は眼下に迫り、まず前列三つの台場に襲いかかった。土塁に激突して、巨大な水しぶきが上がり、真っ白に泡立った水が、土塁の内側に流れ込む。

さらに波は、後列の第五と第六台場を襲った。どちらも島全体が呑み込まれ、海水のうねりの下に消えた。もしも人足が残っていたら、とうてい助からない。

立ちすくむ弥九郎に向かって、利兵衛が言う。

「旦那、大丈夫です。ここいらの船頭は、みんな津波には心得がある。人足たちを載せて沖に逃げてますよ。きっと逃げ切ってます」

それから二度、三度と余震があり、大波は引いては、また戻ってきた。それでも最初ほどの津波は、もう来なかった。

品川の宿場に下りてみると、悲惨な状態になっていた。ほとんどの家が押し流されて崩壊し、どこもかしこも泥と瓦礫だらけだった。どこが街道だったのかもわからない。

それでも何とか浜に出てみると、船が次々と戻り始めていた。台場の御用船も、人足たちを乗せて、無事に帰って来た。

だが一艘だけが、日が暮れても戻らなかった。津波の勢いで転覆したのかもしれなかった。

夜になっても、弥九郎は浜で待ち続けた。利兵衛が促す。

「旦那、ここで待ってても仕方ありません。もう戻りましょう」

凍えるほど寒かったが、宿舎に戻る気にはなれず、一晩中、浜で大きな焚き火をして待った。もしかしたら、この火を目当てに、漕ぎ寄せてくるかもしれないと、わずかな期待をかけた。小舟の船頭や人足たちも、交替で起きていた。

ひときわ冷え込む夜明け前だった。波音の中に、弥九郎は人声を聞いた。耳を澄ますと「旦那ァ」と、かすかに聞こえた。

弥九郎は焚き火から、燃えかけの薪を掻き出し、燃えていない端をつかんで、大きく頭上で振った。

「ここだッ。ここだッ。わかるかッ」

振ったところで、炎が大きく見えるわけでもない。火の粉が頭に降りかかるばかりだ。でも振らずにはいられなかった。かすかな声が返ってきた。

「旦那ァ。今、そっちに向かいます」

焚き火が明るいために、船からは弥九郎の姿が見えるのだ。

周囲にいた船頭たちが、いっせいに走り出した。舳先に松明を掲げ、浜に陸揚げした小舟を押して、真っ暗な海に浮かべる。弥九郎も海の中まで駆け込んで、一艘に飛び乗った。

櫓を漕ぐ音の中で、弥九郎は叫んだ。

「どこだッ。どこにいるッ」

さっきよりも、もっとはっきり聞こえた。

「ここだァ。今、そっちに向かってます」

東の彼方、房総半島の稜線が、うっすらと明るくなる。夜明けが近かった。声を掛け合っているうちに、海面も明るくなり始め、とうとう小舟の影が見えた。

小舟は思いがけないほど、すぐ近くまで来ていた。弥九郎は船縁から身を乗り出して怒鳴った。

「みんな、無事かッ」

半泣きの声が返ってきた。

「無事だよォ。みんな無事だ。櫓を流されたんで、なかなか岸に戻れなかったんだ」

弥九郎の胸に安堵が広がる。

「よかった。よかった」

言葉は、それしかなかった。


それからほどなくして、江川が旅姿で品川に現れた。今日まで本所の屋敷にいて、連日、登城していたが、これから伊豆に向かうという。

「下田でロシア船が、津波の被害にあったらしい」

伊豆の方が江戸よりも揺れが激しく、津波も巨大だったという。そのせいで、ちょうど下田に入港していたディアナ号というロシア軍艦が、暗礁に乗り上げ、船体が破損したというのだ。

「何とかしてやらねばならん。今から下田に向かう」

またもや江川以外には務まらない仕事だった。弥九郎は桂を前に押し出した。

「ならば、また、こいつを連れて行ってくれ。何かの役に立つ」

ロシア軍艦の対応なら、桂自身のためにもなると考えたのだ。

地震が起きたのが十一月四日で、その月の二十七日には改元が行われた。それまで嘉永七(一八五四)年だったのが、黒船の再来航や大地震の災害払いの意味で、安政元年と改められたのだ。

そして師走を迎えた十三日、江川は寒風吹きすさぶ東海道を、桂を連れて、また品川に戻ってきた。ただ行きは馬だったのに、珍しく駕籠に乗っている。ひどく顔色が悪かった。

「どうした？　具合が悪いのか」

弥九郎が案じると、大儀そうに答えた。

「どうも風邪を引いたらしい。だが、これから登城して、ディアナ号をどうするか、詳しく決めねばならぬ。それより台場の方は、どうだ？」

「津波に洗われた第五と第六は、土盛りし直した。御殿山台場の方もできている。明日には大砲を据え終えて、明後日には勘定方に知らせようと思っていた」

「そうか、完成か。よくやってくれた」

江川は、なおも大儀そうだったが、時間が惜しいと言って、たいして休息も取らずに江戸城に向かった。後に残った桂が、下田での事情を話した。

「あれからディアナ号の修理は、西伊豆の戸田《へだ》という港で行うと決まりました」

いまだ激しい余震が続き、下田では津波再来の心配があった。

それに比べて戸田は、湾口がきわめて小さいために、ほとんど津波の被害がなかった。そんな地形もあって、もともと造船が盛んで、船大工の数も多い。修理には最適であり、ディアナ号は自走して戸田に向かった。

しかし運悪く嵐に遭い、今度は駿河湾内で、完全に沈没してしまったという。江川は最寄りの浜に駆けつけ、ロシア人の救出の陣頭指揮を執ったという。

桂は心配そうに言う。

「その時に冷たい海風に当たって、体調を崩されたのです。それまでも休む間もなく、下田だ戸田だと、あちこち飛びまわって、疲れ切っておいでだったし」

弥九郎は痛ましい思いがした。ただ、ようやく重い扉が開こうとしており、今こそが頑張り時という江川の気持ちも理解できる。だいいち休めと勧めたところで、聞く男ではない。

桂には別の質問をした。

「それでロシア人は、どうするんだ?」

「戸田で新しい船を造ることになりました。ディアナ号にはロシア人の船大工も乗っていたので、日本の船大工が手伝えば、なんとか造れそうです。それに、これは日本人が洋式の造船を経験できる、貴重な機会ですし」

その相談のために、江川は城に向かったのだという。

翌々日の十二月十五日、普請を続けていた台場が、三つとも完成した。完成祝いもそこそこに、弥九郎は報告のために、本所の江川家に急いだ。

すると江川は床について眠っていた。一昨日、品川を出た後、さすがに、そのままでは登城できず、本所の屋敷に入った。しかし高熱で倒れ、それきり起き上がれなくなって、まだ城には行っていないという。

眠っている江川を起こすのが忍びなく、弥九郎は書斎に入って、台場普請の報告書をまとめ始めた。すると、ほどなくして、江川の側近が呼びに来た。

「お目覚めで、お目にかかりたいそうです」

急いで奥の間に行ってみると、品川で会った時よりも、さらに面差しが変わっていた。目が落ち窪み、尋常ではないのが、はっきりとわかった。それでも元気を装って言う。

「情けない姿で悪いな」

弥九郎は首を横に振って、枕元に正座した。

「第五と第六、それに御殿山の台場が完成した。大砲も据えて、前列の台場と並んだ様子は、立派なものだ。どこの国の軍艦が来ても、江戸には近づかせない」

江川は力なく微笑んだ。

「そうか。それは、よかった」

驚いたことに、そのまま上掛けをはいで、起き上がろうとする。

「熱が高いのだろう。寝ていろ」

「いや、ロシア人と西洋の船を造るんだ。その話を決めに、お城に行かねば」

だが上半身を起こすだけで、目眩《めまい》が襲う。弥九郎が背中を支えると、ひどく熱かった。そのまま横にさせ、上掛けを直した。

「休んでいろ。代理でよければ、俺が行く」

江川は首を横に振った。

「申し出はありがたいが、この手の話は、いまだに横槍が入るんだ。私でないと、どうしても話を通せない」

「誰かに頼めないのか」

「それが、うまくいかぬ。あれやこれやと、うるさくて」

幕府に開明的な人物が、いないわけではない。ただ江川のように、先祖代々が代官というほどの名家となると、滅多にいない。開明派のほとんどが小旗本であり、力を発揮できない立場なのだ。そのために何もかもが、江川に集中してしまっていた。

「でも、とにかく今は休んで、早く元気になれ。元気にならねば、始まらん」

弥九郎がたしなめると、江川は熱で目を潤ませて、小さくうなずいた。


安政二年が明け、元日の練兵館は、久しぶりに正月らしい賑わいだった。もはや実質的な道場主は、二十八歳を迎えた新太郎だ。

黒船騒ぎの結果、世情不安から剣術が盛んになり、江戸の道場は、どこも盛況だ。そんな中でも練兵館は、西洋砲術も教えることが人気となり、ここのところ弟子が急増していた。

正月二日には藤田東湖が、年始の挨拶に顔を出した。弥九郎は軽口で迎えた。

「おお、珍しいな。藤田先生ともあろう者が、年始まいりに来てくれるとは」

藤田は苦笑し、やはり軽口で答えた。

「そっちこそ斎藤大先生でしょう」

もはや弥九郎は五十八歳、藤田も五十歳を迎えた。

「お母上は息災か」

「ええ、元気でやってます。そろそろ水戸に帰してやりたいのですが、本人は、まだまだ息子の世話をしたいらしくて、この間の地震でも、私が火の始末をしないで逃げたと言って、たいそう叱られました」

藤田は笑いながら続けた。

「相変わらず御長屋住まいで、この間の地震の時には崩れるかと思いました。また、あんな揺れがあったら、今度こそは危なそうです」

まだ時々、余震があり、そのたびに心配しているという。

「まあ、どこの藩も江戸屋敷の御長屋まで、建て直す金はなかろう。お母上は、たしか、お梅どのといったな」

「よく覚えていますね」

「水戸女らしい名前だと、そなたが言っていたではないか」

「水戸では、そろそろ梅が見頃です。でも今年も国元の梅は、見られそうにありません」

藤田は口調を変えた。

「ところで、台場の方は使えそうですか」

「ああ、とりあえず江戸の町は守れるだろう」

「そうでしたか。途中で普請を止めたから、かなり評判は悪くなってしまったけれど、使い物にはなるなら何よりです」

藤田は一転、声を低めた。

「例の尊王攘夷ですが、とてつもない勢いで、諸国に広まっているようです」

ペリー来航にからむ幕府への不満が、尊王攘夷という考え方に結びついたという。弥九郎の予想通りではあるが、さすがに軽々しいことは言えない。藤田も困り顔で言う。

「日本中がひとつにならねばならぬ時に、御公儀への非難が、あまりに高まるのも考えものです」

弥九郎は、あいまいにうなずいた。そして話題を変えた。

「これから江川の見舞いに行かぬか」

藤田は意外そうな顔をした。

「風邪を引いたと聞きましたが、まだ具合が悪いのですか」

「江戸で年越しになったゆえ、妻女も韮山から出て来ている。あまりよくない」

年末から何度か見舞っており、回復を祈りながら出かけるが、そのたびに期待は裏切られている。

「そうでしたか。それならすぐに行きましょう」

話がまとまり、桂小五郎も連れて三人で出かけた。

だが本所の江川家の奥座敷で、床についていた江川の顔には、藤田も桂も息を呑んだ。弥九郎自身、胸を突かれる思いがした。前に来た時よりもなお、面差しが変わっていた。げっそりと痩せて、肌は土色だ。

江川は三人に気づくと、上掛けから細くなった手を出して、手招きした。三人が枕元を囲むと、かすれ声で言う。

「よく来てくれたな。今日は、だいぶよいのだ。このまま回復に向かえそうだ」

明らかに強がりだった。

「韮山の反射炉も、着々と進んでいるし、ロシア人のための船も、戸田で造り始めている。日露和親条約も無事に調印されたしな」

日露和親条約は下田で十二月二十一日に、ディアナ号で来日していたロシア側と幕府全権との間で調印されていた。

弥九郎は慰めるつもりで言った。

「心配していたことが片付いて、よかったな」

「ああ、台場もできたし」

江川は寂しげな笑顔を見せた。

「何も私が駆けずりまわらずとも、物事は動いたのかもしれんな」

「いや、そんなことはない」

弥九郎は言葉に力を込めた。

「そなたが必死で働きかけたからこそ動き始めた。動き出せば、あとは惰性でも動くのだ。時代は、そういう方向を向いていているのだから。だが動き出すまでが大事だった。嫌というほど邪魔立てがあったし」

藤田も励ました。

「その通りです。ようやく動き始めたのは、江川さんのおかげです。これから時代が変わるのですから、まだまだ駆けずりまわってください。一緒に新しい時代を迎えましょう」

江川は目を閉じて、小さくうなずいた。

火鉢の炭が、ぱちぱちとはぜる音が聞こえた。今まで倹約ひと筋で、火鉢で部屋を暖めることすらなかったが、医者に使うように勧められたのだった。

江川は、ゆっくりとまぶたを開けると、また弥九郎を見た。

「ここのところ、よく夢を見る。そなたと甲州に行った時の夢だ。刀売りに変装して出かけた。今、思い返すと、あれは楽しい旅だったな」

弥九郎も当時を思い出した。

「そうだ。楽しかったな。たがいに四十前くらいだったか」

「忘れもしない、おまえが四十、私が三十八の時だ。おまえが博打うちを懲らしめてな。私は黄門さまの諸国漫遊気取りだった」

その場の四人とも笑った。江川が、もういちど繰り返した。

「あれは楽しかった。いい旅だった」

目に涙が浮かんでいる。弥九郎は、あえて明るい声で励ました。

「また、あんな楽しい旅をしよう。また刀売りに化けて。いや、次は外国だ。アメリカでもロシアでも行ってみよう」

すると江川は力なく首を横に振り、桂に視線を向けた。

「外国は、桂のような若い奴らに行かせたい」

さらに藤田にも目を向けた。

「本当の攘夷は敵を知ることから始まる。吉田松陰は正しい。奴は焦りさえしなければ、かならずや外国に行かれたはずだ。これからの若者たちには外国を見て、それに負けない日本を、つくってもらいたい」

藤田は黙ってうなずく。すると、それまで脇に控えていた桂が、身を乗り出した。

「外国に負けない国をつくります。かならず、かならず、つくります」

すると江川は満足そうに答えた。

「みんな、体を大事にしろよ。何事も慌てるな。時を待って、慎重にせよ。かならずや好機は来る」

そして話し疲れたのか、静かに目を閉じた。

その日以降も、病状は回復しないまま、日は過ぎた。そして一月十六日の明け方、江川家からの使いが、練兵館に駆け込んだ。

「今すぐ、来てください」

弥九郎は取るものも取りあえず、本所まで駆け通した。息を弾ませて奥座敷に駆け込むと、横たわった江川の顔には、白布がかけてあった。

枕元には一枚の絵が置いてあった。江川が描いた『甲州微行』の絵だ。弥九郎が刀の束を担いでおり、ふたりとも手ぬぐいで頬被りはしているが、今になって見ると、役者絵のようだ。

妻女が泣きながら話した。

「最後に目が覚めた時に、これを持って来いと申しまして、しばらく眺めておりました。あの時は楽しかったと、何度も、つぶやいておりました」

弥九郎は涙をこらえられなかった。

練兵館を開いたと同時に、江川家に召し抱えられた。以来、短気な江川を支えることが、自分に与えられた使命だと確信し、それを貫いてきた。甲州に出かけたのも、そのためだった。

だが、もはや支えるべき江川はいない。たがいに剣術の同門であり、盟友であり、主従でもあった。冷たくなった亡骸のかたわらで、弥九郎は声に出して泣いた。

第十章　孝と不孝

それきり弥九郎は呆けたようになってしまった。あれほど頑張った台場が手を離れ、ずっと支え続けてきた江川太郎左衛門が逝ってしまった。両方が、ほぼ同時だったために、落ち込みが大きかった。

毎日、木刀を振るってみても、気持ちが入らない。見かねた桂が申し出た。

「わが殿が、いちど先生にお会いしたいと仰せなのですが。大勢の藩士を、ご指導いただきましたし」

長州藩主、毛利敬親《もうりたかちか》が謁見するという。弥九郎を元気づけたくて、桂が藩に頼み込んだのはわかっていたが、三十七万石の大大名の申し出を断るわけにはいかない。

江川の死から、ほぼひと月後の二月十五日に、日比谷の上屋敷で直々に目通りし、藩士への剣術指南に対する感謝の言葉も賜った。

それが呼び水になって、今度は越前藩から御前試合の話が来た。これも承り、四月三日に門人七十名を連れて、隅田川河口に面した中屋敷に赴いた。

この時は越前藩主、松平春嶽《まつだいらしゅうがく》の前で、剣術だけでなく砲術も披露した。高島に習った通り、足並み揃えた行進から始め、海に向かって銃を連射し、大砲を放った。

これが評判になり、いよいよ練兵館には入門者が殺到した。弥九郎は、自分の原点は武術であり、そこに戻ったのだと、自分自身に言い聞かせた。だが、どうしても気持ちが入らない。

もどかしさばかりが空まわりした。

その後も諸藩から、御前披露の希望が続いた。どこも剣術と砲術の併合を、どう捉えていけばいいのかを模索しており、弥九郎に、その答えを求めていた。

だが弥九郎としては、こんな中途半端な気持ちで御前披露に臨むのは、相手に失礼な気がして、それ以降は遠慮した。

青葉の頃になると、桂が遠慮がちに聞いた。

「ひと月ほど、お暇を頂けないでしょうか。浦賀に洋式造船を学びに行きたいのです」

以前、弥九郎も世話になった中島三郎助のところで、来てもいいと言われているという。弥九郎は即座に承諾した。

「行ってこい。ひと月と言わず、秋まででも」

桂が練兵館に入門したのは、嘉永五（一八五二）年十一月だった。長州藩から許可されたのは三年間であり、この秋で帰藩することになっている。

弥九郎としては、それまでに自分以外の師からも、とことん学んで欲しいと、かねてより望んでいた。そのためには浦賀の中島三郎助は最適だった。

ペリー来航以降、浦賀奉行所では日本人だけの手で、それも数ヶ月という驚異的な速さで、鳳凰丸という洋式帆船を完成させていた。鳳凰丸は江戸湾を試験航行し、建設途中だった台場近くにも現れた。その美しい勇姿に、弥九郎も目を奪われたものだ。

念のため弥九郎が紹介状を書き、桂はそれを携えて、浦賀に旅立っていった。

以来、弥九郎は引き際という言葉を意識し始めた。そして夕食の時に、小岩に告げた。

「そろそろ道場を、正式に新太郎に譲って、隠居しようかと思う」

すでに新太郎は妻を娶り、子にも恵まれている。

小岩は予測していたのか、驚きはしなかった。それでも給仕をしながら引き止めた。

「まだまだ、続けられましょう」

「しかし、もう疲れた。どこか、ひなびた所で、畑でも耕して暮らしたい」

「越中に、お帰りになりますか。私は、どこまでも、ついて参りますが」

「家は弟が継いでいるゆえ、帰る気はない。ただ少し町から離れたところで、のんびり暮らしたいのだ」

小岩は何か言いたげな様子だ。

「何か、あるのか」

「隠居はけっこうだと思います。私も、そんな暮らしをしてみとうございますし。ただ」

「ただ、何だ？」

「疲れたから隠居というのは、なんだか、あなたらしくない気がして」

弥九郎には返す言葉がなかった。


桂は秋口には帰ってきた。一ヶ月半、中島三郎助の家に、居候させてもらったという。だが浮かない顔をしている。

「どうした？　得るものは、あったのだろう」

「得るものはありました。でも」

「でも？」

「中島先生をはじめ、浦賀奉行所から選ばれた方たちが、長崎に行かれることになって」

幕府の海軍伝習所が、長崎に開かれることになったという。オランダ海軍から教官団を呼んで、本格的な海軍術を学ぶ伝習所だった。そこに中島や奉行所の精鋭たちが、伝習生として送り込まれたのだ。蒸気船の操船や砲術が、オランダ人から直接、学べるという。

弥九郎は身を乗り出した。

「それは素晴らしいではないか」

長い間、江川や弥九郎が苦しんできた世界に、またひとつ大きな扉が開こうとしていた。だが桂は、なおも浮かない顔で言う。

「本当に素晴らしいことで、できれば、私も行きたかったのです。中島先生の従者として、連れて行って頂けないか、お願いしたのですが、どうしても無理でした」

それで桂は帰ってきたのだという。弥九郎は、ようやく合点した。

「そうか。それは残念だったな」

ふいに口調を変えた。

「だがな、桂。おまえは、ただの船乗りに、なってはならぬ。ただの砲術家でも駄目だ」

桂はむっとして、珍しく言い返した。

「海軍術を学んだからといって、ただの船乗りになるわけではありません」

「いや、船乗りだ。ペリーは軍艦を従えて、日本と関係を結ぶことはできた。だが、それを命じたのは誰だ？　国書を書いたアメリカの大統領だろう」

弥九郎は桂の目を見つめて言った。

「おまえは日本の大統領になれ」

桂は戸惑いを隠さなかった。

「そんなことは、無理です」

「いや、無理ではない。桂小五郎は、当代一の開明派の旗本、江川太郎左衛門の行動を、つぶさに見たんだ。ならば奴の上を行け。大統領という形でなくても、とにかく国の進む方向を考えて、そちらに向かって国を動かす男になれ。軍艦を動かすだけなら、おまえでなくてもできる」

江川が譜代大名の家に生まれ、老中にでもなれたなら、もっと国の舵取りができたはずだった。名だたる名家とはいえ、伊豆韮山の代官でしかない立場では、幕政の決定権がない。そのために、たいへんな苦労を重ねた。命を縮めたのも、そのせいだったと言っても過言ではなかった。

だからこそ桂には身分を飛び越えて、思う存分、力を発揮して欲しかった。だが桂自身は、なおも自信なさげな顔をしている。弥九郎には、もうひとつ勧めることがあった。

「帰藩する前に、少しでいいから蘭学も学べ。おまえに引き合わせたい師がいるんだ」

それは神田孝平《かんだたかひら》といって、三十代半ばの蘭学者だった。蘭学といえば長い間、医術が中心だったが、最近は砲術ばかりが注目を浴びる。しかし神田は蘭書をもとに、西洋の税制や、百姓の暮らしぶりを、地道に調べていた。

欧米では自由に職業を選ぶことができて、百姓は田畑を売り買いできるという。その話を聞いて以来、弥九郎は神田孝平に、いたく興味を持っていた。

「蘭学者としては、まだまだ名は知られていない。だが天皇の下で万民が平等という、新しい世の中をつくるのであれば、百姓の暮らしも変えねばならぬ。神田どのから学ぶことは多いはずだ」

また紹介状を書いて桂を入門させ、練兵館から通わせた。十一月の帰藩まで、わずかな期間だったが、弥九郎は弟子の成長に期待した。

それから、ひと月ほど経った十月二日の夜のことだ。弥九郎は練兵館奥の自宅で、夜の書見を終え、そろそろ着替えて床につこうという時刻だった。

足元から突き上げられるような衝撃があった。そして次の瞬間、何もかもが大きく左右に振れ始めた。一年近く前に、御殿山下の普請場で体験した地震よりも、もっと大きかった。

目の前にあった燭台が倒れかける。それを夢中でつかんで、蠟燭の火を吹き消した。部屋中が闇に沈む。

天井や梁から、ぎしぎしという音が絶え間なく聞こえる。すぐ近くの部屋から、女中たちの悲鳴が響いた。廊下を振り返ると、まだ明かりが差している。弥九郎は声をからした。

「慌てるなッ。火を消せ。落ち着いて、火を消すんだッ」

地震で怖いのは建物の崩落と火事だ。火を消さないで逃げて、そこに建物が崩れ落ちたら、当然、火事になる。

江戸は建物が密集しているだけに、一軒が燃えたら、両隣から、さらにその両隣へと、あっという間に燃え広がる。だから地震があったら、火を消すのが鉄則だった。

なかなか揺れは収まらず、女たちの悲鳴も続く。ただ火は吹き消されたようで、家中が闇に包まれた。

あまりの揺れで、立ち上がっても真っ直ぐには歩けない。それでも弥九郎は手探りで、柱から柱へと移動し、庭に向いた雨戸に近づくと、一枚に体当たりして、庭先に飛ばした。

「みんなッ、庭に出ろッ。小岩ッ、どこだッ」

するとる廊下から、小岩の声がした。

「ここですッ。孫たちも一緒です」

子供の泣き声が聞こえる。新太郎の嫁も一緒らしかった。弥九郎は屋根瓦が落ちてこないか、上に気を配りつつ、女子供をかばいながら、庭に飛び出した。

揺れは、しだいに収まっていった。

月は三日月よりも細かったが、暗さに目が馴れると、人影くらいは見えた。

とりあえず家族同士、手探りで探し合った。桂をはじめ、住み込みの内弟子たちも、次々と庭に出て来て、声を掛け合い、全員の無事が確認できた。

その時、ふたたび揺れが来た。弥九郎は瓦が落ちてこないところまで、家族や弟子たちを移動させた。

二度目の揺れが収まった時、ふと藤田東湖の言葉が、頭によみがえった。

「相変わらず御長屋住まいで、この間の地震の時には崩れるかと思いました。また、あんな揺れがあったら、今度こそは危なそうです」

弥九郎は小岩に言った。

「もしも火事が広がって、危なくなったら、お堀の土手に逃げろ。俺は藤田のところに、様子を見に行ってくる」

そして弟子たちに向かって怒鳴った。

「だれか、一緒に来いッ」

手探りで下駄を履くなり、ばらばらと男たちが駆け出した。いつの間にか桂が、提灯を手にしている。

練兵館から小石川の水戸藩邸までは、外堀端に出て、土手沿いに走れば、ほどない距離だ。左手は堀に続く斜面だが、右手は軒並み武家屋敷で、海鼠塀が続く。

走っているうちに、また激しい余震が起きた。塀の向こうや堀の対岸から、甲高い悲鳴や、子供が泣き叫ぶ声、怒鳴り声、助けを求める声、さらには馬のいななきや犬の吠え声などが響き渡る。

瓦が雪崩を打って落ちる音や、建物が崩落する轟音も響く。堀端に逃げてくる人影が増えて、何度も人とぶつかった。

小石川御門を通り抜け、外堀の橋を渡ると、もう水戸藩邸の門前広場だ。藩邸の門扉が左右に大きく開かれ、門番たちが松明を掲げていた。

門から広場へと、人々がわらわらと出てくる。号泣しながら歩きまわる女、地面に座り込む老人など、異様な雰囲気だった。

門で名乗って藩邸内に入ると、いっそう凄惨だった。空気は埃っぽく、人の叫び声や怒声が絶え間なく響き、目の色を変えた人々が、忙しなく行き来している。

弥九郎は暗がりの中、目を凝らして立ちすくんだ。以前あったはずの建物が消えていたのだ。敷地内は広範囲で崩壊しており、足の踏み場もないほどだった。

叫びながら瓦礫を取り除けている一団がいる。誰かが下敷きになったらしい。火が上がっているところには、男たちが取りついて、必死にたたき消している。

弥九郎としては手伝ってやりたいものの、何より藤田が気がかりだった。藤田が母のお梅と暮らす長屋は、十万坪を超える広大な敷地の奥だ。

「先生、足元に気をつけてください」

桂が弥九郎に提灯を差し出す。どこもかしこも瓦礫が散らばっている。それを乗り越え、乗り越えして、長屋に向かった。

行けども行けども阿鼻叫喚が続く。弥九郎は進みながら祈った。どうか藤田が無事であって欲しいと。

だが目当ての長屋が見通せるところまで来て、足が止まった。そこも何もなかったのだ。長屋は全壊していた。

呆然と立ちすくむ女や、夢中で瓦を掻き分ける男、泣き続ける子供たち。弥九郎は大声で叫んだ。

「藤田ッ、藤田東湖はいないかッ」

返事はない。誰彼かまわず聞いた。

「藤田東湖を知らぬか。どこに行ったか、見なかったか」

ひとりの老人が震え声で答えた。

「藤田どのなら、おそらく、そこに」

その仕草に、弥九郎は胸が潰れる思いがした。老人の手は、崩れた建物の下を指さしたのだ。

周囲を見まわすと、たしかに、そこが藤田が住んでいた場所だった。弥九郎は夢中で瓦礫に取りついた。

「藤田ッ、藤田、いたら返事してくれ。どうか返事をしてくれ」

弟子たちも声をからして呼ぶ。だが返事はない。ただ折り重なった廃材の奥から、かすかに女の声が聞こえた。

「ここです」

弥九郎は、周囲で呼び続ける弟子たちに命じた。

「少し黙れ。黙って耳を澄ませ」

すると、また弱々しい声がした。

「藤田虎之助は、ここです。ここにいます。助けてやって、ください」

虎之助とは東湖の通称だ。声の主は母親のお梅に違いなかった。

「桂、提灯をッ」

砕けた瓦を手づかみでどかしてから、桂の手から提灯を受け取った。そして瓦礫の隙間から、声の方向を照らした。重なり合った梁や柱の奥を、注意深くのぞく。

「藤田の母上さまかッ。お梅どのかッ」

声をかけると、咳き込みながらも、か細い声が返って来る。

「そうです。どうか、虎之助を、助けてください。早く、助けてやって」

提灯の明かりを受けて、一瞬、白い指が動くのが見えた。

「あそこだッ」

弥九郎は弟子たちを振り返り、瓦礫の上から指さした。

「あの下だ」

屈強の弟子たちが、いっせいに廃材に取りついた。

「気をつけろ。下手に梁や柱を動かして、人を押し潰すなッ」

弥九郎も片手で提灯をかざしながら、瓦礫を掻き分け始めた。もうもうと埃が舞う。

あらかた瓦を取り除けると、大きな梁が斜めになって現れた。その下の隙間に、お梅は、ちょうど入り込んでしまったらしい。もういちど提灯で照らすと、はっきりと白い手が見えた。

「今、助けるゆえ、待っていてくだされ」

そう声をかけた時だった。提灯の光の端に、見覚えのある布地が浮かんだ。急いで提灯を近づけると、藤田の小袖だった。

弥九郎は邪魔な瓦礫を急いで取り除き、手を伸ばして、小袖をつかんだ。中に手応えがある。だが、それが嫌な感触だった。生きている気配がないのだ。

布地をたどっていくと、どうやら背中らしかった。さらに手を伸ばすと、襟を越えて首に触れた。冷たい皮膚だった。ぬるりとしたものが、指先につく。恐る恐る手を引くと、弥九郎の指先は血で染まっていた。

どうか、これが藤田ではないようにと祈りつつ、梁の下に提灯を差し入れて照らした。しかし、そこに浮かんだのは、紛れもない藤田の変わり果てた横顔だった。それも額から上が、梁に押し潰されていた。

あまりの痛ましさに、一瞬で目を背けた。すぐ近くから、すすり泣くような声がする。

「助けてやってください。どうか、虎之助を」

弥九郎は弟子たちを振り返り、黙って首を横に振った。弟子たちが息を呑む。弥九郎は立ち上がって言った。

「とにかく、お梅どのを助けよう」

数人がかりで、じわじわと梁を持ち上げ、弥九郎が隙間に手を差し伸べて、お梅の腕をつかんだ。

「もう少しだッ。もっと持ち上げろッ」

少しずつ隙間が広がっていく。弥九郎は、お梅の腕をたぐって肩をつかみ、さらに両脇に自分の腕を差し入れて抱き寄せた。そして老いた体を、梁の下から引きずり出した。

助けられる間も、お梅は、うわごとのようにつぶやき続ける。

「私より、虎之助を。どうか虎之助を」

足先まで出ると、そのまま抱きかかえて立たせた。奇跡的に怪我がなく、自分の足で立てた。同じ御長屋の住人なのか、女や年寄りたちが駆け寄る。

お梅は泣きながら言い続けた。

「虎之助を出してやって。どうか、どうか」

弥九郎は、もういちど弟子たちを指揮して、梁を持ち上げさせた。そして藤田の遺体を、抱きかかえて引き出した。

傷ついた頭が、力なく弥九郎の肩に寄りかかる。子供を抱くようにして、冷たくなった藤田の背中に腕をまわした。

お梅が半狂乱で駆け寄る。

「虎之助、虎之助ッ」

弥九郎は藤田の遺体を地面に置く気になれず、抱きしめたまま、その場に座り込んだ。

お梅は息子の背中にすがって泣き叫ぶ。

「虎之助、虎之助ッ」

それから泣きながらつぶやいた。

「私が悪いんです。私が」

居たたまれないといった様子で、しゃくり上げながら言う。

「せっかく外に逃げたのに、私が、火の始末をしに家の中に戻ったので、虎之助が追いかけてきて。それで私をかばって。私が死ねばよかったのに。私が、私が」

弥九郎は遺体に向かって呼びかけた。

「藤田、おまえの母上は、おまえに助けられて、少しも喜んではいないぞ」

なぜ自分の大事な人は、こうして次々に旅立っていくのか。渡辺崋山、江川太郎左衛門、そして藤田東湖。かけがえのない男たちが、あたら命を落としていく。

弥九郎は小声で桂に命じた。

「うちの長持を空にして、持って来てくれ」

これほどの被害では、棺桶すら間に合わない。でも、こんな修羅場に、藤田の亡骸を置いておきたくはなかった。

その夜、弥九郎は弟子たちとともに、朝まで瓦礫と格闘し続けた。助け出せた者もいたが、いくつもの遺体を引き出した。耐え難いほどの作業だった。

やがて長持が届くと、その中に藤田を納めた。すすり泣き続けるお梅のために、なんとか駕籠を雇い、長持は弟子たちに担がせて、そのまま水戸に向かわせた。一日も早く、妻子の元に帰してやりたかった。


地震の翌月、桂小五郎が約束の三年を迎えた。桂は両手を前について、深々と頭を下げた。

「先生、三年間、本当に、お世話になりました。剣術はもちろん、大事なことを教えて頂きました。神田先生にお引き合わせ頂いたのも、心から、ありがたく思っています」

短期間ではあったが、神田孝平に入門させた結果、桂は民政の視点を持った。西洋では、どのようにして民百姓を統治しているのかを習ったのだ。百姓を土地に縛り付けるのではなく、それぞれの意志で職業を選び、それぞれの収入に応じて、税を納める方法だ。

「これを機に、帰藩してからも、新しい世の中の形を、模索していきたいと思います」

桂の挨拶に対し、弥九郎は穏やかな口調で言った。

「もうひとつだけ、言っておきたい」

「何でしょう」

「生涯、刀を抜くな。そなたは、この練兵館の塾頭まで務めた男だ。その力量で刀を抜けば、間違いなく相手を倒す。だが人を斬れば恨みを買う。恨みを買えば、足をすくわれ、命をねらわれ、力を発揮できなくなる。それゆえ、どんな時にも刀は抜いてはならぬ」

「でも、どうしても抜かねばならぬ時は？」

「その時は逃げろ。少しでも危ういと感じたら、とにかく逃げ切れ」

「でも、それでは腰抜けと呼ばれましょう」

「そう呼びたい奴には呼ばせておけ。わかる者にはわかる。世に聞こえた練兵館の塾頭が、腰抜けであるはずがないと」

　弥九郎は桂の目を見据えた。

「私も同じ誓いを立てている。生涯、刀を抜くつもりはない」

　桂は小さくうなずいた。

「わかりました」

「桂小五郎、そなたは生きながらえよ。死んだら何もならんのは、藤田を見ればわかるだろう。母を救った藤田を、孝行息子と讃える者がいるかもしれぬ。だが、あれほどの親不孝はない。母親が、どれほど嘆いたかを、見たであろう」

　もういちど基本を口にした。

「武は戈を止める。攻撃を止めるために、そなたは剣術を身につけた。何よりそれを、しかと心に刻んでおけ」

「わかりました。生涯、忘れませぬ」

「ならば、もう行け」

　最後の挨拶を交わすと、桂小五郎は立ち上がった。そして生涯、抜かないと誓った刀を腰に差し、練兵館から去っていった。

　弥九郎は、玄関に小岩と並んで、愛弟子の後ろ姿を見送った。

「小岩、わしはな、やはり隠居しようと思う」

　穏やかな目で老妻を見ると、小岩も静かに答えた。

「そう決められたのなら、それが、よろしゅうございましょう」

「ただな、疲れたからではないのだ。藤田の死も、かかわりない」

「わかっておりますとも。満足されたのでしょう。ふたりとない愛弟子を育てて」

「その通りだ」

桂の卒業には、何よりの達成感を感じていた。だが弥九郎は苦笑した。

「そなたには、何もかも見透かされているな」

「もう長く連れ添っておりますもの」

夫婦は顔を見合わせて笑った。

それから、ひと月半で安政三（一八五六）年を迎え、正月を機に、弥九郎は篤信斎《とくしんさい》と名を改めた。そして長男の新太郎に、二代目斎藤弥九郎の名を譲った。

翌安政四（一八五七）年には、江川のやり残した韮山の反射炉が完成し、築地には軍艦教授所が開設された。長崎の海軍伝習所で、オランダ人から手ほどきを受けた幕臣たちが、江戸に戻ってきて、日本人だけの海軍学校を開いたのだ。

弥九郎は手応えを感じた。何もかも、いい方向に動き始めており、もはや、この動きを阻む者はいない。

新太郎が長州に出かけて以来、練兵館には長州藩士の門人が多かったが、桂が帰国したことで、また入門が急増した。高杉晋作《たかすぎしんさく》、品川弥二郎《しながわやじろう》、井上聞多《いのうえもんた》、伊藤俊輔《いとうしゅうすけ》など、優れた若者たちが修業をした。

越前藩との繋がりも強かった。以前、御前試合を披露した縁で、将軍継嗣問題に力を貸して欲しいと依頼された。

十三代将軍家定《いえさだ》が病弱で、世継ぎが期待できないことから、次期将軍の座をめぐって、激しい政争が起きていた。その有力候補が水戸斉昭の七男、慶喜《よしのぶ》だった。慶喜は聡明との評判で、越前藩主、松平春嶽が強く推していた。

そこで春嶽の側近、中根雪江《なかねゆきえ》が、弥九郎にも協力を頼みに来たのだった。弥九郎は承諾し、思うところには働きかけた。

だが違和感も感じた。自分は、こういった政治的なことには不向きだと思った。やはり江川の片腕として、体を張って走りまわっていた時の方が、自分らしい気がした。

いよいよ弥九郎は最後の夢に向かった。どこか、ひなびた場所で晩年を過ごすのだ。江戸市中にいては、また政治的なことに担ぎ出されそうな懸念もあった。

土地を探した結果、江戸の町から外れた代々木に、手頃な出物があった。八幡宮から緑深い森が続いており、三千坪もある割りには、手が届く価格だった。

それに代々木八幡宮は思い出の地でもある。弥九郎が十五歳で、初めて江戸に出て来た時、温かい焼き芋を夢中で頬張ったのが、ここの門前だった。

弥九郎は森の一部を切り拓き、小さな山荘を建て、小岩と、わずかな奉公人だけを連れて移り住んだ。

安政五（一八五八）年、日米修好通商条約が結ばれた。それをきっかけとして、ヨーロッパ各国とも通商条約が次々と調印されて、貿易が始まった。

これも外国の言いなりになったと批判を浴びたが、そんな批判を封じるために、安政の大獄が起きた。水戸斉昭をはじめ、公家や大名、旗本から町人に至るまで、大勢が処罰を受けたのだ。特に吉田松陰は極刑に処せられ、命を落とした。

弥九郎は胸が痛んだが、もはや手の届かない世界だった。日本は大きく変わろうとしており、そのために、もがいている時期だった。

そんな殺伐とした世相とは裏腹に、人里離れた代々木には、静かな時間が流れていた。山荘前の木立に陽が射し、そして陰りゆく。

弥九郎は木々の梢が風に揺れるのを眺め、せせらぎの音や小鳥の声に耳を傾けた。小さな田畑を耕し、鶏を庭に放ち、自分たちの食べるものは、自分で作る暮らしだった。

しかし避けがたい哀しみも起きた。移り住んで三年後の文久元（一八六一）年、小岩が病に倒れたのだ。医者には余命わずかと宣告され、小岩自身も死期を悟った。

弥九郎は長い間、家庭よりも仕事を優先してきた。家事や子育てはもちろん、道場の金の出入りまで、小岩に任せきりだった。

出かけて帰宅したとたん、すぐに飛び出して、幾日も家を空けたのも、二度や三度ではなかった。それでも小岩は不満のひとつも口にせず、何もかも信頼して任せておけた。

そんな愛妻の死を間近にして、弥九郎は涙を隠せなかった。むしろ小岩の方が落ち着いていた。

「私の方が若いのだから、あなたを看取って差し上げたかったけれど」

床に横たわった小岩は、手を伸ばし、細くなった指先で、夫の頬の涙を拭った。その手を握って、弥九郎は聞いた。

「そなたは、こんな男と一緒になって、悔いはなかったか」

小岩は首を横に振った。

「悔いなど」

「しかし、そなたなら、千石級の旗本家の奥方でも務まっただろう。さもなくば小身から大出世する男とて、支えられたはずだ。私は生涯、町道場の主だった。そんな男が夫で、よかったのか」

するとと小岩は微笑んで聞き返した。

「町道場の主を、馬鹿にしておいでですか」

弥九郎は思わず泣き笑いの顔になった。それは初めて言葉を交わした時に、小岩が腹を立てて言い放った台詞と同じだったのだ。

小岩は穏やかな口調で続けた。

「私は町道場の主に嫁いだのです。町道場の中でも、練兵館は、今や江戸で一、二を争う人気です。それほどの町道場の主の妻になって、不満な女が、どこにいましょう」

小岩は握られていた手をほどき、もういちど、そっと握り返した。

「あなたがいなくて、子供たちと取り残されて、不安だった時もあるし、寂しかった時もあります。正直、腹の立った時だってあったけれど」

弥九郎は頭を垂れた。

「すまなかった。そんな思いをさせて」

「でも代々木に移ってきてからは、本当に楽しかった。ふたりで穏やかに暮らせて、あなたを独り占めできて。あなたは私の人生の最後に、幸せな三年間をくださったのよ」

「小岩」

もはや弥九郎は嗚咽が止まらなかった。

ほどなくして小岩は臨終を迎えた。息子たちや、その嫁たち、さらには孫たちが駆けつけ、家族一同に見守られて、静かに息を引き取った。

固く閉じた目元は窪み、髪は白く、肌には皺が刻まれている。だが、それは弥九郎と連れ添った年月の証であり、死してなお美しい愛妻だった。

文久年間は動乱の始まりとなり、弥九郎は代々木の山荘で、世の動きを伝え聞いた。いよいよ尊王攘夷の声が高まって、京都で人斬りが横行しているという。

長州藩では攘夷決行として、関門海峡を通過する外国船を、無差別に砲撃した。その結果、イギリスなど四カ国から報復を受け、馬関戦争と呼ぶ対外戦争が勃発した。

この時、新太郎は長州藩から要請を受け、四カ国艦隊に備えるために、仏生寺弥助らを伴って下関に赴いた。だが圧倒的な力の前に、外国兵の上陸を阻止できず、馬関戦争は長州側の完敗で終わった。

新太郎は落胆して江戸に戻ってきたが、弥助は帰って来なかった。勝手に京都に留まっているという。

新太郎は申し訳なさそうに言う。

「勇士組と称して徒党を組んで、尊王攘夷を実行すると息巻いているのです」

弥九郎は信じがたい思いで聞いた。

「徒党を組むと言っても、どうやって食べていくのだ？　道場破りでも、やっているのではあるまいな」

「いいえ、そうではなく、都では人斬りが横行しているので、剣の腕が立てば、いくらでも食べていく道はあるようなのです」

かつて弥九郎は、弥助を伴って水戸に赴いた際に、芹沢玄太という十四、五歳の少年と出会った。剣の筋はよさそうで、弥助が稽古をつけ、その後、大洗海岸に案内してくれた。その少年が芹沢鴨《かも》と称して京都に上り、新選組として活躍を始めていた。

弥助は芹沢に寄り添いつつも、その下風につくことを嫌って新選組には加わらず、勇士組で通しているという。

弥九郎は京都の弥助に、何度も手紙を書き送った。きちんとした思想も持たずに、尊王攘夷を口にする資格はないと諌め、すぐに江戸に戻ってこいと命じた。しかし弥助は、なおも帰ってこなかった。

幕府は諸外国からの外圧と、尊王攘夷という内圧のはざまで、しだいに力を失っていった。事件が起きるたびに、元号が改められ、安政以降、万延、文久、元治、慶応と、一年から長くても三年で、めまぐるしく変わった。

そして慶応三年、仏生寺弥助の死が知らされた。京都で打ち首になったとも、新選組に暗殺されたともいわれた。

新選組は内部闘争の末、芹沢を亡きものとし、そのうえ弥助を危険視して、不意打ちにしたという噂だった。本当のところはわからない。ただ弥九郎は幼馴染みのために泣いた。

弥九郎は隠居するまでに、おびただしい数の若者を育てた。なのに同じ村から出て来た弥助だけは、少しも成長させられなかった。最後まで言うことも聞かせられなかったことを、心から嘆いた。


翌慶応四（一八六八）年二月十二日、最後の将軍、徳川慶喜が江戸城を出て、上野の寛永寺に移った。官軍に城を明け渡す意志を表明したのだ。

それから十日もしないうちに、以前、練兵館にいた大谷内竜五郎《おおやうちたつごろう》という幕臣が、代々木の山荘に訪ねて来た。渋沢成一郎《しぶさわせいいちろう》という三十歳くらいの男を連れていた。

渋沢は礼儀正しく、自分の出自から語った。もとは武州の百姓の出で、慶喜の側近だという。慶喜が将軍になる前から仕え、農兵の徴募に奔走したという。

「農兵を集めたのは、江川太郎左衛門どののやり方を踏襲したのです」

それが認められ、幕府に洋式陸軍が組織されてからは、軍の事務方を務めてきたという。渋沢は丁寧な口調で話した。

「このたび上さまが、いわれなき罪のために、朝敵にされました」

徳川慶喜は鳥羽伏見の戦いの結果、朝敵の汚名を着せられた。薩長軍が官軍に化け、徳川家を討伐するために、江戸進攻を決定したという。

「上さまは、官軍に刃向かう意志がないことを示すために、お城から退かれ、上野の寛永寺に入られたのです」

寛永寺は将軍家代々の菩提寺だ。

「ただ、これを非難する者もおります。なぜ戦わないのかと腹を立て、上さまを斬り殺してでも、華々しく戦うのだと息巻く者さえおります。それゆえ、われらは彰義隊と名乗り、寛永寺の守備につこうと決めました」

彰義隊は、いわば慶喜の親衛隊だった。

「われらは上さまのご意志を、何より尊重しますので、朝廷側に刃向かうつもりは、毛頭ありません。彰義隊という名前に決めるまでは、尊王恭順有志会と名乗っていたくらいで、あくまでも恭順のための隊です。ただし、その意図が官軍に伝わらず、警戒されるかもしれません」

渋沢は、ひと息ついてから、大谷内ともども両手を前について、深々と頭を下げた。

「斎藤先生、どうか彰義隊に加わって頂きたい。先生は長州藩との縁が深いと伺っています。どうか頭取として、長州との仲介をお願いしたい。われらに反逆の意志など、いっさいないことを伝えて頂きたいのです」

慶喜が退いた後の江戸城を任せられたのは勝海舟だ。もともとは長崎海軍伝習所の出身で、やはり以前から薩摩藩との縁が深い。その点を買われて、江戸開城の責任者を命じられたのだ。敵と和解できる人物こそが求められていた。

「先生に入って頂き次第、全員で血判を押して、彰義隊として旗挙げします」

弥九郎は首を横に振った。

「私は、もう七十一だ。もう十年も前から、このひなびた地で隠居している。今さら、そのような大役は引き受けられぬ」

渋沢は引き下がらなかった。

「老成されているからこそ、お願いしたいのです。彰義隊の中には、いきり立つ者もおります。正直を申せば、私のような若輩者では、抑え切れないのです。私は剣術でも砲術でも、特に腕が立つわけではありませんし」

幕府陸軍でも事務方として腕を振るっただけで、武術の心得は心もとなく、その分、軽んじられるという。

「さっきも申し上げた通り、私は百姓の出です。はばかりながら、先生も百姓の出だと伺っています。きっと先生とは、わかり合えるはずです」

改めて頭を下げた。

「どうか、彰義隊に加わって頂きたい」

大谷内も畳に額を擦りつけるようにして、頭を下げている。

弥九郎の心は揺れた。たしかに長州との仲介ができて、いきり立つ男たちを抑えきれる者となると、かなり限られる。だが即答はできなかった。

「少し、考えさせてもらえぬか」

渋沢の顔が輝き、反対に大谷内は落胆の表情を浮かべたが、すぐに身を乗り出して言った。

「今、ここで、お決め頂けませんか」

大谷内は、弥九郎が喜んで飛びつくと思っていたらしい。一方、渋沢は難関だと覚悟していたに違いなかった。大谷内は、必死の形相で粘った。

「明日にでも血判を押して、彰義隊を発足したいのです。ですから今、ここで」

弥九郎が考え込むと、渋沢が大谷内をたしなめた。

「いや、大事なことだ。考えて頂こう。それまで発足は待つべきだ」

大谷内は腹立たしそうに横を向いてしまった。たしかに渋沢では、大谷内ひとりすら従えるのは難しいのだ。

「明日には返事をする。ただし期待は、しないでもらいたい」

弥九郎の言葉に、渋沢は納得し、大谷内は不満そうに帰っていった。


その夜、練兵館から新太郎が駆けつけた。代々木の奉公人が渋沢たちの話を耳にして、新太郎に伝えたのだ。新太郎は血相を変えて詰め寄る。

「父上、よもや引き受けませんでしょうな」

「引き受けてはならぬか」

「なんとしても、お断りください」

「だが渋沢が頭取では、恭順どころか、上野の山で戦争が起きるぞ」

新太郎は首を横に振った。

「たとえ父上が頭取でも戦争は起きます。私が馬関戦争に行ったのは、もともと戦争をするつもりではなかったのです」

イギリスなど四カ国艦隊と、対等な交渉をするために、砲備を徹底したいというのが、長州藩の意向だった。あくまでも戦争を回避するために、新太郎は呼ばれたのだ。

「でも行ってみたら話が違いました。長州の者たちは、最初から戦う気でした。あの勢いは、誰にも止められません」

いちど武器を持って立ち上がった男たちを、抑えることなど不可能だという。

「父上は以前、こう仰せだった。ペリー艦隊が二度目に来航した時、江戸湾の海岸防備についた諸藩の者たちは、すっかり戦う気になっていた。なのに一戦もしないうちに、ペリーの言いなりになってしまった。そこに不満が残った。そう仰せでしたね」

「たしかに、そう申した」

「あの不満が尊王攘夷という言葉に結びつき、そして今に至るのです。いったん戦う気になった者は、勝つか負けるかしないうちは、気持ちの高ぶりを消せないのです。今の彰義隊には、恭順派もいるかもしれません。でも高ぶりを消せない者たちを、これから、どんどん引きつけるでしょう」

弥九郎は息子の言わんとすることを理解した。だが自分が引き受けなければ、渋沢を見捨てることになる。今日、初めて会った男だが、彼の信念は伝わってきた。彰義隊には、あんな男たちが、ほかにもいるのだと思う。彼らを見殺しにするのは忍びなかった。

だが新太郎は、父の心を見透かすかのように言った。

「父上は桂さんが帰藩される時に、何と仰せになったか、覚えておいでですか。私は後から桂さんに聞きました。逃げよと仰せになりましたね」

「その通りだ」

「少しでも危ういと感じたら、腰抜けと言われようとも、とにかく逃げ切れと。桂さんは律儀に、その約束を守っています」

今や、逃げの小五郎という不名誉な名が、江戸まで伝わってきている。それを世に知らしめたのは池田屋事件だった。

元治元（一八六四）年の祇園祭の夜に、尊王攘夷派の志士たちが、京都で争乱を起こそうと、池田屋という宿屋で、相談の場を持った。この会合には、桂も加わる予定だった。

だが少し早めに池田屋に出向いたところ、まだ誰も来ておらず、それどころか不穏な空気を察知したため、そのまま立ち去り、結局、会合には出なかった。

その後、志士たちが集まり、相談のまっただ中に、突然、新選組に斬り込まれたのだ。志士側は十数名の死傷者を出したが、桂は翌朝の厳しい市中探索の手からも逃れきった。

それから一ヶ月ほど後、今度は長州藩自体が、天皇の身柄を奪う計画を立て、御所へ突入を図った。しかし敗北を喫し、長州側は多大な犠牲者を出した。これは禁門の変と呼ばれている。この時にも桂は単独で敗走した。

新太郎は言葉に力を込めた。

「桂さんだって、仲間を見捨てて逃げるのは、忍びなかったはずです。それでも父上との約束を守って、逃げに徹している。逃げの小五郎などと侮られても、それに耐えている。ならば父上も逃げて頂きたい」

一時の感情で、彰義隊の頭取など、引き受けて欲しくないという。

「私は馬関戦争で見たのです。いったん戦う気になってしまった者は、抜かれてしまった刀は、血を見ない限り、おさめることはできないという事実を。父上が彰義隊に加われば、かならず刀を抜くことになります」

官軍もまた、いきり立つ者たちの集団であり、双方、戦わずして終わることはない。弥九郎は目を伏せて答えた。

「そなたの言うことは、よくわかった」

「ならば、お断り頂けますか」

しかし誠実そうな渋沢の顔が、脳裏に浮かぶ。明日、あの男の望みを撥ねつける自信は、いまだ持てなかった。

「明日、決めさせてくれ」

翌朝、渋沢成一郎と大谷内竜五郎が、緊張の面持ちで現れた。弥九郎は結論から伝えた。

「ひと晩考えたが、引き受けられぬ」

ふたりは揃って息を呑んだ。そして渋沢が狼狽して言う。

「斎藤先生に、お引き受け頂けなければ、彰義隊は結成できません。なんとか」

弥九郎は冷静に答えた。

「ならば結成しなければよい」

「それでは上さまの身が狙われます」

「用心棒ならば引き受けよう。ただし私ひとりでだ。前将軍《さきの》を襲う者があれば、かならずや斬り捨てる。私は刀を抜かないと誓った身だが、これは最後のご奉公だ」

大谷内が信じがたいという顔で聞いた。

「ならば、血判は？」

「ひとりで、お守りするだけのこと。なぜ血判など要る？」

大谷内は、しばし目を泳がせていたが、すぐさま態度を変えた。

「わかりました。血判などなくてもいい。でも、ご一緒させて下さい。斎藤先生を中心に皆で結束して、上さまを、お守りしましょう」

「そのような必要はない。ひとりで充分だ。近づく者がいたら、そなたらでも、そなたらの仲間でも、容赦はせぬ」

「では、では、薩長が迫り来たら、どうするのです」

「そなたらの望む通り、長州の誰かと話し合おう。上さまを水戸辺りにでも、お預けできればよいが、いったんは、お身柄を薩長側に渡すことになるかもしれぬ。もしも上さまが自害されたいと仰せなら、介錯をいたそう」

見る見るうちに、大谷内が憤怒の表情に変わっていく。

「ならば上さまを、お守りして、何が何でも引き渡さぬという意志は、ないのですかッ」

「そんなことを、上さまは望まれるか。そなたらは尊王恭順有志会では、なかったのか」

大谷内が立ち上がって怒鳴った。

「命が惜しくて引き受けられぬゆえ、いい加減な言い訳をしおってッ」

渋沢が諫めた。

「やめろッ」

そして、もういちど弥九郎に懇願した。

「どうあっても、頭取は、お引き受け頂けませんか」

「今、申した通りだ。上さまの身は、お守りする。恭順にも従う。その方らの望みは、すべてかなう。それ以上、何を望むのだ」

渋沢は目を伏せ、苦しげな表情で黙り込んだ。大谷内が、なおも怒鳴り散らす。

「渋沢さん、相手にするだけ無駄だ。こんな老いぼれに、頭取が務まるものかッ」

なおも黙っている渋沢に、弥九郎は忠告した。

「もし今後、そなたの考えと、ほかの者たちとの間に、埋められぬ溝ができたら、できるだけ早く離れるがよい。主義主張を曲げることはない」

大谷内が、いっそう猛り立つ。

「余計なことを言うなッ」

そして渋沢の背中を手荒くたたいた。

「さあ、帰ろう。時間の無駄だった」

渋沢は丁寧に一礼し、弥九郎の目を見ずに去っていった。

以降、上野の様子は、新太郎が逐一、代々木に知らせてきた。

ふたりの来訪から間もない二月二十三日、渋沢成一郎を頭取として、彰義隊が発足した。旧幕臣のみならず、諸藩からの脱藩浪士も集まり、さらには博徒なども加わって、ひと月あまりで千人もの集団に膨れあがった。

四月十一日には江戸城が官軍に引き渡され、最後の将軍、徳川慶喜は水戸へと移った。彰義隊は水戸藩領の手前まで警護を務め、水戸藩士たちに引き渡してから、上野の寛永寺に戻った。

しかし慶喜の警護という本来の役割を終えると、内部で対立が起きた。やはり戦わずにはいられない者が、あまりに増えすぎたのだ。結局、渋沢成一郎は彰義隊から離れ、独自の隊を結成して、江戸から北関東に向かった。

残った彰義隊は、さらに三、四千人にまで急増した。そして寛永寺と、その周辺の寺社に立て籠もり、徳川家からの解散勧告にも応じなかった。

そして五月十五日早朝、上野戦争が起きた。官軍が彰義隊を攻め立てたのだ。しかし、たった一日で官軍の勝利と決した。戦死者は彰義隊側で二百名を超え、官軍側は五十数名だった。

慶応四年は九月に明治元年と改められた。徳川家が駿河遠江に移封になり、膨大な数の旧幕臣たちが、徳川家に付き従って移住した。そのために旗本屋敷が多かった番町界隈は、空き家だらけになった。

明治二（一八六九）年三月、特に空き家が集中していた三番町から四番町一帯に、新たな神社の建設が決まった。官軍側の戦死者たちを慰霊するための神社だ。ここは後に靖国神社と呼ばれた。

その広大な境内に、練兵館が含まれることになり、道場は隣町の富士見町へ移転することになった。新太郎の家族も内弟子たちも、富士見町に新築した道場へと引っ越した。

古い道場取り壊しの前日、弥九郎は建物に別れを告げに行った。誰もいなくなった道場で、感無量の思いを抱きつつ、最後の素振りをした。今も体は鍛えており、七十二歳になっても、足腰に不自由はない。

数日後に、もういちど行ってみると、すでに更地になっていた。隣近所も跡形もなくなり、広大な範囲が見通せた。

江川の援助を受けて、道場を開いて以来、無我夢中で走り続けてきた。その間、何人もの盟友を失った。

本所の江川家に出向く時も多かったが、自分の拠点は、ほかならぬ練兵館だった。その建物が、きれいさっぱり消えてしまう日が来ようとは、夢にも思っていなかった。

弥九郎は大きな時代の変わり目を、身をもって実感した。

第十一章　最後の飛翔

その年の初夏のことだった。突然、桂小五郎が、代々木の山荘の庭先に現れた。

「おお、久しぶりだな」

「ご無沙汰で、失礼しています」

「いや、忙しかろう。活躍は聞いている。わしも鼻が高いぞ」

すでに都は京都から江戸に移され、地名も東京と改められた。今や桂は新政府の中心人物であり、東京遷都にも関わっていた。

「改名したそうだな。木戸孝允《きどたかよし》どのか」

桂は照れて笑った。

「先生には、桂でも、小五郎でも、かまいません。むしろ、その方が落ち着くし」

桂は周囲を見まわした。

「それにしても、いいところに越されましたね」

「田舎暮らしだ。もともと田舎者なのでな。こういうところが性に合うのだ。まあ、座れ。作り込んだ庭ではないが、木立の眺めは悪くない」

杉林に面した縁側に並んで腰かけた。すぐ目の前に、梅の古木がある。梅にしては大きく広がった枝が、強い日差しをさえぎって、縁側に木影を落とす。ちょうど青梅が、たわわに実っていた。

「いい梅だろう。もう少ししたら実を取り入れて、梅干しに漬ける。この土地を買ったのは、この木が気に入ったんだ。家も、これが縁側の前に来るように、大工に建てさせた」

「ほう。先生が梅をお好きだったとは、知りませんでした」

「梅と言えば、水戸だ。藤田東湖を忍ぶのに、ちょうどいいんでな」

「そうでしたか。藤田さんが助けた母上さまの名前も、お梅さんでしたね」

「さすがに、もう亡くなっただろうな」

「そうですね」

「もう、古い話だ」

弥九郎は、ふと話題を変えた。

「ところで、そなたは、いくつになった?」

「三十六です」

「かつての紅顔の美青年も、もう三十六か。わしも年を取るはずだ」

結局、桂は戊辰戦争の戦闘行為には、ほとんど関わらなかった。だが王政復古で天皇親政が始まると、頭角を現し始めた。

明治維新を成し遂げたのは下級武士たちだったために、身分を超えた人材登用を訴える声は大きかった。しかし桂の考えは、それをはるかに超え、四民平等まで達していた。

また尊王攘夷の掛け声とともに、天皇中心の国家建設や、対外軍備の充実は、多くの志士たちが口にした。

だが桂は、藩ごとの地方分権をやめ、中央集権へ転換する策として、廃藩置県を考えていた。軍備を支える税制についても、はっきりとした展望があった。

桂は庭先の木立に顔を向けたまま、謙遜気味に言った。

「具体的に何をどうするという考えを持っている者が、ほとんどいなかったので。それで登用されたのです」

「いや、それを考えていたところが、さすがだ。わしが見込んだだけのことはあった」

「蘭学の神田先生を、ご紹介頂いたのが、私の転機でした。あの時、私の望み通り、長崎の海軍伝習所に行っていたら、民政になど目は向きませんでした」

「だが短い期間だっただろう」

「でも、あれがきっかけでした。あの後、自分でも蘭書を読んだり、漢籍で中国の帝政を調べたりして勉強しました。逃げ隠れしていた時間が長かったので、暇はありましたし」

禁門の変の後、桂は、かろうじて京都から逃れたものの、国元にも帰らずに、各地に潜伏したという。禁門の変の失敗により、長州藩で改革派が一掃されてしまい、帰国すれば、桂の身も危うかったのだ。

「おかげで、逃げの小五郎などという名前をつけられました」

「わしのせいで、悪かったな」

桂も弥九郎も苦笑した。

「でも、そのおかげで、こうして生き延びて、力を活かす機会を得たのです。長州でも大勢が死にました。死んだら何もできないというのは、まさに先生の仰せの通りでした。だから今は、逃げの小五郎という名を、恥だとは思っていません」

「ならば、よかったが」

また、ふたりで笑った。桂は、なおも木立に顔を向けたまま言った。

「議会制の開始を訴える志士たちも、大勢いました。でも考えてみれば、幕府にしても議会政治ではあったのです。将軍の独裁ではなかったし、老中や若年寄による話し合いで、政治が進老中や若年寄といった地位は世襲ではない。大名家自体は世襲だが、老中や若年寄は、譜代大名の中から互選で推されてなる。その基準は人物次第であり、周囲が認めた人物こそが、幕府の政治に関われた。

桂は淡々と語った。

「当初、志士たちの望みは、諸侯会議でした」

諸侯とは長州や薩摩や土佐など、主に外様の有力大名のことだ。彼らが集まって、話し合いで日本の政治をつかさどる諸侯会議が、維新前には期待された。

「でも、それでは譜代大名が外様大名に変わっただけで、幕府の形式と変わりはない。自分たちの藩主を議会に押し上げて、権力を握ろうなどという野心は、維新には邪魔なだけです」

桂が理想としたのは、そんな限られた議会ではなく、幅広い選挙による議会政治だった。世襲も否定した。弥九郎は、なるほどと感じ入った。

「よくぞ、そこまで考え至ったものだ」

「暇でしたので。こうなったら、こうしよう、それが駄目だったら、次の手はこれだと、そんなことばかり考えていました」

「なるほど、若い頃の暇というのも、大事なことかもしれんな。わしなど今ではすっかり暇だが、たいしたことは思いつかん」

また笑ってから、桂が何気ない様子で、上空を見上げた。つられて弥九郎も見上げると、鷹が旋回していた。

「何か、獲物を見つけたな。時々、鶏を襲うのが、困りものなのだが」

するると桂は弥九郎の方に向き直り、居ずまいも改めて言った。

「先生、もういちど、飛翔して頂きたい」

「何のことだ。飛翔などと大仰な」

「新政府は大阪に造幣局を設けます。そこに出仕して頂きたい」

弥九郎は思いがけない申し出に、少し驚いたものの、膝元の湯飲みを手に取り、そのまま膝に載せて答えた。

「そなたが、わしを気にかけてくれるのは嬉しい。でも、それだけで充分だ」

それは偽らざる気持ちだった。

「わしは、もう七十二だ。そなたが三十六だから、ちょうど倍も生きている。今さら新政府のお役目を頂くわけにはいかぬ。若い者にさせてやれ」

湯飲みに目を落として続けた。

「彰義隊の頭取も断ったし、古い道場もなくなった。年寄りが出しゃばる時代ではない」

また上空に目を向けると、鷹は、どこかに飛び去り、もう姿はなかった。桂も空を見上げた。

「先生に教えて頂いたことで、私が、もっとも身に染みて感じ入ったのは、実は金のことです」

武士は金を卑しむ。百姓家に生まれた弥九郎は、子供の頃に商家に奉公に入ったことで、算盤勘定ができた。そのために先代の道場経営を任された。その後、武士として江川の家臣になっても、金を不浄のものとは見なさなかった。

台場の建設でも、常に費用のことを念頭に置いていた。桂に金の重要性を説いたことはない。だが弥九郎のかたわらにいて、それを自然に感じ取っていたのだ。

「新政府は、ほとんどの政庁を東京に置きます。ただ造幣局だけは大阪にと考えています。幕府の金座銀座から切り離したいので」

幕府は江戸の金座や銀座で、小判や豆板銀を造っていた。そういった従来の貨幣に対する信用は、いまだ揺るぎない。

それに代わる新貨幣の発行は、新政府にとって何よりの課題だ。だが下手に発行すると、庶民が新貨幣を信用せず、小判を隠し持つという事態も起こりうる。そうなると新貨幣の価値は下がり、新政府そのものが揺るぎかねない。

「大阪は商都ですし、貨幣の切り替えに関しては、東京よりも頭が柔らかい。だからこそ大阪に造幣局を設けたいのです」

ただ貨幣づくりそのものに関しては、頭の柔らかさは不要で、むしろ生真面目さが求められるという。

「お恥ずかしいことですが、長州の者は、その手の生真面目さに欠けています。公金と私的な金の区別もつかない者が、あまりに多いのです」

維新前の京都や大阪で、長州藩士は藩の金での飲み食いはもちろん、女遊びも当たり前。商人と結託して、大金を受け取るのも当然だった。そんな感覚では、貨幣づくりは任せられないという。

「大阪商人に袖の下でもつかまされ、少しでも不正が行われたら、信用を失い、取り返しのつかないことになります。だからこそ、しっかりとした金銭感覚を持ちながら、金にきれいな人物が必要なのです。先生のような方にこそ、目を光らせて頂きたい。それも建設段階から徹底したいのです」

設計はイギリス人の建築家に依頼するが、弥九郎には、大工の入札から関わって欲しいという。言い返そうとすると、桂は手の平を向けて、話をさえぎった。

「もう少し、私の話を聞いてください。建物は、すべて洋館で、イギリス製の造幣機械を据える予定です。香港で機械一式が、まるまる売りに出されたので、そのまま買い取ることにしました」

「なぜ、そのような機械が売りに？」

「詳しくはわかりません。でも、おそらくはイギリスが香港で、独自の貨幣づくりを始めようとしたのでしょう。それが失敗して、手放すことにしたのだと思います。貨幣を使うのは庶民です。阿片戦争に勝利したイギリスですら、香港の庶民たちを、思うようには操れなかったのでしょう」

　桂は少し表情を和らげた。

「先生は庶民の感覚を捨てていない。百姓だったのは遠い昔なのに、こうしてまた田畑を耕しておいでだ。そのうえ商人の金銭感覚も持ち、さらには真の侍の魂を持っている」

　そんな弥九郎だからこそ、造幣局に招きたいというのだ。

「地位は権判事《ごんのはんじ》です。先生には失礼なほど、些末《さまつ》な役目かもしれません。でも、ほかの者では務まらないのです。ただ」

「ただ、何だ？」

「先生は旗本家の家臣を、長く務められた方で、いわば幕府方です。それが新政府に出仕するとなれば、批判は避けられない。二君にまみえるとは、武士の風上にも置けないと、たたかれましょう」

「批判は当然、あるだろう」

　桂は冗談めかして言う。

「逃げの小五郎の汚名を着せたのは、ほかならぬ先生です。今は誇りにさえしていますが、当初は悔しかった。先生も悔しい思いをしてください」

　弥九郎は笑い出した。

「悔しさの責任を取れと申すか」

「それに新政府には人手が足りません。力のある旧幕臣の方々に、新政府で働いてもらいたいのです」

しかし、たいがいは批判を気にして、出仕しようとしないという。

「でも、かの斎藤弥九郎が高齢を押してまで出仕したとなれば、後に続く人も出ましょう。どうか批判の矢面《やおもて》に立って頂きたい」

憎まれ役だからこそ、弥九郎としては断りにくい。そこまで考え抜いた誘い方だった。

「そなたは、わしが断ったら、こう言おう。別の理由を持ち出したら、こう反論しようと、すっかり考え尽くしてきたのだな」

「もちろんです」

弥九郎は思うままを口にした。

「新太郎に相談したら、反対しような」

すると桂は、いよいよ笑顔になった。

「もう話は通してあります。父上さま次第とのことでした」

弥九郎は、また笑い出した。

「本当に、あれもこれも考え抜いて、あれもこれも手を打ってきたのだな」

桂は肩をすくめ、おどけて答えた。

「そうでなければ、百鬼夜行の新政府の中では、やっていかれません」

そして、しみじみとした口調に戻った。

「私は長い間、不思議でした。先生は見識もあり、人脈もあり、さらには時代の要所要所に、居合わせる機会まであった。それが何故、地位を得なかったかと」

弥九郎は笑った。

「それだけの人間だったからだ」

「いいえ、違います」

桂は、きっぱりと言った。

「振り返ってみれば、先生ご自身が抜かずの剣だったのです。あえて鞘から抜かずとも、帯刀しているだけで、戦いを抑える存在です。江川太郎左衛門という偉大な武士が、何より頼りにした名刀です」

桂は両手を前につき、いっそう言葉に力を込めた。

「どうか、造幣局の剣になっていただきたい。もういちど抜かずの剣として、日本の貨幣の信用を、守っていただきたいのです」

弥九郎は弟子の思いを受け止めながらも、彰義隊の時と同様、即断はできなかった。

「ひと晩、考えさせてもらえるか」

「もちろんです。ぜひ、よしなに」

桂は一礼して縁側から立ち上がった。そして立ち去り際に、振り返って言った。

「大阪の造幣局の場所ですが、大塩平八郎どのの役宅の一帯です。先生は行かれたことが、ありましたでしょう」

「天満か」

「そうです。あの場所に決めた理由は、表向きは川沿いで船が使えるからですが、私は大塩平八郎どのの汚名を、そそいで差し上げたいと思っています。いや、それだけでなく、大塩どのの精神を、新しい貨幣づくりに込めたいのです」

大塩平八郎は庶民の暮らしのために、命を投げうって挙兵した。だが幕府にとっては反逆の大罪人だった。それをあえて、ゆかりの地に造幣局を建てることで、再評価を天下に示したいという。

弥九郎の周囲で、何人もの優れた男たちが、主義主張のために命を落とした。その中で、先頭を切ったのが大塩平八郎だった。桂のこだわりに、弥九郎は心が揺さぶられる思いがした。

もういちど一礼して立ち去ろうとする桂に、とっさに声をかけた。

「待て」

振り返った愛弟子に、思い切って言った。

「引き受けよう。いや、引き受けさせてくれ」

自分の豹変を恥じて、少し言い訳をした。

「忙しいそなたに、こんな田舎まで、何度も足を運ばせるわけにはいかぬしな」

桂は何もかも合点したように、満面の笑顔でうなずいた。


弥九郎は明治二（一八六九）年六月、造幣局の権判事として大阪に着任した。

三十二年前は、大塩焼けと呼ばれる焼け野原だったが、その後、奉行所の役宅は建て直され、淀川縁は長い間、幕府の材木置き場になっていた。

今は、その一帯が新政府に引き渡され、すべての建物が、すでに空き家になっていた。弥九郎は、その解体作業から入札業者を募集した。

そして桂が自分を招いた理由を、すぐに実感した。大工の棟梁たちから、とてつもない額の裏金が届けられるのだ。断っても置いていこうとする。

「まあまあ、そう硬いこと言わんと、取っといておくれやす」

弥九郎は、あえて腰の刀を見せつけて凄んだ。

「そんな金は二度と見せるなッ。ほかの役人に持っていっても、命はないぞッ」

向こう気の強い大工たちも、それだけで震え上がり、金を引っ込めて退散した。

造幣局長にあたる造幣頭《ぞうへいのかみ》は、長州の井上馨《いのうえかおる》が就任した。かつて練兵館の弟子だった井上聞多だ。

井上も三十代半ばになっており、仕事はできるものの、桂が案じた通り、商人との癒着などは当然と考えていた。

弥九郎は容赦なく、昔の弟子を叱り飛ばした。井上は慌てて恐縮する。たしかに練兵館の斎藤弥九郎でなければ、務まらない役目だった。

工事が始まると、品川台場仕込みの現場監督が復活した。大工や人足たちに、威勢よく声をかけ、やる気を促した。

イギリス人の指導のもと、瀟洒な洋館が次々と建ち並んでいく。香港から輸入したイギリス製の機械が届き、事務所も仕事を始めた。

そんな最中、夜更けに火事が起きた。弥九郎が宿舎の天満宮から駆けつけた時には、西洋館の事務所から火柱が上がっていた。

先に来ていた事務方の職員が泣き叫ぶ。

「帳簿が、帳簿が、燃えてしまう」

造幣局の帳簿は、やはりイギリス人の指導により、西洋式の記述になっている。それが燃えてしまったら、今までの工事の収支が、すべてわからなくなってしまう。信用が何より大事な造幣局で、決定的な失態になりかねない。

炎に水をかけようと、手桶を持って走ってきた男がいた。弥九郎は、それを引ったくるなり、頭の上からかぶった。さらに手ぬぐいで鼻と口を覆いながら聞いた。

「帳簿は、どこだ？」

泣き叫んでいた事務方が、半狂乱ながらも答えた。

「壁際の机の引き出しですッ」

燃えさかる事務所に向かって、駆け出そうとした時だった。背後から大声がした。

「やめろッ、もう無理だッ」

振り返ると、井上馨だった。弥九郎は軽く片手を挙げた。

「もう命が惜しい歳では、ないのでな」

そう告げて、ふたたび駆け出した。開け放たれたドアからは、朱色の炎が見えた。近づくにつれ、猛烈な熱が襲う。それでもかまわずに、中に突入した。

壁も天井も一面の炎だった。ただ目指す机の一帯は、なんとか燃えずに残っていた。大股で駆け寄り、手荒く引き出しを開けた。数冊の帳簿が入っている。

急いで取り出す間も、顔の皮膚が焼け焦げるように痛かった。濡れた着物からは、蒸気が噴き出し、今にも火がつきそうに熱い。

それをこらえて帳簿の束を胸元に抱え、ドアに突進しようとした。だが一歩、踏み出そうとした時、目の前に天井板が、すさまじい轟音と共に落下した。照明器具の重さに耐えきれずに、崩落したのだ。

それがきっかけになり、あちこちの天井板が炎を吹きあげながら、次々と、はがれ落ち始めた。おびただしい火の粉が舞う。このままではドアまで、たどり着けそうになかった。

弥九郎は、とっさに帳簿を懐に突っ込むなり、かたわらにあった椅子を、床にたたきつけて壊した。そして背もたれに繋がっている脚を拾い上げると、それを木刀代わりにつかんで、もういちどドアに突進した。

頭上に天井板が落下する。弥九郎は、それを振り下ろされる刀に見立て、椅子の脚で力いっぱい、たたき落とした。その直後、また別の天井板が目の前を襲う。それも防ぎ、炎の上を飛び越えて、ドアに突進した。

外に飛び出したとたん、井上が駆け寄り、配下の男たちに叫んだ。

「水だ。水をかけろッ」

着物が焼けるように熱い。目の前の男が、水桶を構えた。だが弥九郎は熱さをこらえて叫んだ。

「待てッ。帳簿を濡らすな」

そして懐から帳簿を引きずり出し、井上に押しつけた。そこで意識が途切れた。

気がついた時には、洋式の豪勢な寝台に寝かされていた。窓の外が明るい。すでに朝になっていた。

目の前で、井上が心配そうにのぞき込む。どうやら井上の官舎らしい。火傷の手当てはすんでおり、手脚にさらしが巻かれていた。

井上が憎まれ口をたたいた。

「医者が呆れていましたよ。普通だったら、死んでるところだそうです」

「そうか。死ななくて悪かったな」

「いや、死なれては困りますよ。まだまだ見張ってもらわないと、不正が起きる」

「そなたが言えた義理か」

たがいの冗談に笑い合った。

明治四（一八七一）年四月四日、大阪造幣局は全館完成し、正式に操業を開始した。

香港から取り寄せた造幣機械は、蒸気機関を備えていた。その巨大な動力で、金属を薄い板状に引き延ばし、丸く打ち抜いてから、表面を薬品で溶かして、意匠を刻んでいく。まさに本格的な硬貨の誕生だった。

秋も深まる十月はじめ、作業が順調に進む中、弥九郎は体調に異変を感じた。これは潮時と覚悟し、免官届けを出して、東京に戻った。

なんとか富士見町の練兵館までは、たどり着いたものの、そこで立ち上がれなくなった。もはや代々木にまで行くこともできずに、床についた。

そしては孫子《まごこ》はもちろん、膨大な数の門人が駆けつける中、明治四（一八七一）年十月二十四日、七十四歳で往生を遂げた。

並外れた剣豪でありながら、ただのいちども真剣を抜かずに終えた生涯だった。

［主な参考資料］

木村紀八郎著『剣客斎藤弥九郎伝』
橋本敬之著『幕末の知られざる巨人 江川英龍』
小野田龍太著『幕末の魁、維新の殿徳川斉昭の攘夷』
岡村青著『シリーズ藩物語　水戸藩』
金子功著『ものと人間の文化史 77－Ⅰ　反射炉Ⅰ』
金子功著『ものと人間の文化史 77－Ⅱ　反射炉Ⅱ』
安達裕之著『異様の船　洋式船導入と鎖国体制』
田中弘之著『「蛮社の獄」のすべて』
木村紀八郎著『浦賀与力 中島三郎助伝』
大江志乃夫著『木戸孝允 維新前夜の群像4』
幕末軍事史研究会著『武器と防具　幕末編』
大松騏一著『関口大砲製造所』
小谷超著『氷見市立博物館年報第二七号　斎藤新太郎（二代弥九郎）について』
小谷超著『氷見市立博物館年報第二八号　明治維新後の斎藤篤信斎について』
品川区立品川歴史館編『江戸湾防備と品川御台場』
品川区立品川歴史館編『東海道・品川宿を駆け抜けた幕末維新』
山田寿々六著『韮山反射炉 構造の概要と写真集』
帯刀智・桑沢慧・高岡二郎著『日本の剣術』
板橋区立郷土資料館編『高島平蘭学事始』
板橋区立郷土資料館編『江戸の砲術―砲術書から見たその歴史―』
藤原清貴編『図説 幕末・維新の銃砲大全』
『週刊 再現日本史 第70号「救民」の旗を掲げて「大塩平八郎の乱、勃発！」』
葉隠研究会発行『葉隠研究 第58～62号』

初出　月刊『武道』二〇一四年一月号～二〇一六年三月号

著者紹介

植松三十里（うえまつ　みどり）

静岡市出身。
昭和52年、東京女子大学史学科卒業。出版社勤務、7年間の在米生活、建築都市デザイン事務所勤務などを経て、平成15年に『桑港（サンフランシスコ）にて』で歴史文学賞、21年に『群青　日本海軍の礎を築いた男』で第28回新田次郎文学賞、『彫残二人』（文庫化時に『命の版木』に改題）で第15回中山義秀文学賞を受賞。『家康の子』『黒鉄の志士たち』『リタとマッサン』『調印の階段』『大正の后』『志士の峠』『繭と絆　富岡製糸場ものがたり』など著書多数。

不抜《ぬかず》の剣《けん》

2016年5月　8日初版第1刷発行
2016年6月17日初版第2刷発行

著者　　植松三十里
編集人　熊谷弘之
発行人　稲瀬治夫
発行所　株式会社エイチアンドアイ
〒101－0047　東京都千代田区内神田2-12-6 内神田OSビル3F
電話 03-3255-5291（代表）　Fax 03-5296-7516
URL http://www.h-and-i.co.jp/
編集　　HI-Story 編集部
図版·DTP　野澤敏夫
印刷·製本　中央精版印刷株式会社

乱丁本・落丁本は小社にてお取り替えいたします。

ISBN978-4-908110-04-7 ¥1800E